ENTFESSELTER ALPHA

DAS FERAL PACK, BUCH 1

EVE LANGLAIS

Copyright © 2022 Eve Langlais
Englischer Originaltitel: »Alpha Unbound (Feral Pack Book 1)«
Deutsche Übersetzung: Noëlle-Sophie Niederberger für Daniela Mansfield Translations 2022

Alle Rechte vorbehalten. Dies ist ein Werk der Fiktion. Namen, Darsteller, Orte und Handlung entspringen entweder der Fantasie der Autorin oder werden fiktiv eingesetzt. Jegliche Ähnlichkeit mit tatsächlichen Vorkommnissen, Schauplätzen oder Personen, lebend oder verstorben, ist rein zufällig.
Dieses Buch darf ohne die ausdrückliche schriftliche Genehmigung der Autorin weder in seiner Gesamtheit noch in Auszügen auf keinerlei Art mithilfe elektronischer oder mechanischer Mittel vervielfältigt oder weitergegeben werden.

Titelbild entworfen von: Cover by Joolz & Jarling (Julie Nicholls & Uwe Jarling) © 2021/2022

Herausgegeben von: Eve Langlais www.EveLanglais.com

eBook: ISBN: 978-1-77384-292-9
Taschenbuch: ISBN: 978-1-77384-293-6

Besuchen Sie Eve im Netz!
www.evelanglais.com

KAPITEL EINS

»Jemand hat auf die Himbeeren am nördlichen Weidezaun gepinkelt.« Amarok hatte es während eines Spaziergangs über das Gelände bemerkt.

»Nein. Nicht die Himbeeren.« Darian klang höchst entrüstet. Alle auf der Farm wussten, dass er das Beet im Auge behalten hatte, da er darauf wartete, dass das Obst reif wurde. Aufgrund des verspäteten Frühlings und Sommers hatte die Blüte später eingesetzt. Jetzt, wo es in den Herbst überging, waren sie das letzte Mal, als jemand nachgesehen hatte, dunkelrosa und fast bereit zur Ernte.

Niemand wollte Poppys gestürzten Himbeerkuchen verpassen. Oder ihre Törtchen, die einem das Wasser im Mund zusammenlaufen ließen. Es war gut, dass Amarok viel trainierte, seit sie angekommen war und sie mit ihren hervorragenden Kochkünsten verwöhnte.

Asher, der Unruhestifter mit seinem verschmitzten Grinsen, sprang vom Geländer und spreizte die Hände. »Pah, es ist nur Pisse. Keine große Sache. Wasch sie einfach ab. Es kann nicht schlimmer sein als das Lecken deiner Eier.«

Der finstere Blick, den Darian ihm zukommen ließ, hätte Asher auf der Stelle zusammenschrumpfen lassen sollen. »Nicht alle von uns sind pervers.«

»Es ist natürlich. Alle Tiere tun es. Zumindest die sauberen, die gern flachgelegt werden. Wie lange ist das bei dir her?« Asher tat so, als würde er einen Moment nachdenken, bevor er fortfuhr: »Eine lange Zeit. Was jetzt durch deine Weigerung, deine Genitalien zu lecken, erklärt wurde.«

Bevor es in einen Kampf ausarten konnte, runzelte Amarok – der aktuelle Besitzer des besagten Himbeerbeetes und der mehr als einhundertzwanzig Hektar Landes darum herum – die Stirn. »Wenn ihr kämpfen wollt, dann macht das irgendwo, wo keine Pflanzen sind. Astra sagte, sie würde die nächste Person häuten, die auf irgendwelchen davon herumtrampelt.«

Eine Warnung, die sie ausgesprochen hatte, während sie ihr Messer schärfte. Nur ein Idiot würde die sehr schwangere und hormonelle Astra reizen.

»Sieht sie zu?« Asher warf einen ängstlichen Blick hinter sich. Da ihm die Haare geschoren worden waren, nachdem er einen Busch zurückgeschnitten hatte, dessen Äste an seinem Auto kratzten, wusste er es besser, als auch nur ein Blatt ihrer Pflanzen zu berühren.

»Sie sieht immer zu«, grummelte Amarok. Aber gutmütig.

Astra war wie eine Schwester für sie. Genau wie Poppy und Nova, trotz der Tatsache, dass sie nicht blutsverwandt waren. Auf der Farm waren Familie die Leute, denen man vertraute.

»Zurück zur Pisse. Irgendeine Ahnung, wer es war?«, fragte Amarok. Keiner von ihnen, und das nicht nur, weil sie den Duft der anderen kannten. Niemand, der auf der Weißwolf-Farm lebte – der Name, den sein Onkel ihr gegeben hatte, als Amarok als Teenager eingezogen war –, würde so etwas Beschissenes tun.

»Ein seltsamer Ort, um sich als Wanderer dorthin zu verirren«, merkte Asher an.

Die Farm war so abgelegen, dass niemand je herkam. Die Gerüchte über Wölfe in dieser Gegend halfen dabei ebenfalls.

»Wer auch immer dorthin gepinkelt hat, hat den Duft mit Spargel kontaminiert«, knurrte Amarok.

Asher würgte. »Oh, widerlich.« Alle kannten seine penetrante Auswirkung auf Urin.

Das deutete auf eine geplante Tat hin, weshalb Darian die Augenbrauen hochzog. »Testen die Bären wieder unsere Grenzen aus?« Letztes Jahr hatten sie ein Problem mit einigen wilden Bären gehabt, die ihr Revier erweitern wollten.

Sie lernten ihre Lektion schnell, als die Wölfe, welche die Wanderer fernhielten, sie weit über ihre Grenzen hinaus verjagten.

»Könnte sein«, räumte Amarok ein. »Obwohl der Spargel darauf hindeuten würde, dass sie jemandes Garten durchwühlen. Ich kenne in der Gegend keinen anderen als unseren, und wir ziehen dieses ekelhafte Zeug nicht.« Denn keiner von ihnen konnte danach den Geruch seines Urins ertragen.

»Was ist mit Spuren?«

»Das ist das Seltsame.« Darian schüttelte den Kopf. »Wer auch immer hingepinkelt hat, hat seine Spuren in das Beet hinein und wieder hinaus verwischt.«

Was bedeutete, dass die Markierung eine Botschaft war. Vielleicht eine Warnung, aber von wem?

Asher, der am Erkerfenster im Wohnzimmer stand, warf ein: »Hat Big Betty ein Kind bekommen?« Big Betty war der Name ihres dieselbetriebenen Ford Pick-ups, der kirschrot lackiert war und einen dicken weißen Streifen hatte, der horizontal über seine Mitte verlief.

»Wovon zum Teufel sprichst du?« Amarok sah aus dem Fenster. Ein modernes Hybridfahrzeug war in seiner Auffahrt geparkt. Es war ein kleiner Zweitürer, im selben Farbton wie sein Wagen, und so leise, dass er nicht gehört hatte, wie es die zum Haus führende Straße entlanggefahren war.

»Wer zur Hölle ist verrückt genug, mit so einem Ding hier draußen rumzufahren?« Darians Augen waren groß. Aus gutem Grund. Sie lebten in keinem zivilisierten Bereich von Nord-Alberta. »Wenn dieses Ding auf einen Bison oder Elch trifft, ist es Schrott.«

Ach was. Auf der anderen Seite konnte so gut wie nichts einen Aufprall mit einem der wilden Tiere, die in dieser Gegend umherliefen, überleben.

»Was denkt ihr, wie viele Hamster der unter der Haube hat?« Asher nahm nie etwas ernst.

»Nicht viele, wenn man bedenkt, dass die Fahrerin winzig ist.«

Tatsächlich, die Frau, die aus dem Wagen ausstieg, konnte nicht größer sein als einen Meter fünfzig, vielleicht ein paar Zentimeter mehr. Aber sie war wohlproportioniert. Ihre Jeans umschlossen runde Hüften und ihr T-Shirt schmiegte sich an ihre Brüste. Schöne Brüste, wie Amarok hinzufügen sollte. Er musste es wissen. Mit dreiunddreißig hatte er bereits einige davon angestarrt. Hin und wieder auch hineingebissen und daran geleckt.

»Weiß irgendjemand, wer sie ist?«, fragte Darian.

Sie bekamen auf der Farm nicht oft Besuch. Eine einsame Landstraße mitten im Nirgendwo – genau so, wie es ihnen gefiel. Vierzig Minuten von der nächsten Stadt entfernt, sofern man Fort Mackay denn als Stadt bezeichnen konnte. Seit das Ölgeschäft in Alberta pleitegegangen war und die Wirtschaft im Norden zerstört hatte, gab es mehr verlassene als geöffnete Geschäfte.

»Sie ist süß.« Asher fuhr sich mit den Fingern durch sein Haar.

»Sie ist eine Fremde«, murrte Amarok.

Sie trug eine Mappe, weshalb Darian sagte: »Denkt ihr, sie ist einer dieser Jehovas?«

»Oh, scheiße ja. Ich werde mich um sie kümmern.« Ashers Miene erhellte sich. Er begann, an seinem Hemd zu ziehen. Seine Vorstellung davon, sich um religiöse Türklopfer zu kümmern, bestand darin, sich nackt auszuziehen und sie zu fragen, ob sie sich unter vier Augen mit ihm im Wald unterhalten wollten.

Amarok – den seine Freunde Rok nannten – hatte gedacht, sie wären mit aufdringlichen Predigern und anderen fertig. Welchen Teil von *Betteln und Hausieren verboten* verstanden sie nicht? Er lebte mitten im Nirgendwo. Es war lächerlich.

»*Ich* werde mich darum kümmern«, verkündete er,

als die zierliche Frau die Stufen zu dem großen Farmhaus hinaufging. Als einzig verbliebenes Familienmitglied hatte Rok das Gelände von seinem Onkel, dem ursprünglichen Besitzer, geerbt.

Rok riss die Tür auf, bevor sie klopfen konnte, und schlug sie ihr beinahe vor der Nase zu, als ihr Duft ihn traf wie ein Schlag in die Magengrube.

Mein.

KAPITEL ZWEI

Was für ein schöner, sonniger Morgen. Meadow konnte ihn während ihrer Fahrt zur Weißwolf-Farm, einem wunderschönen Gelände im Wald, in seiner vollen Schönheit genießen. Der wohlriechende Duft der Luft traf sie in dem Moment, in dem sie aus ihrem Wagen stieg. Kiefern und anderes grünes Zeug. Ihre Mutter behauptete, das sei keine Beschreibung, und dennoch fasste es das für Meadow perfekt zusammen.

Bienen summten. Zweige knackten. Die Geräusche der Natur. Es war friedlich und sie konnte nicht umhin, vor Freude zu lächeln, als die Tür des Hauses geöffnet wurde, bevor sie überhaupt klopfen konnte.

Erschrocken klammerte sie sich an ihre Mappe und trällerte: »Hi. Wie geht es Ihnen? Mir geht es wirklich verflixt gut. Dieser Ort ist sagenhaft.«

»Was wollen Sie?«, knurrte ein gut aussehender Mann, dessen Augen die Farbe von wunderschönem Bernstein hatten. Dies konnte sie nur sehen, da sie den Hals reckte. Er ragte über ihr auf, was nicht sonderlich schwer war. Sein Blick war finster, und das auf beachtliche Weise, was jedoch nichts an seiner Attraktivität änderte.

Bis zu diesem Zeitpunkt hatte sie die Bedeutung des Wortes *sprachlos* nie wirklich begriffen, weshalb sie zu plappern begann. »Haben Sie übernatürliche Kräfte?«

Er blinzelte. Sündhaft lange, dunkle Wimpern, die so seidig aussahen wie sein Haar, welches aus seinen scharfen Gesichtszügen zurückgebunden war. »Was?«

»Sie müssen übernatürliche Kräfte haben. Sie haben die Tür geöffnet, als hätten Sie gewusst, dass ich hier sein würde.« Sie strahlte. Konnte dieses Treffen Karma sein?

Sein Missfallen intensivierte sich. »Man nennt es verdammt noch mal Fenster. Ich habe Sie aus Ihrem Auto steigen sehen. Sofern man dieses Ding als solches bezeichnen kann.« Seine Geringschätzung war offensichtlich.

Aber Meadow war mit dieser Einstellung vertraut, seit sie es gekauft hatte. »Ist es nicht niedlich? Das ist einer der Gründe, warum ich es gekauft habe, aber es ist mehr als nur niedlich. Ich habe nie Probleme mit dem Parken, und Sie würden nicht glauben, wie günstig der Betrieb ist!«

»Weil Sie es in Ihre Handtasche stecken und mit sich tragen?«, spottete er.

Sie lachte. »Sie sind witzig.«

Das ließ ihn nur umso mehr das Gesicht verziehen. »Ich bin nicht witzig und Autos sollten nicht niedlich sein.«

»Sie müssen ein Fan von Pick-ups sein.« Sie neigte den Kopf. Eine Sache, die sie seit dem Verlassen der bekannten Stadtumgebung gelernt hatte, war, wie viele Leute riesige Spritschleudern besaßen.

Er lehnte sich gegen den Türrahmen. »Jup. Ein verdammt großer mit Achtzylindermotor, auf dessen Ladefläche zwei Ihrer Spielzeugautos passen würden.«

»Ich schätze, ein Pick-up ist etwas praktischer, da das hier eine richtige Farm ist.«

»Im Gegensatz zu?«

»Einer falschen Farm.«

»Ich will es gar nicht wissen. Werden Sie jemals zum Punkt kommen? Was wollen Sie?«

»Ich würde liebend gern mit dem Besitzer des Grundstücks sprechen, bitte.« Laut ihrer Recherchen war dieser einst Tomas Silla gewesen, der es nach seinem Tod jedoch seinem Neffen Amarok Fleetfoot hinterlassen hatte, welcher keinerlei Online-Präsenz besaß.

»Warum?«

»Ich habe etwas von größter Wichtigkeit mit ihm zu besprechen.« Sie klammerte sich an den Rand ihrer Mappe und balancierte auf ihren Fersen. Sie war mit der Fahrt hierher ein großes Risiko eingegangen, als sie weder eine Telefonnummer noch eine E-Mail-Adresse hatte finden können.

»Hat einer der Farmhelfer Sie geschwängert?«

Ihr Mund wurde vor Überraschung rund. »Nein.« Aber allein die Tatsache, dass er fragte? »Passiert das oft?«

Anstatt zu antworten, hatte er eine neue Frage für sie. »Verkaufen Sie Farmausrüstung oder Zubehör?«

»Nein, ich –«

»Dann haben wir nichts zu besprechen.« Er wollte

die Tür schließen, aber sie war nicht so weit rausgefahren, um einfach aufzugeben.

»Bitte, hören Sie mich an.«

»Ich bin nicht an Ihrem Verkaufsgespräch interessiert.«

»Kein Verkaufsgespräch, es ist mehr eine Bitte. Und eine harmlose dazu, das schwöre ich. Es wird Sie keinen Cent kosten.«

»Kein Interesse.«

»Aber Sie haben mich nicht einmal angehört.« Sie wollte nicht schmollen, aber dennoch schob sie ihre Unterlippe vor, auf der kurz darauf sein Blick landete.

»Es ist egal, was sie wollen. Die Antwort lautet nein.«

Sein nachdrücklicher Tonfall deutete an, dass er es ernst meinte, aber Meadow war entschlossen. »Ich schwöre, dass ich weder Ihnen noch Ihrer Farm in die Quere kommen werde. Ich brauche nur Zugang zu dem Bach, der durch Ihr Grundstück fließt.« Endlich hatte sie seine volle Aufmerksamkeit.

»Warum?«

»Wegen Weaver.« Sie beeilte sich, es zu erklären. »Weaver ist ein sehr seltener Albino-Bieber, den ich seit seiner Geburt in einer Wildstation studiere und dokumentiere. Er wurde vor Kurzem mit einem Peilsender ausgestattet und in die Freiheit entlassen, was beängstigend war. Er wurde in Gefangenschaft großgezogen. Er ist nicht wie andere Bieber.«

»Knabbert er an Holz?«

»Das hat er getan, als er sich in unserer Obhut befand, aber jetzt, wo er frei ist, haben wir keine Ahnung, was er tut. Außerdem sticht er durch seine Fellfärbung heraus. Da er so besonders ist, würde ich gern seine Fortschritte dokumentieren, was ich nur mit Ihrer Erlaubnis tun kann, da sein Peilsender anzeigt, dass er sich Ihr Grundstück als sein Zuhause ausgesucht hat.«

»Wenn er es hierhergeschafft hat, dann klingt das, als ginge es ihm gut.«

»Wenn er es ist. Es könnte auch etwas sein, das seinen Peilsender gefressen hat.« Das sagte sie nur äußerst ungern, aber sie musste es wissen.

»Er ist nicht tot.«

»Haben Sie ihn gesehen?«

Er antwortete nicht, aber sie konnte es erkennen.

Sie klatschte in die Hände. »Das ist fantastisch. Wenn ich nur ein paar Tage haben könnte, um nachzusehen? Vielleicht –«

»Nein.«

»Aber –«

»N. E. I. N.«

Die Tür wurde ihr vor der Nase zugeschlagen.

KAPITEL DREI

Asher, der etwas abseits gestanden und die ganze Zeit zugehört hatte, brach in Gelächter aus. »Kumpel, ich kann nicht glauben, dass das gerade passiert ist.«

Er auch nicht. Wer zum Teufel kreuzte unangekündigt auf, um zu fragen, ob er auf seinem Grundstück herumschnüffeln konnte? Dokumentieren, ja klar. Selbst wenn die zierliche Frau die Wahrheit sagte, war es ausgeschlossen. Die Farm war ein sicherer Ort für seine Art. Werwölfe. Nicht für Menschen. Auch wenn der Bieber bleiben durfte.

»Sie ist immer noch hier«, flüsterte Asher plötzlich.

Das wusste Rok bereits. Er konnte sie auf der anderen Seite spüren, was ihm nicht im Geringsten gefiel. In dem Moment, in dem er die Tür geöffnet hatte, war er sich ihrer übermäßig bewusst gewesen – ihm war bei ihrem Duft, welcher aus Orangen-Zitrus-Shampoo und Motel-Seife bestand, praktisch das Wasser im Mund zusammengelaufen. Aus der Nähe war sie hübsch. Mitte bis Ende zwanzig. Wildes Haar mit Naturlocken. Kein

Ring am Finger. Aber das bedeutete heutzutage gar nichts.

»Warum verschwindet sie nicht?«, flüsterte Asher weiter.

Sie bekamen ihre Antwort einen Moment später, als ein Stück Papier unter der Tür hindurchgeschoben wurde. Sie alle standen da und starrten es an, als könnte es explodieren, wenn sie es berührten.

Alles verdammte Idioten. Angst vor einer kleinen Menschenfrau. Amarok hob es vom Boden auf und las die Nachricht.

Für den Fall, dass Sie es sich anders überlegen. Sie hatte die Adresse einer Webseite zusammen mit einer Telefonnummer notiert. Aber die Sache, die ihn dazu veranlasste, das Papier zusammenzuknüllen und in den Kamin zu werfen? Der verdammte Smiley, den sie gezeichnet hatte.

Er spähte aus dem Fenster und sah, wie sie wieder in ihr Clownsauto stieg. Da die Straße nur zu einem Ort führte, würde sie wieder in der Stadt landen. Gut.

Sie wusste nicht, worum sie gebeten hatte. Es war keine gute Idee, einem Menschen, so süß und zierlich er auch war, zu erlauben, in seinen Wäldern herumzuschnüffeln. Er besaß diese Farm aus einem Grund, und dieser war nicht, weil sie ihm gutes Geld einbrachte. Das tat sie nicht. Oder weil er gern Farmer war. Er hasste es. Aber er liebte diesen Ort. Der einzige Ort, an dem er je gelebt hatte und glücklich gewesen war. Dafür musste er seinem Onkel danken.

Da er mit sechzehn aus seinem Rudel geworfen worden war, war er obdachlos gewesen. Ein einsamer

Wolf wurde in anderen Gruppen selten willkommen geheißen, besonders wenn es ein Junge mit Alpha-Tendenzen war. Die Zurückweisung störte ihn nicht sonderlich, da er keinerlei Interesse daran hatte, irgendjemandes Regeln außer seinen eigenen zu folgen.

Aber das Leben auf der Straße verlor schnell seinen Reiz. Verzweifelt erinnerte er sich an einen Brief, den er als Junge bekommen hatte. Von dem Bruder seiner Mutter, der ihn einlud, ihn jederzeit zu besuchen. Sein Vater hatte sich geweigert. Ein sechzehnjähriger Junge auf der Straße hatte nichts zu verlieren. Es stellte sich als die beste Sache heraus, die er je getan hatte.

»Ich mache einen Spaziergang.« Dafür verblieb Rok in seiner zweibeinigen Gestalt, und seine langen, entspannten Schritte führten ihn zum Bach und dem vor Kurzem errichteten Biberdamm. Dessen Entdeckung rief *sie* in Erinnerung, woraufhin er knurrte.

Warum bekam er sie nicht aus dem Kopf? Er zog sich aus und rannte. Ein guter Sprint, der ihn zum Schnaufen brachte und einen Teil der Anspannung löste. Bis er nach Hause kam. In dem Moment, in dem er seine Veranda betrat, hätte er schwören können, dass er sie noch immer roch.

Verdammt.

Er ignorierte die Haustür zugunsten der Hintertür, stapfte hinein und schnappte sich einige Kleidungsstücke aus einem Korb, der aus genau diesem Grund dort stand. Der Vorraum mit Wäsche führte zur Küche, wo Poppy, Darians Schwester, am Herd kochte.

»Wer hat dir denn an deinen Karren gepinkelt?«, fragte sie, während sie in dem großen Topf mit Suppe rührte. Der Herd mit zwölf Kochfeldern beherbergte zwei riesige Kessel und im Ofen wurden dem Duft nach zu urteilen Fleisch und Kartoffeln geröstet. Fast Zeit für das Abendessen.

»Eigentlich waren es Darians Himbeeren, auf die gepinkelt wurde.« Er schrie Poppy nicht an. Das tat niemand. Sie war vor ein paar Jahren mit ihrem Bruder auf die Farm gekommen, beide mit finsterem Blick und ernster Miene. Wie er hatten sie keinen Ort gehabt, an den sie gehen konnten.

»Das habe ich gehört. Er ist so was von wütend.« Sie würzte den Inhalt eines Topfes, bevor sie sich umdrehte, um ihn zu mustern. »Ich habe gehört, wir hatten heute wieder Besuch.«

»Du musst dir keine Sorgen machen«, beruhigte er sie.

»Das habe ich nicht.« Das behauptete sie, und doch zuckte sie gelegentlich zusammen, wenn jemand an der Tür klopfte oder die Lichter flackerten. Poppy mochte es vielleicht bestreiten, aber in ihrem Kopf war der Albtraum nie zu Ende gegangen.

»Du hast das Stadtmädchen verpasst, das Selfies mit unserem neuen, hier beheimateten Biber machen wollte«, erzählte er ihr, während er sich an die Theke setzte und nach einem Keks unter der Glasabdeckung griff. Poppy hatte immer etwas Frischgebackenes, an dem sie knabbern konnten.

»Der weiße?«

»Du hast ihn gesehen?«

Sie nickte. »Er war beschäftigt.«

Was bedeutete, dass es der Kreatur für den Moment

gut ging, aber das konnte sich ändern. Diese Wälder waren wild. Ungezähmt. Gefährlich. Wie die Leute, die hier lebten. Sie alle hatten ihre Geschichten. Ihre Grimmigkeit verband sie miteinander.

Das Abendessen stellte sich als lärmende Angelegenheit heraus, wie es jeden Abend in dem riesigen Esszimmer der Fall war. Die Farm ging nicht nur mit Land und einem Haus einher. Sie enthielt auch Leute, die sein Onkel versammelt hatte. Leute wie Rok, die an keinen anderen Ort passten.

Nach dem Abräumen fragte Asher: »Ist irgendjemand in der Stimmung für Line Dance und beschissenes Bier?«

Nein und nein, aber es gab noch eine Sache, die Amarok in der Stadt bekommen konnte. »Ich bin dabei. Lass mich nur zuerst duschen.« Frisch geduschte Männer neigten im Gegensatz zu ungepflegten, betrunkenen Männern dazu, bessere Chancen bei den Damen zu haben. Es dauerte nicht lange, bis Amarok mit Asher und Hammer in Big Betty einstieg.

Asher war wegen des Verbrechens, ein alleinstehendes Männchen zu sein, aus seinem Rudel geworfen worden, und auch wenn er keine Alpha-Tendenzen hatte, war er bei den Frauen beliebt. Zu beliebt. Hammer war zu ihnen gekommen, weil er einmal zu oft seine Fäuste hatte sprechen lassen. Zu seiner Verteidigung, er hatte eine sehr niedrige Toleranzschwelle für Bockmist. So wie die meisten auf dieser Farm.

Die Fahrt in die Stadt war lang, aber manchmal musste ein Mann seine gewohnte Umgebung verlassen und ein wenig Dampf ablassen. Eine Kneipe bot die perfekte Erholung. Er wusste bereits, dass Asher nicht trinken würde. Das tat er nie, trotz seiner unbeschwerten Art. Kein Alkohol. Keine Drogen. Niemand wusste warum und sie respektierten seine Privatsphäre so weit, dass sie nicht fragten.

Die nächstgelegene Kneipe, und angesichts ihrer begrenzten Optionen auch die ihrer Wahl, lag hinter der Landstraße, gegenüber einer Lodge, die abhängig von der aktuellen Jagdsaison sehr geschäftig sein konnte. Selbst außerhalb der Saison war die Kneipe abends gut besucht. Das Arbeitslosengeld bezahlte nicht nur Miete und Nahrungsmittel für die Männer, die leer ausgingen, wenn die Jobs knapp wurden. Außerdem gab es sonst nicht viel zu tun.

Als er sah, dass der Parkplatz voller Pick-ups und Quads war, kam Rok in den Sinn, dass ihm nicht sonderlich nach Gesellschaft zumute war. Vielleicht hätte er zu Hause bleiben sollen. Auf der anderen Seite brauchte die Anspannung in ihm ein Ventil, und zwar von der Art, die er zwischen einem Paar williger Oberschenkel fand. Es gab nicht viele Optionen in einer Stadt, in der die Männer den Frauen zahlenmäßig auf fast schon lachhafte Weise überlegen waren. Aber glücklicherweise hatte ein Kerl wie Rok nie Probleme damit, jemanden zu finden, der seine Bedürfnisse befriedigte. Vielleicht arbeitete Patsy heute Abend an der Bar. Sie war immer für eine schnelle Nummer im Hinterzimmer zu haben.

Beim Betreten der Kneipe traf der Lärm wie eine Welle auf ihn. Countrymusik. Laute Stimmen, die noch lauter werden würden, je mehr Bier floss. Das Knallen von Billardstöcken gegen Kugeln. Die Fernseher, welche ununterbrochen Sportkanäle zeigten, waren als Einziges stumm geschaltet.

Norman kümmerte sich um die Bar. Als er Rok sah, nickte der große glatzköpfige Mann und füllte einen Bierkrug aus dem Zapfhahn.

Während Asher sich auf die Suche nach Anfängern machte, die er beim Billard ausnehmen konnte, suchten Rok und Hammer sich einen Tisch im hinteren Bereich. Wenn er mit dem Gesicht zum Raum saß, würde das entweder dazu führen, dass die Leute dachten, sie könnten mit ihm plaudern, oder dass Aufschneider auf der Suche nach einer Herausforderung näher kamen, weshalb er sich demonstrativ mit dem Rücken zur Tür niederließ. Es war nicht so, als könnte sich irgendjemand an ihn heranschleichen.

Er trank langsam von seinem Bier. Betrachtete den Raum. Sah ein paar Frauen, mit denen er bereits geschlafen hatte, sogar zwei Auswärtige, die genügen würden. Aber keine von ihnen war wirklich reizvoll. Er würde mehr Bier brauchen. Oder eine andere Frau ...

Unaufgefordert – und ungewollt – konnte er nicht anders, als sich die zierliche Frau von zuvor vorzustellen. Perfekt geformt. Aber ihr Duft ... er schrie nach Gefahr.

Er wusste es in dem Moment, in dem sie eintrat. Er verschluckte sich fast an seinem Bier, als sein ganzer Körper aufmerksam wurde und zusammenzuckte. Es war mehr als ein Duft. Mehr, als dass er sich seiner Umgebung und derer darin bewusst war.

Darin entfaltete sich etwas Ursprüngliches – und Erschreckendes.

Eine Gewissheit.

Mein.
Geh zu ihr hin.

Einen Teufel würde er tun. Er leerte sein Glas und verschluckte sich, als Asher ihm auf den Rücken klopfte und murmelte: »Sieh nicht hin, aber das Hamstermädchen ist hier.«

»Hamstermädchen?« Der Name entlockte Hammer ein Lachen.

Rok schenkte mehr Bier von dem Krug in sein Glas ein. Es war selbst gebraut und stärker als das Zeug, das man in Dosen oder Flaschen zu kaufen bekam. Um wirklich betrunken zu werden, bräuchte er harten Alkohol, aber er zog den angenehmen Schwips der hässlichen Trunkenheit vor, die mit Whisky einherging.

Sein Vater trank den bernsteinfarbenen Teufel und Rok erinnerte sich noch immer an die Folgen. Seine Lehrer dachten damals, er wäre das ungeschickteste Kind überhaupt, da er natürlich bezüglich seiner blauen Flecke Lügen erfand. Alle wussten, dass das Pflegesystem schlimm war, besonders für gemischte Kinder wie Rok.

»Ist es wahr? Sie wollte einen Biber studieren?« Hammers Frage enthielt einen ungläubigen Unterton.

»Ich würde bei ihr etwas ganz anderes studieren.« Eine Bemerkung, die Asher schon Tausende Male zuvor gemacht hatte, und doch nahm Rok sie ihm in diesem Fall übel.

»Pass auf, was du sagst«, knurrte er.

Asher zog eine Augenbraue hoch. »Ich wusste nicht, dass sie vergeben ist.«

»Das ist sie nicht. Halt dich einfach von ihr fern. Sie

macht nur Schwierigkeiten.« Das sagte ihm sein Bauchgefühl, dem er immer vertraute. Es hatte ihn öfter gerettet, als er zählen konnte.

»Wenn du mit Schwierigkeiten die Art Frau meinst, die einen Mann daran denken lässt, sich häuslich niederzulassen. Ich glaube nicht, dass sie der zwanglose Typ ist«, warf Hammer ein.

»Was bedeutet, dass sie überhaupt nicht unser Typ ist, was, Jungs?« Asher schlug mit seiner Hand auf den Tisch. »Ich werde mal sehen, ob diese Großstadttrottel irgendetwas Interessantes mitgebracht haben.« Asher liebte es, diejenigen über den Tisch zu ziehen, die mit ihrer teuren Ausrüstung herkamen, um in der Wildnis zu jagen und zu angeln. Rok hätte vielleicht eingegriffen, aber Asher nahm sie nie allzu sehr aus. Außerdem verhielt er sich dabei nicht wie ein Arschloch. Er gewann hundert Dollar beim Billardspielen? Er spendierte eine Runde. Er gewann eine Tüte Gras? Der Joint wurde herumgereicht.

Als Hammer sich aufmachte, um Darts zu spielen, tauschte Rok beinahe die Sitze, was ihm die Sicht auf das Hamstermädchen freigemacht hätte. Ein schrecklicher Spitzname für ein so zartes Mädchen. Für jemanden, der definitiv nicht in einer solchen Kneipe sein sollte. Auf der anderen Seite, was wusste er schon? Er hatte nur ungefähr eine Minute mit ihr gesprochen. Es konnte genauso gut sein, dass er sie völlig falsch eingeschätzt hatte und sie zum Feiern hier war.

Es kostete ihn mehr Willenskraft als ihm lieb war, dem Drang zu widerstehen, in ihre Richtung zu sehen, aber als sich schließlich Mutter Natur meldete, drehte er beim Aufstehen dennoch den Kopf. Sofort landete sein Blick auf ihr, wie sie am Ende der Bar saß, wo sie Pommes und einen Burger aß, mit einem klaren, kohlesäurehaltigen Getränk neben sich.

Eine Sekunde lang traf ihr Blick den ihren, als hätte sie gewusst, wann sie hinsehen musste. Sie sahen einander in die Augen. Ihre wurden größer, während sie den Mund öffnete und zu einem Lächeln verzog, das ihn unter der Gürtellinie traf.

Er antwortete mit einer Grimasse. Der Drang in ihm, der wollte, dass er zu ihr ging, konnte sich verpissen.

Nicht sein Typ. Zum einen war sie zu fröhlich. Zum anderen war sie zu klein. Und er war sich sicher, dass ihm noch mehr Gründe einfallen konnten. Er beendete ihren Starrwettbewerb und machte sich auf den Weg zur Toilette, um sich zu erleichtern. Es war ein Leichtes, eine Frau zu vergessen, wenn man an einem stinkenden Urinal stand, umgeben von Wänden voll mit Kritzeleien.

Wenn du nach Spaß suchst, ruf an unter ...
Joes Mutter ist eine Hure.
Scheiß aufs Leben.

Und dann die eine, die ihn während des Abschüttelns erstarren ließ.

Wer hat Angst vorm großen, bösen Wolf? Dann in kräftiger Schrift: *Ich bin hinter eurem Rudel her.*

Vermutlich nichts. Amarok und die Leute auf seiner Farm waren kein offizielles Rudel, sondern nur ein Haufen nicht zugehöriger Wölfe, die zufällig am selben Ort lebten. Keine gesetzliche Anerkennung beim Lykosium, der Gruppe, die alles in Bezug auf Werwölfe überwachte. Eine Gruppe, der er aus dem Weg ging, da er wusste, dass sie über die Zahl an Einzelgängern, die alle an einem Ort versammelt waren, nicht begeistert wäre.

Wurde er beobachtet?

Vermutlich dachte er nur zu viel nach. Wahrscheinlich irgendein Jäger, betrunken und voller Vorfreude auf eine geplante Expedition. Immerhin war es legal, Wölfe zu schießen, weshalb sie während dieser Zeit der Saison alle auf ihrem Grundstück blieben und nur nachts auf vier Beinen hinausgingen.

Rok wusch sich die Hände und trocknete sie an seiner Hose ab, woraufhin er angesichts der nassen Flecke auf dem Jeansstoff das Gesicht verzog. Die verdammte Kneipe könnte wenigstens Handtrockner installieren, da die Angestellten beim Nachfüllen der Papiertücher nicht sehr sorgfältig waren. Zu viele Deppen benutzten sie, um die Toiletten und das Urinal zu verstopfen.

Als er die Toilette verließ, dachte er darüber nach, nach Hause zu fahren. Asher und Hammer konnten den Pick-up behalten. Er würde seinen Mist hineintun und auf vier Beinen nach Hause zurückkehren. Es wäre nicht das erste Mal.

Ein Blick, der alles andere als beiläufig war, offenbarte ihm, dass die Biber-Dame von Wes und Bowie flankiert wurde, zwei gut aussehenden einheimischen Jungs – so behaupteten das jedenfalls die Frauen. Aber das war das Äußerliche. Innerlich waren sie Abschaum. Von der Art, die er verprügelt hatte, als sie bei Nova ihre Finger nicht bei sich behalten konnten. Nicht dass Nova nicht auf sich selbst aufpassen konnte. Sie hatte sich um einen von ihnen gekümmert, während Rok dem anderen die

Scheiße aus dem Leib geprügelt hatte. Erst als sie wegkrochen und nach ihrer Mami riefen, hatte er sie gewarnt: »*Wenn ihr noch einmal eine meiner Freundinnen anfasst, werden eure Leichen das nächste Mal nicht vor dem Frühling gefunden werden.*«

Die zierliche Frau war nicht seine Freundin.

Sie war niemand.

Warum also bewegte sich sein Körper gerade rechtzeitig zum Ende der Bar, um zu hören, wie sie höflich, aber nachdrücklich ihre Einladung ablehnte, an einen privaten Ort zu gehen?

»Nein danke. Es ist wirklich nett von euch, das anzubieten, aber ich muss für die Arbeit früh ins Bett gehen.«

»Wir können ins Bett gehen«, erwiderte Wes.

»Wir werden nur nicht schlafen«, fügte Bowie hinzu, der die Daumen in seine Gürtelschlaufen einhakte. »Wir werden es die ganze Nacht lang mit dir treiben.«

Sie schüttelte den Kopf. »Tut mir leid. Auf so etwas stehe ich nicht.«

»Nur, weil du es noch nicht versucht hast. Du wirst Spaß haben, versprochen.« Wes wollte nicht von ihr ablassen und bedrängte sie so sehr, dass Rok das Unbehagen in ihrem Gesicht sehen konnte.

Sie nahmen ihr das Lächeln, was ihn aus irgendeinem Grund verärgerte.

Aber nein. Norman würde sich darum kümmern. Der Barkeeper war niemand, der zuließ, dass Frauen belästigt wurden. Aber der Kerl hielt sich am anderen Ende auf und niemand hörte ihre höfliche Zurückweisung.

Erneut hatte Rok keine Kontrolle über sich. »Ihr habt

die Dame gehört, sie hat Nein gesagt. Also verpisst euch.« Seine Stimme war leise. Nachdrücklich. Und trotz der Musik hörten sie ihn.

Sie drehten die Köpfe. Wes knurrte: »Verpiss du dich!«

Amarok grinste. »Hallo Jungs, erinnert ihr euch an mich?«

Ihren erblassten Gesichtern nach zu urteilen taten sie das. Bowie trat zuerst zurück. »Wir wussten nicht, dass sie von der Farm ist.«

»Das ist sie nicht.« Angesichts seines Einschreitens war es dumm, das zuzugeben.

»Ich befürchte, Mr. Fleetfoot will mir nicht erlauben, seinen Biber zu studieren.« Eine arglose Antwort, die ihn beinahe dazu brachte, mit den Augen zu rollen, vor allem, da sie Wes und Bow zum Lachen brachte.

»Seinen *Biber*, ja? Ich fand ja immer, dass er mit diesen langen Haaren eher wie ein Mädchen aussieht.« Wes prustete. Sein eigener Schädel war rasiert, um die Anzeichen seiner beginnenden Glatze zu verbergen.

Nur ein Schlag. Einer. Seine Finger zuckten.

Aber seine Rettung kam von anderer Seite, in Form eines frechen: »Nur die rauen, gut aussehenden Männer können das tragen.« Sie musterte Bowie mit seinen zotteligen Haaren. »Dir würde ich es nicht raten.«

Es war elegant ausgeführt. Sie trank einen Schluck aus ihrem Glas, während Bowie rot wurde.

Während ihr Kopf gesenkt war, flüsterte Rok: »*Verpisst euch.*«

Die zwei Arschlöcher, die wirklich darüber nachdenken sollten, sich zu verdünnisieren, bevor ihre

Leichen nach einer Schneeschmelze gefunden wurden – ein tragischer Unfall –, zogen sich zurück, um jemand anderen zu belästigen. Bevor Rok ebenfalls gehen konnte, schenkte sie ihm ein Lächeln, das seinem Schwanz einen unerwarteten Schlag verpasste.

»Danke, dass Sie mir geholfen haben. Die beiden waren wirklich hartnäckig.«

»Wir bekommen hier nicht oft neue Leute. Vor allem keine hübschen Frauen.«

»Danke.« Sie wurde rot.

Seine Miene hingegen wurde finster. Er hätte nicht *hübsch* sagen sollen. Er versuchte nicht zu flirten. »Sie sollten vorsichtig sein. Einige dieser Kerle akzeptieren kein Nein als Antwort.«

»Und manche wissen allzu gut, wie man es benutzt.«

Aus irgendeinem Grund brachte ihn die schlagfertige Erwiderung zum Grinsen. »Ich war noch nie ein Mann für das Wörtchen ja.«

»Ich nehme an, Ihr plötzliches Interesse an meiner Anwesenheit dreht sich nicht darum, dass Sie es sich anders überlegt haben?«

»Nein.«

»Ich gehe nicht davon aus, dass Sie mir den Grund dafür erklären könnten? Ich würde wirklich nicht in die Quere kommen. Ein paar Wochen, während derer ich Weaver studiere, Fotos mache, und ich wäre wieder weg. Ich verspreche, Sie wüssten nicht einmal, dass ich da bin.«

Das bezweifelte er. »Es ist im Wald nicht sicher.«

»Wegen der Bären, ich weiß. Ich habe eine Glocke.«

Er blinzelte. »Was soll eine verdammte Glocke denn ausrichten?«

»Man klingelt damit und es verjagt sie.«

Seine Kinnlade landete praktisch auf dem Boden – und kam angesichts des Drecks dort fast nicht mehr hoch. »Welcher verdammte Schwachkopf hat Ihnen das erzählt?«

Sie biss sich auf die Unterlippe, was ihn in Versuchung führte. »Der Kerl im Sportwarenladen hat mir versichert, dass man das haben muss. Und ich habe ein paar Videos gesehen.«

»Eine winzige Glocke verjagt keinen Grizzly. Selbst wenn sie das könnte, wird es bei Wölfen nicht helfen.«

Sie saugte weiter an ihrer Unterlippe, was ihm fast ein Knurren entlockte. War sie sich bewusst, was für eine Einladung das ausstrahlte?

»Sind die in dieser Gegend aktiv? Hatten Sie Angriffe?«

»Ja.« Überwiegend, weil die Farm Tiere züchtete, die sie sicher jagen konnten. Das Dasein als Gestaltwandler bedeutete, dass sie hin und wieder frische Beute genossen. »Im Wald ist es gefährlich.«

»Oh.« So ein leises Geräusch.

Er fühlte sich wie ein riesiger Mistkerl, da er ihr Lächeln ausgelöscht hatte. Aber es musste getan werden. Er konnte keine süße kleine Menschenfrau gebrauchen, die ihre Nase dort hineinsteckte, wo sie nichts zu suchen hatte.

Er warf ihr einen Knochen hin. »Ich sage Ihnen was. Wenn es Ihnen damit besser geht, werde ich ein Auge auf Ihren Albino-Biber haben.«

»Wird er sicher sein mit all diesen Wölfen und Bären in der Nähe? Er hat nicht dieselbe Tarnung wie die anderen. Wie soll er sich verstecken?« Sie klang ernsthaft besorgt.

Aus gutem Grund. »Nur die Starken überleben.«

Er bemerkte nicht, dass er das laut gesagt hatte, bis sie aufstand, wobei sie kaum bis zu seinem Kinn reichte, und eisig erwiderte: »Ich verstehe. Es tut mir leid, Ihre Zeit verschwendet zu haben. Einen schönen Abend noch, Sir.«

Und dann ging sie hinaus.

KAPITEL VIER

Meadow brodelte förmlich.

Was für ein unverschämter Mann.

Nur die Starken werden überleben. Allerdings.

So viel dazu, dass er ihr Held war und diese aufdringlichen Kerle in die Flucht geschlagen hatte. Amarok Fleetfoot war genauso kratzbürstig wie zuvor. Genauso sexy. Aber er war nicht derjenige, der ihr anbot, mit ihr ins Bett zu gehen.

Sie seufzte. Scheinbar hatte sie ihre Zeit damit verschwendet hierherzukommen. Und dabei war sie mit so großer Hoffnung aufgebrochen. Sie hatte die beste Playlist aller Zeiten für die Fahrt zusammengestellt. Sie hatte tonnenweise Snacks und Getränke mitgenommen. Unterwegs hatte sie einige wunderbare Fotos geschossen und die Schönheit ihres Fachgebiets bewundert. Also keine völlige Verschwendung.

Ihre schlechte Laune ließ nach. Vielleicht hatte sie Weaver nicht sehen können, aber sie hatte die Fahrt genossen und würde sich auf dem Rückweg Zeit lassen, um die Sehenswürdigkeiten zu bestaunen. Angesichts Amaroks Hartnäckigkeit hatte es keinen Sinn hierzubleiben. Am Morgen würde sie ihr Auto beladen – ein heikler Prozess, den ihre beste Freundin gern als *extremes Tetris* bezeichnete. Da lag sie möglicherweise gar nicht so falsch, da Meadow jeden Zentimeter nutzte, einschließlich des Beifahrersitzes.

Wenigstens wäre Valencia glücklich. Ihre beste Freundin hatte gegen ihre Fahrt hierher widersprochen.

»*Das ist das Land der grobschlächtigen Männer. Du bist so winzig, dass sie dich wahrscheinlich über eine Schulter werfen und mit dir in ihre Höhle laufen werden.*«

Mit dem ersten Teil hatte Valencia vielleicht recht. Mr. Fleetfoot hatte eindeutig etwas Wildes und Ungezähmtes an sich. Einen raubtierhaften Ausdruck in den Augen. Eine Kraft in seinem Körper, die Kleidung nicht verbergen konnte. Meadow achtete normalerweise nicht sonderlich auf das Aussehen anderer, aber er hatte etwas an sich, das in ihr den Wunsch auslöste, ihn offen zu bewundern.

Was auch immer sie fühlte, es würde nirgendwo hinführen. Morgen würde sie zu ihrem Job in der Wildtierstation zurückkehren. Ihr Blog über Weaver würde seine letzte Aktualisierung bekommen. So viel dazu, eine Dokumentation über den süßen Biber zu machen, der ihr das Herz gestohlen hatte.

Der Parkplatz war voller Pick-ups, die Neonlichter der Kneipe flackerten unregelmäßig. Sie schlang die Arme um sich und hielt sich an die offenen Bereiche. Dieser Ort war von derberer Art, als sie es gewohnt war.

Diese beiden Männer, die Mr. Fleetfoot verjagt hatte, waren aufdringlich gewesen. Aufdringlicher als die, mit denen sie es für gewöhnlich zu tun hatte.

Die Lodge war nicht weit entfernt – mit einer der Gründe, warum sie zum Essen in die Kneipe gekommen war. Das Restaurant in ihrer Unterkunft drehte ihr mit den aufgehängten Tierköpfen und den ausgestopften Tieren als Dekoration den Magen um. Und es waren echte Tiere, nicht wie die plüschigen, mit denen sie manchmal schlief, wenn sie etwas brauchte, das sie umarmen konnte.

Der Lärm aus der Kneipe war auf dem Parkplatz zu hören und verstummte nicht, bis sie die Straße überquert hatte. Das ließ sie das Schlurfen eines Schrittes hinter ihr bemerken und sie erschauderte. Vermutlich nur noch jemand, der auf sein Zimmer ging.

Ihre Schritte wurden schneller. Es war egal. Plötzlich wurde sie von denselben beiden Männern umzingelt, die Mr. Fleetfoot verjagt hatte.

»Hallöchen, Bibermädchen.«

Sie tat ihr Bestes, keine Angst zu zeigen. »Was für ein Zufall. Wohnt ihr auch in der Lodge?«

»Jetzt schon.«

Das Blut gefror ihr in den Adern, aber sie ließ sich von ihnen nicht einschüchtern. Sie waren in der Öffentlichkeit. Sie hatte Unterrichtsstunden in Selbstverteidigung genommen – Valencia hatte darauf bestanden, da sie behauptete, Meadow sei zu gutgläubig.

»Es ist ein reizender Ort. Die Angestellten sind so nett.« Wenigstens die Frau an der Rezeption war es. Obwohl sie sich jetzt fragen musste, warum diese Frau betont hatte, dass sie sie in einem Zimmer mit Türriegel untergebracht hatte. Vielleicht hätte sie den Zimmerservice bestellen sollen.

Der Eingang zur Lodge war nicht weit entfernt. Sie würde klarkommen. Der Griff an ihrem Arm, der sie nach links zog, deutete jedoch auf etwas anderes hin.

Ihr Herz hämmerte. Da sie dazu erzogen worden war, ihre Stimme zu benutzen und für sich selbst einzustehen, sagte sie mit nur einem leichten Zittern: »Bitte, lasst los. Ich fühle mich hiermit nicht wohl.«

»Wir sorgen dafür, dass du dich bald sehr gut fühlst. Entspann dich.«

»Ich habe Nein gesagt.« Sie zog. Die erste Welle der Panik traf sie.

»Beruhige dich. Hier. Nimm etwas hiervon.«

»Ich –«

Der Größere der beiden hielt sie fest, während der andere ihr etwas in den Mund schob. Es war scharf auf ihrer Zunge und schmolz sofort. Sie tat ihr Bestes, es auszuspucken, aber sie spürte bereits, wie sie träge wurde.

»Was habt ihr getan?«, lallte sie.

»Wir entspannen dich nur für die große Show«, kam die von Lachen begleitete Antwort.

Als er versuchte, sie zu küssen, bäumte sie sich auf, um zu rufen: »Nein. Stopp. Hilfe!«

Eine Hand landete auf ihrem Mund und unterdrückte jedes Geräusch. Sie wurde über eine Schulter geworfen, genau wie Valencia es vorhergesagt hatte.

Aber bevor der Rohling sie in seine Höhle schleppen

konnte, hörte sie eine tiefe Stimme. »Was zum Teufel denkt ihr, was ihr da tut?«

Sie wurde abrupt auf dem Boden abgeladen. Sie blinzelte mit schweren Lidern und versuchte, den Aufruhr zu verstehen. Schwere Schläge. Wimmern. Dann nichts.

Sie lag auf dem Boden, wo sie versuchte, wach zu bleiben, und scheiterte.

Der attraktive Mr. Fleetfoot beugte sich über sie. Angesichts seiner finsteren Mine brachte sie ein Lächeln zustande. »Mein Held.« Dann schlief sie ein.

KAPITEL FÜNF

Was zum Teufel?
Amarok starrte die schlafende kleine Frau an und wollte noch weiter fluchen. Gut, dass er entschieden hatte, ihr zu folgen, um sicherzugehen, dass sie sicher in ihrem Hotel ankäme. Allerdings hatte er eine Minute länger mit sich selbst gerungen, als er es hätte tun sollen, weshalb er ankam, als Tot und Toter sie bereits wegführten. Um ihr abscheuliches Verbrechen noch schlimmer zu machen, hatten die Mistkerle sie betäubt!

Das war nicht der einzige Grund, weshalb sie in dieser Nacht verschwinden würden. Es war eine Sache, Frauen zu nerven und zu bedrängen. Sie zu betäuben und versuchte Vergewaltigung? Das überschritt eine gottverdammte Grenze.

Er spähte zu Wes und Bowie, die bewusstlos auf dem Asphalt lagen. Man müsste sich um sie kümmern, aber er konnte die Frau nicht wirklich allein lassen.

Eine SMS später und sowohl Hammer als auch

Asher waren an seiner Seite. Sie brauchten keine Erklärung. Sie konnten das Verbrechen sehen.

»Willst du, dass ich sie in ihr Zimmer bringe?«, bot Hammer an.

Amarok wusste, dass er Hammer vertrauen konnte. Der Mann würde eine solche Situation niemals ausnutzen. Aber das war etwas, das Rok selbst übernehmen musste.

»Ich mache das schon. Kümmert ihr euch um diese Arschlöcher.« Denn auch wenn er vielleicht nicht der Alpha eines offiziellen Rudels war, war das hier seine Stadt. Seine Leute. Seine Verantwortung. Selbst die Besucher.

Vorsichtig nahm er sie in seine Arme und musterte die Lodge. Er konnte nicht gerade durch die Eingangstür marschieren. Das würde zu viele Fragen aufwerfen und wahrscheinlich zum Erscheinen der Polizei führen. An seine Unschuld würden die Beamten nicht glauben – zumindest nicht, bis sie aufwachte. Die Nacht in einer Zelle zu verbringen entsprach nicht seiner Vorstellung von Spaß.

Am besten benutzte er den Hintereingang, welcher verschlossen war, aber eine kurze Durchsuchung ihrer Jackentasche förderte ihre Schlüsselkarte zutage.

Piep. Er befand sich im Inneren, ohne die geringste Vorstellung, in welchem Stockwerk oder welchem Zimmer sie untergekommen war. Verdammt. Das bedeutete, dass er den Kopf durch die Tür einer jeden Etage stecken und im Flur schnuppern musste, bis er den richtigen fand. Er folgte seiner Nase zu ihrem Zimmer und ging hinein.

Mit der Ferse schloss er die Tür und trat dann auf das Bett zu, um sie dort abzuladen.

Sie rührte sich kaum und murmelte, während sie döste. Sie würde es einfach ausschlafen müssen. Er wandte sich zum Gehen und erblickte ihre Schuhe und Jacke.

Sie würde klarkommen.

Du würdest keinen deiner Freunde so zurücklassen. Es war genau, wie wenn er sich um Lochlan gekümmert hatte, der mit über vierzig der älteste Kerl auf der Farm und ein Mann war, den seine Vergangenheit heimsuchte.

Ihre Schuhe ließen sich einfach ausziehen, aber für den Mantel musste er ihren Körper bewegen, ihre Arme befreien und ihn ihr dann abstreifen. Der Rest ihrer Kleidung – BH, Jeans – würde bleiben müssen. Er wollte nicht, dass sie aufwachte und in Panik verfiel, da sie sich fragte, was passiert sein könnte.

Nichts war passiert, da er gerade rechtzeitig gekommen war, um sie zu retten. Ein paar Minuten später? Daran wollte er gar nicht denken.

Mein Held.

Wenn sie nur wüsste. Er war weit von einem Helden entfernt, auch wenn er kein Bösewicht war. Rok war zu einem Mann geworden, der solchen Mist nicht tolerierte. Man musste sich nur ansehen, wie er mit Wes und Bowie umgegangen war. Es sollte angemerkt werden, dass seine Jungs die beiden nicht kaltblütig umbringen würden, aber sie würden die Vergewaltiger tief im Wald absetzen. Nackt und nur mit ihrem Verstand, von dem zwischen ihnen beiden nicht viel zu finden war. Theoretisch konnten sie überleben und einen Ausweg finden.

Es sei denn, sie wurden zuerst von etwas Hungrigem gefunden.

Zum Beispiel von einem Wolf.

Er musterte die Frau auf dem Bett, die friedlich schlief. Ihre feinen Züge waren eine Erinnerung daran, dass sie nicht hierhergehörte. Den gepackten Dingen an der Tür nach zu urteilen, beabsichtigte sie, nach Hause zurückzukehren.

Das sollte er auch tun, aber er blieb wie angewurzelt stehen. Sobald er durch diese Tür ging, würde er sie nie wiedersehen. Geleitet von einem Impuls, den er nicht verstand, kehrte er an die Seite des Bettes zurück. Was, wenn sie verwirrt aufwachte? Verängstigt? Was, wenn sie eine schlechte Reaktion auf das Betäubungsmittel zeigte und sich übergab? Es waren schon Leute an ihrem eigenen Erbrochenen erstickt.

Verdammt.

Da das Zimmer nur ein Bett hatte und der Stuhl höllisch unbequem anmutete, setzte er sich mit dem Rücken zur Tür auf den Boden. Er zog sein Handy hervor und verschickte eine weitere SMS.

Ich werde hierbleiben und sichergehen, dass sie das Betäubungsmittel verträgt.

Er bekam einen hochgestreckten Daumen als Antwort. Er sollte schlafen, stattdessen erinnerte er sich jedoch an die Webseite, deren Adresse sie aufgeschrieben hatte. Sie lud, und das Erste, was er sah, war ein Banner von ihr und dem Biber, Wange an Wange, beide mit einem breiten Grinsen, das ihre Zähne zeigte.

Nein. Das würde er nicht tun. Er schob das Handy in seine Tasche, schloss die Augen und hoffte darauf, Schlaf zu finden. Das hatte er nicht wirklich geschafft, als sie sich rührte und murmelte: »Ich fühle mich nicht gut.«

Innerhalb von Sekunden war er an ihrer Seite. Er trug sie in das Badezimmer und hielt ihre Haare zurück, während sie sich übergab. Als sie fertig war, wischte er ihr den Mund und das Gesicht mit einem warmen Waschlappen ab und reichte ihr ein Glas Wasser.

»Ausspülen und ausspucken«, befahl er.

Sie hatte noch nichts gesagt, tat aber, wie angewiesen. Sie gurgelte und spuckte ein paarmal, bevor sie sich ihre Zahnbürste schnappte. Das war der Moment, in dem er sie im Badezimmer allein ließ. Ein paar Minuten später kam sie wieder heraus. Blass. Ein wenig wackelig auf den Beinen.

»Zurück ins Bett.« Er eilte ihr zu Hilfe, als ihr erster zittriger Schritt sie ins Taumeln brachte. Sie kroch unter die Decke und schloss in dem Moment die Augen, in dem ihr Kopf auf dem Kissen landete.

Er dachte, sie wäre direkt wieder eingeschlafen, hörte sie jedoch sagen: »Danke.«

Aus irgendeinem Grund verärgerte es ihn. Nicht das Dankeschön, sondern die Tatsache, dass er sie überhaupt hatte beschützen müssen. Welche Welt ließ Leute diejenigen misshandeln, die schwächer waren als sie selbst?

Dieselbe Welt, die zuließ, dass ein Alpha seinen Sohn für die alleinige Tatsache verprügelte, dass er existierte.

Ein paar Stunden später, nachdem sie sich ein weiteres Mal übergeben und der Großteil des Betäubungsmittels ihren Körper wieder verlassen hatte, erachtete er es als sicher, sie zu verlassen.

Das musste er tun. Der Zorn in ihm baute sich auf. Heftig. Intensiv.

Nur eine Sache würde ihn lindern.

Sein Heulen war im Umkreis mehrerer Kilometer zu hören.

Der weiße Wolf, eine Legende in dieser Gegend, war auf der Jagd.

KAPITEL SECHS

Ein trockener Mund begrüßte Meadow am nächsten Morgen, aber es hätte schlimmer sein können. Sie hatte kein Problem damit, sich an diese aufdringlichen Männer des vorherigen Abends zu erinnern. Wie sie sie betäubt hatten, da sie schändliche Dinge zu tun beabsichtigten.

Dann die Rettung durch den bestaussehenden Mann, den sie je getroffen hatte.

Ein Blick offenbarte ihr Zimmer als leer. Mr. Fleetfoot war verschwunden, aber sie erinnerte sich daran, dass er lange genug geblieben war, um sicherzugehen, dass es ihr gut ging. Er hatte ihre Haare zurückgehalten, während sie sich übergab. Kein Wunder, das er geflohen war.

Sie verzog das Gesicht, als sie ihre Jeans und ihren BH auszog. Die davon zurückgelassenen Abdrücke auf ihrer Haut schmerzten bei Berührung. Die Dusche war willkommen und das Putzen ihrer Zähne beseitigte den sauren Geschmack, der zurückgeblieben war. Ihr Kopf fühlte sich noch immer etwas benebelt an, aber das würden Kaffee und etwas zu essen sicherlich in Ordnung bringen. Sie hatte noch Zeit, bevor sie auschecken musste.

Sie beschloss, sich in das Restaurant mit seiner makabren Dekoration zu trauen, anstatt die Lodge zu verlassen. Das Betreten des Erdgeschosses zeigte, dass dieses bis auf einen Mann leer war.

Ein Lächeln breitete sich auf ihrem Gesicht aus. »Mr. Fleetfoot!«

Er wirkte überrascht, als er auf sie zukam. »Ich heiße Amarok. Rok für meine Freunde. Wir können Du sagen.«

Rok. Das gefiel ihr. Stark. Verlässlich. Genau wie er. »Und ich bin Meadow. Meadow Fields.« Was die Leute immer stöhnen ließ. Ihre Eltern hingegen empfanden es als lustig. »Was für eine Freude, Sie, äh, dich zu sehen. Danke für deine Hilfe gestern Abend.«

Seine Miene wurde finster. »Danke mir nicht dafür, das Richtige getan zu haben.«

»Du hast keine Mühe gescheut.« Nur ihre Mutter blieb immer an ihrer Seite, wenn sie eine Magenverstimmung hatte.

»Bah.« Er blickte mürrisch drein. Er war die Art Mann, der keine Komplimente mochte.

»Was bringt dich heute Morgen her?«

Er verzog das Gesicht. »Du.«

Ein Wort, und es wärmte sie von Kopf bis Fuß. »Ist das nicht süß, dass du nach mir siehst. Wie du sehen kannst, geht es mir gut, dank dir. Allerdings habe ich Hunger. Hast du Hunger?«, plapperte sie, und doch konnte sie sich nicht zurückhalten. Dieser Mann hatte einfach etwas an sich ...

»Ja, ich schätze, ich könnte etwas essen.« Er fuhr sich mit einer Hand durch sein Haar, während er das Podium vor dem Restaurant betrachtete. »Wir könnten wohl nicht woanders hingehen?«

»Aber gern doch! Dieser Ort ist gruselig.« Sie flehte ihn beinahe an.

Der Anflug eines Lächelns umspielte seine Lippen. »Komm schon. Ich kenne da einen Ort.«

Er führte sie nach draußen, aber anstatt zu gehen, trat er auf eine Bestie von Pick-up zu. So groß, dass sie die beängstigende Höhe zum Beifahrersitz beäugte.

Er stand hinter ihr und lachte. »Brauchst du Hilfe?«

»Wenn es keine Umstände macht.«

Sofort umfasste er mit den Händen ihre Taille und hob sie hoch. In seiner Berührung lag nichts Unangebrachtes, und doch sog sie den Atem ein und ihr Körper kribbelte.

Er schlug die Tür zu und kletterte auf den Sitz neben ihr. Er roch nach dem Wald. Frisch und klar.

Der Pick-up startete mit einem mächtigen Dröhnen. »Meine Güte, der ist laut.«

»Weil er mit Pferdestärken läuft, nicht mit Hamstern.« Er war in seiner Aussage so todernst, dass sie einen Moment brauchte, um zu erkennen, dass es ein Scherz war.

Sie lachte. »Mach dich nicht über meinen Marienkäfer lustig. Sie mag vielleicht winzig und leise sein, aber sie ist verlässlich und vor allem umweltfreundlich.«

Er prustete. »Bis ein Schneesturm kommt und du bis zum Frühling nicht wiedergefunden wirst.«

»An solchen Tagen nutze ich öffentliche Verkehrsmittel oder arbeite von zu Hause.«

»Das ist hier draußen keine Option«, entgegnete er, während er ein paar Minuten zu einem Restaurant fuhr, das an ein Zuhause angeschlossen war. *Mama's Grits* stand auf dem handgemalten Schild.

Das Innere bestand aus nicht zusammenpassendem Mobiliar, von dem das meiste abgenutzt war und wackelig auf dem schiefen Boden stand. Das Essen war köstlich und reichlich. Sie schaffte ihre Portion nicht, Amarok hingegen schon. Der Mann konnte essen, aber er sprach nicht viel, was bedeutete, dass sie den Großteil des Frühstücks damit verbrachte, die Unterhaltung am Laufen zu halten und ihm alles über nichts zu erzählen. Ernsthaft. Er musste sie für schrecklich langweilig halten, und dennoch verbrachte er die Mahlzeit damit, sie anzustarren.

Als sie zu zahlen versuchte, knurrte er. Er knurrte tatsächlich: »Ich mache das.«

Dann stiegen sie wieder in seinen Wagen. Die Erregung, als er sie hineinhob, blieb genauso intensiv. Erst als er auf den Parkplatz der Lodge fuhr, sagte er schließlich: »Also, ich habe nachgedacht.«

»Ja?« Sie sah ihn an und sein Blick traf den ihren.

»Ich –« Er schüttelte den Kopf und wandte sich ab, bevor er sagte: »Ich habe mir gedacht, wenn du wirklich begierig darauf bist, den Biber zu studieren, dann kannst du das tun. Aber nur für eine Woche.«

»Wirklich?« Sie quietschte, klatschte in die Hände und hüpfte in ihrem Sitz auf und ab.

»Ja, wirklich, aber mit einigen Regeln, um dich zu beschützen.«

»Was auch immer du sagst.«

»Du solltest mir nicht so schnell zustimmen.«

»Ich würde alles für meinen Biber tun.«

»Mein Gott«, zischte er.

»Bist du religiös?«

»Nein. Aber ich bin scheinbar verrückt.«

»Wohl eher wundervoll.« In ihrer Begeisterung stürzte sie sich über die Mittelkonsole und umarmte ihn. Es war wenig überraschend, dass er sich versteifte. Dennoch drückte sie ihn noch fester. Als sie sich zurückzog, trällerte sie: »Wann kann ich anfangen, mit meinem Biber zu spielen?«

Er hustete und wandte sich ab. »Heute, schätze ich.«

»Juhu! Ich werde meine Sachen packen und rüberkommen. Danke.« Spontan beugte sie sich vor, küsste ihn kurz auf die Wange und flüsterte: »Du bist der Beste. Mein Biber und ich danken dir.« Dann hüpfte sie aus seinem Pick-up und lief zur Lodge, bevor er es sich anders überlegen konnte.

KAPITEL SIEBEN

Als wäre es nicht schon schlimm genug, dass er immer an etwas ganz anderes dachte, wenn sie in einem bestimmten Kontext das Wort *Biber* verwendete, hatte sie ihn nun auch noch geküsst! Warum zum Teufel hatte sie das tun müssen?

Die Berührung ihrer Lippen auf seiner Haut brannte noch auf dem ganzen Nachhauseweg. Eine lange Fahrt, denn er hatte ihr nicht nur die Erlaubnis gegeben, einen verdammten Biber zu studieren, er hatte auch gewartet, bis sie dieses lächerliche, winzige Auto gepackt hatte – auf beeindruckende Weise, wie er zugeben musste. Er war davon überzeugt gewesen, dass nicht alles hineinpassen würde, und falls doch, würde es vermutlich umkippen. Aber sie tuckerte damit die Straße entlang und Rok folgte ihr.

Es war keine Überraschung, dass sie sich an die Geschwindigkeitsbegrenzung hielt. Vermutlich sang sie auch mit den Liedern im Radio mit. Auf jeden Fall redete sie viel. Normalerweise würde ihn das verrückt machen, aber sie war bei allem so lebhaft. Als Mann konnte er nicht umhin, sich zu fragen, ob sie auch im Bett so erregbar wäre.

Ich wette, ich könnte sie so befriedigen, dass ihr die Luft ausgeht.

Allein der Gedanke daran ließ ihn steif werden. Was war es an ihr, das ihn anzog? Das ihn so sehr faszinierte, dass er ihrer Bitte nachgegeben und Ja gesagt hatte? Er sagte niemals Ja. Sie hatte ihn korrekterweise als einen Mann des Wörtchens *nein* eingeordnet, ohne eingeschüchtert zu wirken. Die Frau hatte keine Angst vor ihm.

Wirklich überhaupt keine Angst.

Sie hielt ihn für einen Helden. Einen guten Kerl. Einen, den sie einfach umarmen und küssen konnte, als wäre es nichts. Es löste eine rätselhafte Kettenreaktion in ihm aus, die dafür sorgte, dass seine Begierde nach ihr nun stärker war denn je.

Vielleicht sollte er sie einfach vögeln und es hinter sich bringen. Sich zwischen ihren Oberschenkeln niederlassen, bis sie sich um seinen Schwanz herum fest anspannte, wenn sie kam.

Bei diesem Gedanken erschauderte er wie ein unerfahrener Junge ohne Selbstkontrolle. Dann graute es ihm plötzlich. Was, wenn einmal nicht genug war? Was, wenn –

Er presste seine Lippen aufeinander. Er würde nicht daran denken, weil er nicht daran glaubte.

Schließlich fuhr Meadow in seine Auffahrt, ohne ihr Auto an die Tierwelt verloren zu haben. Er war besorgt gewesen, ein Sasquatch könnte entscheiden, dass er ein glänzendes Spielzeugauto haben wollte. Laut seinem Onkel war das schon einmal passiert. Der Fahrer konnte flüchten. Das Auto überlebte es nicht, einen steilen Abhang hinuntergeschoben zu werden.

Obwohl niemand draußen war, blieb ihre Ankunft nicht unbemerkt. Eine SMS ließ sein Handy vibrieren.

Was geht? Warum ist die Hamsterfrau wieder da?

Wie sollte er erklären, dass er es sich anders überlegt hatte? Sie hätte in diesem Moment zurück in die Stadt fahren sollen. Sie war reisefertig gewesen. Dann hatte er den Mund aufgemacht. Jetzt würde sie die nächste Woche über hier herumlaufen. Und in seinem Haus wohnen, denn er konnte sie nicht draußen schlafen lassen.

Vielleicht sollte er während dieser Zeit einfach campen gehen. *Und sie mit den Jungs und Nova allein lassen?* Die Eifersucht regte sich heiß und heftig. Es ergab keinen Sinn.

Er hielt sie zurück, während er tippte. *Meadow wird nach dem Biber sehen. Sorg dafür, dass sich alle aus diesem Bereich fernhalten.*

Meadow, was? Darauf folgte eine Reihe von Emojis, um sich über Rok lustig zu machen.

Er spannte den Kiefer an und zögerte mit einer Antwort, da seine Aufmerksamkeit abgelenkt wurde, als Meadow aus ihrem Wagen stieg, um sich zu strecken. Ihre erhobenen Arme zogen ihr Hemd hoch genug, dass er einen Blick auf ihre Haut erhaschen konnte. Er würde sie gern kosten.

Er war pervers, während Asher auf eine Antwort wartete.

Er tippte. *Sie tat mir wegen ihrer Schwierigkeiten in der Stadt leid. Ich dachte, ich mache es wieder gut.* Er drückte zu schnell auf *Senden* und bereute es sofort.

Besonders, da Asher nicht die erwartete Antwort lieferte. Er hätte Roks Sanftheit verspotten sollen.

Stattdessen: *Der Weg am Holzschuppen ist frei, aber sie sollte beim ersten Mal nicht allein gehen.*

Asher hatte recht. Auch wenn es nur ein zwanzigminütiger Spaziergang war, brachte dieser sie weit außerhalb von erreichbarer Hilfe, falls sie auf etwas traf, das zu dumm war, um ein Wolfsrevier zu erkennen.

Asher schrieb erneut. *Willst du, dass ich mit ihr hingehe?*

Nein. Ich werde es tun. Er tippte so schnell, dass er blinzelte.

Solltest du nicht Papierkram erledigen?, erinnerte Asher ihn.

Reece, der Kerl, der dafür sorgte, dass alles sauber lief, bestand darauf, dass sie die langweiligsten Details durchgingen.

Das kann warten. Ich werde mit ihr gehen.

Die einzige Antwort, die seine unvernünftige Eifersucht milderte, welche er in diesem Moment nicht hinterfragen würde. Es musste der anstehende Vollmond sein, der so seltsame Dinge auslöste.

Er sprang aus dem Pick-up, ein dumpfes Aufprallen zweier Stiefel. Die Schnürsenkel waren offen, damit er sie mühelos abstreifen konnte.

Meadow griff in ihren Wagen und den Haufen, der ihn ausfüllte. Mit beeindruckendem Geschick zog sie einen Pullover und eine Mütze hervor.

»Hast du Mückenspray?«, fragte er, als er sich ihr anschloss, die Daumen in seine Gürtelschlaufen eingehakt.

»Ja.« Sie nickte. »Obwohl ich normalerweise nicht gebissen werde.«

Dann war sie noch nicht dem richtigen Wolf begegnet.

Schlecht. Er sollte seine Gedanken umlenken.

Sie griff hinein, wobei sie sich auf eine Weise vorbeugte, die ihn schnell dazu brachte, seinen Blick von ihrem Hintern abzuwenden, denn das würde definitiv zu einigen nicht jugendfreien Gedanken führen.

Sie tauchte mit einer Tasche wieder auf, die sie an ihrer Hand baumeln ließ. »Ich habe auch das Zeug, mit dem ich mich einreiben kann, wenn ich gestochen werde.«

Er würde ihr beim Reiben helfen, aber jeder wusste, dass Speichel im Notfall auch den Zweck erfüllte. Er würde jeden Zentimeter von ihr ablecken.

Und schon wieder drifteten seine Gedanken ab.

Er blickte in den Wald. »Da führt ein Weg von hier zum Bach. Es ist ein ungefähr zwanzigminütiger Spaziergang.«

»Fantastisch. Ist es in Ordnung, wenn ich zuerst eure Toilette benutze? Ich bin kein Fan davon, im Wald zu pinkeln und mein Taschentuch in einer Tasche mit herumzutragen.« Sie rümpfte die Nase.

Er tat es ihr gleich. Männer hatten es wesentlich leichter, wenn es um das Pinkeln ging. »Natürlich kannst du sie benutzen. Das Badezimmer ist rechts hinter der

Haustür, und direkt hinter dem Hintereingang befindet sich ebenfalls eins.«

»Klasse!« Sie hüpfte davon, um sich zu erleichtern, und er starrte ihren Hintern an. Kein Mann hätte diesem süßen, prallen Ding widerstehen können.

Sein Handy piepste. Keine Worte, nur ein sabberndes Emoji.

Er hob einen Mittelfinger. Keine Privatsphäre.

Als Meadow wieder zurückkam, hatte er die Gelegenheit gehabt, seine Einladung zu bereuen und eine Rede einzustudieren, um sie zu widerrufen.

Eine Rede, die ihm auf den Lippen erstarb, als sie grinsend auf ihn zutrat. »Ihr habt da drin eine interessante Tapete.« Sie sprach von den Zeitungsausschnitten, die Jahrzehnte zurückgingen, ausgeschnitten und dann an die Wand geklebt. Das bot interessanten Lesestoff, während man auf dem Lokus verweilte.

»Also, hör zu, wegen des Bibers –«

»Ich kann mir denken, was du sagen wirst, da es offensichtlich ist, dass du ein Tierfreund bist. Ich werde Weaver nicht stören, versprochen. Ich weiß es besser, als in Lebensräumen herumzublödeln oder ihre Jagdreviere zu stören. Ich werde mich zurückhalten. Pfadfinderehrenwort.« Sie hielt sich eine Hand über ihr Herz.

Jetzt Nein zu ihr zu sagen wäre, als würde man einen süßen Welpen treten. Er seufzte. »Mach keinen Müll.«

»Das ist selbstverständlich.«

»Entferne dich nicht aus diesem Bereich.«

»Ich werde mich an den Weg halten, keine Sorge.«

Würde sie wohl aufhören, so verdammt fügsam zu sein?

Bevor er etwas sagen konnte, um ihr endlich das Lächeln aus dem Gesicht zu wischen, kam ein Quad um die Seite des Hauses geschossen, gefahren von Darian, ohne Helm und mit düsterer Miene, was nicht ungewöhnlich war. Die meisten auf der Farm waren mürrische Mistkerle, mit der Ausnahme von Asher, der am gemeinsten sein konnte, wenn er lächelte.

Darian fuhr vor und nickte Meadow kurz zu. Er stellte den Motor ab und schwang ein Bein über den Sitz, während er sagte: »Du musst die Biberjägerin sein, von der ich so viel gehört habe.«

»Keine Jägerin! Meine Güte. Ich könnte niemals etwas töten. Ich mache Videos und Studien, damit ich eine umfassende Lernerfahrung mit denen teilen kann, die diese wunderschönen und majestätischen Biber genauso sehr lieben wie ich.«

Aus irgendeinem Grund lachten weder er noch Darian, obwohl es die lächerlichste Sache überhaupt war. Wie konnten sich auch, wenn sie JEDES EINZELNE VERDAMMTE WORT MEINTE?

Sie war verrückt und so verdammt süß, dass es noch mehr wehtat.

Darian blieb nüchtern. »Er ist ein interessanter Kerl. Ich kann verstehen, warum du ihn studieren willst. Hättest du vielleicht gern Gesellschaft? Jemanden, der das Land kennt?«

Moment, flirtete Darian mit seiner Meadow?

Rok funkelte ihn an. »Ich werde in ihrer Nähe bleiben, um dafür zu sorgen, dass sie nicht auf Schwierigkeiten stößt.«

»Das sollte jemand anderes tun, denn du hast Dinge zu erledigen.«

»Ich werde mich später um den Papierkram kümmern«, grummelte er.

»Nicht später. Deine Aufmerksamkeit wird jetzt gebraucht.« Darian warf ihm einen harten Blick zu, der ausdrückte, dass es sich um mehr als gewöhnliche Geschäfte handelte.

»Sie kann nicht allein gehen.« Darian öffnete den Mund, aber bevor er seine Dienste erneut anbieten konnte, wirbelte Rok herum und zeigte mit seinem Finger in Lochlans Richtung, als dieser aus der Werkstatt heraustrat. »Loch, du wirst Meadow begleiten.«

Lochlans beeindruckend finsterer Blick wurde noch intensiver. »Fick dich. Ich bin kein Babysitter.«

»Oh, du musst niemanden für mich bemühen. Ich fühle mich im Wald sehr wohl«, warf Meadow ein.

»Wenn du diese Glocke erwähnst ...«, drohte er.

»Ich habe sie dabei. Und ich habe geübt, sehr laut damit zu läuten.« Sie lächelte schelmisch.

Sollte das ein verdammter Witz sein? Darians Lachen deutete jedenfalls darauf hin.

»Glücklicherweise gibt es in diesem Bereich keine Bären. Aber du solltest dich nicht weit von der Gegend entfernen. Sobald man außerhalb der Sichtweite dieses Baches und des Weges ist, verläuft man sich schnell«, sagte Darian.

»Ihr schickt sie zum neuen Biberdamm?« Lochlan steuerte plötzlich auf sie zu.

»Stimmt etwas nicht?«, fragte er.

»Die Strömung ist seit dem Sturm vor zwei Tagen noch immer schnell.«

»Ich habe nicht beabsichtigt, ins Wasser zu gehen«, antwortete Meadow.

»Trotzdem gefährlich. Verdammt.« Lochlan grunzte. »Zu eurem Glück ist mir nach Fisch. Ich werde angeln und ein Auge auf sie haben, während sie Entdeckerin spielt. Los geht's.«

»Danke!« Sie klatschte in die Hände. »Ich muss nur ein paar Sachen holen.«

Während Lochlan die Augen verdrehte, öffnete sie den Kofferraum ihres Wagens.

Es bereitete Rok körperliche Schmerzen, den Mangel an Platz zu sehen. Währenddessen flüsterte Darian: »Wie zum Teufel konnte sie das rausziehen, ohne dass alles auf den Boden fällt?«

Weil sie verrückt war. Genau wie er. »Später.« Er zog mit Darian davon. *Sieh nicht zurück.*

Das erwies sich als schwierig, da sie trällerte: »Noch mal danke, Rocky. Du bist der Beste!«

Er verzog das Gesicht, da er sich nicht sicher war, was schlimmer war. Das Kompliment oder der verdammte Spitzname.

Darian lachte unverhohlen. »Rocky? Da hat jemand Eindruck hinterlassen. Was ist passiert? Ich schätze, es hat damit zu tun, dass Wes und Bowie hinter der Schlucht abgeladen wurden. Asher und Hammer haben mir davon erzählt, als sie nach Hause kamen.«

Auf vier Beinen, da sie entschieden hatten, den Pickup bei Rok in der Stadt zu lassen.

»Sie haben sie überfallen und betäubt.« Mehr musste nicht gesagt werden.

Darian wurde still, bevor er sagte: »Deshalb bist du gestern Abend also nicht nach Hause gekommen.«

»Sie war völlig weggetreten. Ich wollte nur sichergehen, dass es ihr gut geht.«

»Und dann hast du sie zum Frühstück eingeladen.«

Er verzog das Gesicht. Jemand hatte es gesehen und berichtet. Verdammte Kleinstädte. Es war ein Wunder, dass er und die Gruppe auf der Farm überhaupt irgendwelche Geheimnisse wahren konnten. »Sie hatte Hunger.«

»Warum gibst du nicht einfach zu, dass du sie magst?«

Mögen schien ein schwaches Wort für das Inferno zu sein, das ihn verzehrte, wenn sie in der Nähe war. »Sie ist süß.«

Darian lachte leise. »Deshalb hast du sie mit Lochlan losgeschickt. Der Mann hasst *süß*.«

War das so? Denn er war aus freiem Willen mitgegangen. Er hatte sich fast freiwillig gemeldet. Was hatte es damit auf sich? Sicherlich hatte Lochlan kein Interesse an Meadow. Er schenkte Frauen nie Aufmerksamkeit.

Aber Meadow war anders ...

»Hörst du zu?«

»Was?«

»Denk für einen Moment mal mit dem Gehirn in deinem Kopf. Ich muss dir etwas zeigen.«

»Wirst du mir sagen, was es ist, oder ist es eine Überraschung?«, murmelte er mit einem leichten Anflug von Sarkasmus.

»Erinnerst du dich daran, wie vor Kurzem jemand auf die Himbeeren gepinkelt hat, ohne eine Spur zu hinterlassen?«

»Ja. Haben wir noch mehr Pisse gefunden?«

»Nicht ganz.«

Sie waren weit hinter dem Haus und auf dem Weg zu den Gärten, die von jenen gepflegt wurden, die einen grünen Daumen hatten – Astra und Gary.

»Poppy hat mich losgeschickt, um Gemüse für das Abendessen zu holen. So habe ich den Fußabdruck gefunden.«

Er musste nicht fragen. Es war keiner von ihren. »Was kannst du mir darüber sagen?«

»Sieh es dir selbst an.«

Darian deutete auf eines der gut gepflegten Beete. Die dunkle Erde war feucht, die grünblättrigen Pflanzen wuchsen in Reihen. Deutlich im Dreck zu erkennen war ein Fußabdruck mit fünf Zehen.

»Keine Schuhe?« Rok ging in die Hocke, aber auch durch die Nähe war kein Duft wahrzunehmen.

»Das ist nicht das Einzige. Ich habe nur den einen Fußabdruck gefunden.«

»Unmöglich.« Er sah sich um. »Es muss noch etwas geben.«

»Ich habe nachgesehen.« Da Darian Talent beim Verfolgen von Fährten hatte, hatte das etwas zu bedeuten.

»Es muss etwas geben. Jeder hinterlässt Spuren.« Fußabdrücke mochten leicht zu verwischen sein, aber Duft, die Anwesenheit, neigten dazu, länger zu verweilen.

»Nichts, daher das Mysterium.«

Rok fuhr mit den Fingern über den Boden. Zwischen den erhöhten Beeten war ein zerbrochener Stein. Jemand, der ging, würde keinen Abdruck hinterlassen.

Er begab sich zu dem Rand, der dem Wald am nächsten war, und suchte weiter. Er traf auf allerhand normale Gerüche: Kaninchen, Eichhörnchen, Streifenhörnchen, Waschbär, Fuchs.

Kein penetranter, erdiger Duft eines Bären. Nichts Menschliches. Nur die Gerüche derer, mit denen er zusammenlebte.

Der Fußabdruck war ein Mysterium. Eines, das ihm nicht gefiel, denn es konnte nur eine Sache bedeuten. »Jemand legt sich mit uns an.«

KAPITEL ACHT

Meadow summte, während sie sich einen Platz einrichtete, der ihr volle Sicht auf den von Weaver gebauten Damm bot. Ein wetterfestes Kissen, auf dem sie sitzen konnte. Ein Buch. Ein Snack, da das Frühstück bereits eine Weile zurücklag, und ein Stativ, das ihre Kamera mit Bewegungssensor hielt.

Sie hatte Weaver noch nicht gesehen, aber sie konnte anhand des Peilsenders erkennen, dass er in der Nähe war. Würde er sich an sie erinnern?

Bei ihr jedenfalls hatte die Erfahrung mit ihm dauerhafte Spuren hinterlassen. Seine Mutter war verletzt und trächtig in die Wildtierstation gekommen. Sie überlebte nicht, ihr Junges hingegen schon. Meadow hatte zahllose Nächte mit Weaver verbracht, ihn fest an sich gedrückt, um ihn kuschelig warm zu halten, und mithilfe einer Pipette mit Milch versorgt. Aber sie war verantwortungsvoll genug gewesen, ihn in auf das mit Bäumen bewachsene Gelände zu entlassen, sobald er eigenständig fressen konnte. Die Wildtierstation hatte sogar einen Teich, wo er mit den von ihm gefällten Jungbäumen sogar einen Damm zu bauen versuchte.

Dann kam der Sturm, welcher einen Teil des Zauns niederriss und ihren Garten überflutete, einschließlich des Gebäudes, das die Tiere beherbergte. Um sie zu retten, hatten sie sie freilassen müssen. Nicht alle von ihnen konnten zurückgeholt werden. Weaver wurde gefunden, aber da er monatelang allein hatte überleben können, protestierten Tierschützer für sein Recht, frei zu sein.

Und sie gewannen.

Der Peilsender war Meadows letzter verzweifelter Versuch, um zu sehen, ob es sich als die richtige Entscheidung herausstellte, wobei sie argumentierte, dass sie es für zukünftige Fälle wissen sollten. Bisher schien es, als würde Weavers Freiheit funktionieren. Er hatte sich weit von seinem Zuhause entfernt und sich einen wundervollen Damm in einem Bach gebaut. Das Beste jedoch war, dass er am Leben blieb.

Als Teil ihrer Dokumentation machte sie Fotos und nahm Messungen vor, was alles ohne Zwischenfälle vonstattenging. Erst als sie ihre Hand wusch, um die Reste ihres klebrigen Apfels loszuwerden, fiel sie in das kühle Wasser, welches sie nach Luft schnappen ließ. Sie tauchte tropfnass wieder auf und fand sich Rok gegenüber wieder, der am Ufer stand.

»Rocky!«

»Was zum Teufel?«

Sie strahlte. »Ich erfrische mich nur.«

»Ich dachte, wir hätten dir das Spielen im Wasser verboten.«

»Scheinbar dachte die Natur, ich bräuchte ein Bad. Gut, dass ich mein Handy in einer wasserdichten Hülle habe.« Sie hielt es hoch.

Er zog eine Augenbraue hoch. »Du scheinst nicht so geschützt zu sein.«

»Ich bin ein wenig nass.« Sie zog ihre tropfende Jacke aus und fand ihr Hemd darunter völlig durchnässt vor. Der Stoff klebte an ihrer Haut, besonders an ihren Brüsten.

Ihm fiel es auf und er starrte sie sogar einen Moment lang mit schwelendem Blick an, bevor er sich abwandte. »Hast du trockene Sachen, die du anziehen kannst?«

»Im Auto.«

»Dann lass uns gehen. Es ist sowieso Zeit fürs Abendessen.«

»Wirklich? Ihr müsst mich nicht füttern. Ich habe etwas mitgebracht«, entgegnete sie und zitterte ein wenig, als die Brise des späten Nachmittags auf den nassen Stoff traf.

»Ich bezweifle sehr, dass es so gut ist wie das, was Poppy kocht. Lochlan hat ein paar Fische für das Abendessen gefangen.«

»Er ist sehr beeindruckend. Ich schwöre, die Fische sind mit Absicht auf den Haken des Mannes gesprungen.«

»Es hilft, dass sie in Fülle vorhanden sind«, kam seine gegrummelte Antwort. »In diesem Bach kann jeder angeln wie ein Profi.«

»Ich verstehe, warum du es liebst, hier zu leben. Es ist so schön.« Sie drehte sich, während sie dem Weg folgten, der an ihrem Minicamp vorbeiführte. Ihr Rucksack hing in einem Baum, um ihn vor Ameisen und den meisten Schädlingen fernzuhalten. Sie hängte ihren Mantel daneben. »Bis morgen früh sollte er trocken sein.«

»Es ist kein Essen in der Tasche?«, fragte er.

»Ich weiß es besser.« Sie lachte. Ihre Toilettenpausen waren die Gelegenheiten, zu denen sie einen Snack aus ihrem Fahrzeug holte. Bei ihrer zweiten Wanderung in das Haus, um die Toilette zu benutzen, hatte die besagte Poppy sie jedoch überredet, einen Bananenmuffin und einen Eistee mitzunehmen. Köstlich.

»Hast du viele gute Fotos bekommen?«, fragte er mit gesenktem Kopf, die Hände in den Hosentaschen. Er war steif, als fiele ihm das zwanglose Plaudern nicht leicht.

»Unmengen an Fotos, aber nicht von Weaver. Aber das ist bei ihm nicht anders zu erwarten. Selbst als kleiner Kerl war er ein Nachtbiber. Ich hoffe, dass er heute Nacht rauskommt. Es ist fast Vollmond und der Himmel soll wohl klar sein, was bedeutet, dass ich ihn mühelos erkennen müsste.«

»Du willst, dass wir heute Nacht wieder herkommen?«

»Du musst nicht mit. Jetzt, wo ich weiß, wo ich hinmuss, komme ich klar.«

»Sagt die Frau, die in den Bach gefallen ist, nachdem ihr gesagt wurde, sie solle Abstand halten.«

»Ich werde nachts nicht in der Nähe des Wassers sein.«

»Nein, das wirst du nicht, weil du nicht hier draußen sein wirst. Zu gefährlich.«

Überfürsorglich, wie niedlich. »Keine Sorge, Rocky. Ich habe das schon mal gemacht.«

»Aber nicht in diesem Wald«, kam seine finstere Antwort. »Und es heißt Rok, nicht Rocky.« Man könnte meinen, er wäre das Vorbild für den Begriff *mürrisch* gewesen.

»Dann schätze ich, du wirst wieder mein Held sein und mich beschützen müssen.« Die koketten Worte verließen ihren Mund, woraufhin er sofort stolperte.

»Verdammte Baumwurzeln.« Der Weg war eben.

Sie lächelte innerlich und grinste noch während des Abendessens. Scheinbar war Rok, auch wenn ihm die Farm gehörte, kein versnobter Typ, der von seinen Arbeitern getrennt blieb. Sie lebten nicht nur im Haus und den zahlreichen Hütten drumherum, sondern sie aßen auch gemeinsam an dem riesigen Tisch – der eigentlich aus zwei zusammengeschobenen Tischen bestand – mit Bänken auf jeder Seite. Das sorgte für eine große Versammlung und viel Zuhören, während sie versuchte zu verstehen, wer wer war.

Da war Darian, ein ernster Kerl, und der Bruder von Poppy. Sie wirkte ebenfalls düster, aber auf eine tragischere Art. Ihre Kochkünste hingegen waren sicherlich das Beste, was Meadow je begegnet war.

Asher schien der Ausgelassene der Gruppe zu sein, der die anderen aufzog und ständig lachte, im direkten Kontrast zu dem sehr griesgrämigen Lochlan, der kaum ein Wort sagte oder einmal lächelte. Jedoch war er derjenige gewesen, der ihr mitgeteilt hatte, dass Weaver sich einen guten Ort für einen Damm ausgesucht hätte.

Reece, der sich wohl um die Geschäftsbücher der Farm kümmerte, saß neben seinem Mann Gary, dessen Tomaten es dieses Jahr sehr gut ging. Aber laut Astra, die hochschwanger und mit Bellamy verheiratet war, war ihre Auberginenernte, wenn auch in ihrem Ausmaß kleiner, dennoch beeindruckender, da die Züchtung schwieriger war.

Nova war die letzte Frau in der Gruppe. Ihr Haar war zu einem Undercut geschnitten, sodass es auf dem Oberkopf zottelig war, und ihre Augen waren von strahlendem Blau. Ihr Nasenpiercing hatte einen Schmuckstein in derselben Farbe.

Es fehlten nur Hammer und Wallace.

Viele Leute, die zwar nicht miteinander verwandt waren, aber miteinander lachten und redeten wie eine Familie.

Meadow sog es in sich auf und unterhielt sich bald genauso angeregt wie die anderen. Rok sagte nicht viel, aber sie ertappe ihn oft dabei, wie er sie musterte.

Gegen acht stand sie auf und verkündete: »Ich sollte rausgehen und diese Fotos machen.«

»Ich komme mit dir«, bot Rok sich an und sprang sofort auf die Füße, was für plötzliche Stille und viele auf ihn gerichtete Blicke sorgte. »Ich bin bald wieder da«, fügte er schroff hinzu, wobei er sich steif bewegte, als wäre er verlegen.

So ein lustiger Mann, und sie durfte Zeit mit ihm allein verbringen. Unter einem strahlenden Mond.

Alles konnte passieren.

Zuerst ging sie auf die Toilette, bevor sie sich ihm draußen anschloss. Er starrte zum Himmel hinauf. Sie steuerte auf ihr Auto zu, um die Dinge zu holen, die sie brauchen würde.

Er musterte ihr Bündel und runzelte die Stirn. »Schlafsack?«

»Natürlich um warm zu bleiben. Es ist nachts ein wenig zu kühl, um ohne eine Decke zu schlafen.«

»Was? Du schläfst nicht draußen. Ich werde dir einen Platz im Haus suchen.«

»Ich will niemandem zur Last fallen. Es ist in Ordnung. Ich mache das ständig.«

Bevor er antworten konnte, zog sie sich ihr Stirnband an und schaltete die Lampe ein.

Er zischte: »Was zur Hölle tust du jetzt?«

»Das ist Licht, um im Dunkeln sehen zu können, Dummerchen. Nicht alle von uns kennen den Weg so gut.«

»Ich hätte nicht zugelassen, dass du hinfällst.« Er klang äußerst verärgert.

»Ich beginne zu denken, dass du mich gern rettest«, neckte sie ihn, als sie auf den Wald zusprang, nur um aufgehalten zu werden.

»Gib mir das.« Er bestand darauf, alles zu tragen. Genau wie Lochlan mit ihrem Rucksack. Es gab also doch noch Gentlemen.

Während sie durch den Wald schlenderten, atmete sie tief. »Ihr habt solches Glück, hier zu leben.«

»Es ist ein schöner Ort.«

»Er ist mehr als schön. Er ist Perfektion. Ich könnte ewig hierbleiben.«

»Was du aber nicht tust. Wir haben uns auf eine Woche geeinigt«, betonte er.

Sie lachte. »Ich werde eure Gastfreundschaft nicht

überbeanspruchen. Versprochen. Ich bin nur neidisch, dass ihr jeden Tag im Paradies aufwacht.«

»Wenn es dir so sehr gefällt, warum lebst du dann in der Stadt?« Die Frage zeigte, dass er während des Abendessens, wo sie sich mit den anderen unterhielt, aufmerksam gewesen war.

»Dort ist alles in der Nähe. Freunde. Familie. Mein Job.« Sie verzog das Gesicht.

»Klingt, als wäre der letzte Teil nicht ganz so toll.«

»Doch, das ist er. Oder war. Wir haben in letzter Zeit Probleme, weil Tierschützer der Meinung sind, wir sollten schließen.«

»Wie ich es beim Abendessen verstanden habe, helft ihr in eurer Wildtierstation ausgesetzten oder verletzten Kreaturen.«

»Das tun wir, und das ist für uns in Ordnung. Aber sie denken, dass wir sie in dem Moment wieder in die Wildnis entlassen sollen, in dem wir sie gesund gepflegt haben.« Mit einem Blick nach vorn, wo sie den Bach hören konnte, fügte sie hinzu: »Ich dachte immer, sie lägen falsch. Aber wenn Weaver es schafft, der in Gefangenschaft geboren wurde, dann könnten sie recht haben.«

»Nicht zwingend. Es ist ein zweischneidiges Schwert. Auf der einen Seite gibt es einige Argumente für die Freiheit. Um umherstreifen und tun zu können, was auch immer sie wollen. Aber andererseits ist es gefährlich in der Wildnis. Es beinhaltet mehr, als nur Nahrung und Unterschlupf zu finden, sie müssen sich auch vor Raubtieren und dem Wetter schützen.«

»Wie erfahren wir also die richtige Antwort?«

»Das können wir nicht. Aber als jemand, der mit Tieren in Gefangenschaft zu tun hat, will ich sagen, dass der größte Unterschied darin besteht, wie man sie behandelt. Wenn man sie richtig behandelt, ist es kein Gefängnis.«

Eine Antwort, der sie zustimmte. »Meine Recherchen zeigen, dass auf der Farm ein paar Tierarten gezüchtet werden. Alpakas, Bisons und Schafe. Eine seltsame Mischung.«

Er zuckte die Achseln. »Mit den letzten beiden führe ich nur fort, was mein Onkel begonnen hat.«

»Reece sagt, er sei derjenige gewesen, der dich von den Alpakas überzeugt hätte.«

»Ja. Und mittlerweile bringen sie richtig viel Geld.«

»Und sie sind so süß!« Immer lächelten sie für die Kamera. Sie grinste ihn an und stellte fest, dass er sie beobachtete.

Seine bernsteinfarbenen Augen leuchteten auf, als ihre Lampe in sie hineinschien, und einen Moment lang erinnerte er sie an ein wildes Tier.

»Ich bin blind!«, beschwerte er sich.

»Entschuldige. Ich schätze, ich sollte mich unauffälliger machen, jetzt, wo wir in der Nähe sind.« Sie schaltete das Licht aus und blinzelte einen Moment lang, um sich umzugewöhnen.

»Bleib in meiner Nähe, damit du nicht wieder ins Wasser fällst«, grummelte er.

Sie tat, wie befohlen, und klebte ihm förmlich an den Fersen, was bedeutete, dass sie, als er stehen blieb, mit ihm zusammenstieß und abprallte. Mit einem dumpfen Geräusch landete sie auf dem Hintern.

Er drehte sich um und warf einen mondbeschienenen Schatten auf sie. »Ernsthaft! Geht es dir gut?«

»Jup. Ich bin nur ungeschickt.« Sie streckte eine Hand aus und er zog sie hoch. Aber anstatt loszulassen, holte er sie näher an sich.

Sie neigte ihr Kinn, um zu ihm aufzusehen. Sein intensiver Blick veranlasste sie dazu, sich die Lippen zu lecken.

»Sei vorsichtig.« Er trat zurück.

Während der nächsten Stunde kam er nicht in ihre Nähe, während sie Fotos machte, da sie Weaver endlich mit eigenen Augen sah, als er aus seinem Damm herausgeschwommen kam. Er war noch größer geworden, seit sie ihn das letzte Mal gesehen hatte.

Sie weinte Freudentränen, als sie »Weavie, Baby« murmelte und er die Richtung änderte, um zu ihr zu schwimmen. Er kroch aus dem Wasser in ihren Schoß und ließ sich von ihr streicheln, während sie fröhlich gurrte.

Als er schließlich davonschwamm, sah sie Rok mit feuchten Augen an. »Er hat sich an mich erinnert.«

»Ich würde sagen, diese Wirkung hast du auf jeden, den du triffst.«

Ein Kompliment, das sie erröten ließ.

Wie sie vorhergesagt hatte, plante der Biber eine geschäftige Nacht des Nagens. Sie platzierte ihren Schlafsack an einer Stelle, wo sie zusehen konnte. Rok verschmolz mit den Schatten und sie nahm an, dass er sie weiter beobachtete. Vielleicht war er aber auch trotz all seines Grummelns über Gefahren gegangen.

Das bezweifelte sie jedoch. Der Mann hatte starke Beschützerinstinkte.

Als er schließlich erschien, war er hinter ihr und flüsterte: »Es ist spät. Zeit fürs Bett.«

Sie reckte den Hals, um ihn sehen zu können. »Es tut mir leid. Ich hätte dir schon vor einer Weile sagen sollen, dass du gehen kannst, da ich die Nacht hier verbringen werde.«

»Einen Teufel wirst du tun.«

KAPITEL NEUN

»Du kannst nicht draussen übernachten.« In dieser Hinsicht würde er nicht nachgeben.

»Warum nicht?«

»Weil ein Schlafsack nicht genug ist.«

»Ich versichere dir, dass er für diese Jahreszeit warm genug ist, und er hat sogar ein Mückennetz.«

»Das wird ein richtiges Raubtier wie einen Wolf nicht aufhalten.«

Sie schnaubte spöttisch. »Wölfe interessieren sich selten für Menschen, es sei denn, sie sind am Verhungern. Es ist Spätsommer. Sie sind noch nicht verzweifelt.«

»Es gibt Bären.«

»Die nach einem üppigen Sommer ebenfalls fett sind. Außerdem habe ich meine –«

»Wage es nicht, es auszusprechen.«

»Glocke.« Sie sprach es aus. Und dann legte sie noch einen obendrauf. »Außerdem habe ich Cayennepfeffer mitgebracht.«

Während sie die dümmsten Dinge aufzählte, die er je gehört hatte, erkannte er, dass es nur eine Möglichkeit gab, um sie zum Schweigen zu bringen.

Er presste seinen Mund auf ihren.

Sie schnappte nach Luft, drückte ihn aber nicht weg. Ihre Lippen wurden weich und öffneten sich an seinen. Sie streckte ihre Hände aus und klammerte sich an seinen Nacken. Ein Stöhnen entwich ihm, fast wie ein Knurren, während ihn die Begierde erfüllte. In ihm pulsierte.

Er wollte sie. Hier. Jetzt.

Wahnsinn. Er zog seinen Mund zurück. »Entschuldige.« Es klang schroff.

»Warum? Ich habe den ganzen Tag lang gehofft, du würdest mich küssen.«

Und dann war sie an der Reihe, ihn zu packen und nach unten zu ziehen, um ihre Lippen mit seinen verschmelzen zu lassen. Sie küsste ihn und machte fröhliche leise Geräusche, die ihn verrückt machten.

Letzten Endes legte sie sich auf ihren Schlafsack, mit ihm zur Hälfte auf ihr, da sein Mund von ihr nicht genug bekommen konnte. Dass sie sich wand, hielt ihn nicht davon ab, sie mit seinen Händen zu erkunden. Er schob sie unter ihr Hemd, um über glatte Haut zu streichen. Er streifte runde Kurven, die von einem BH gehalten wurden. Eine Hand zwischen ihren Beinen brachte sie dazu, den Rücken zu wölben, und ihre Hitze war selbst durch den Stoff ihrer Hose zu spüren.

Er rieb, saugte an ihrer Zunge, während er sie streichelte, und quälte sie beide, indem sie ihre Kleidung anbehielten.

Sie wimmerte an seinen Lippen und er kämpfte mit ihrem Reißverschluss, wie es ihm seit seinem ersten Mal nicht mehr passiert war. Er schob eine Hand an ihrem Slip und ihrer Hose vorbei, um ihren Schritt zu finden. Feucht und begierig.

Ihr Körper saugte den Finger ein, den er hineingleiten ließ. Sie keuchte in seinen Mund und bewegte sich zeitgleich mit den Stößen seines Fingers.

Sie kam mit einem Schaudern, das ihm ein Knurren entlockte und ihn dazu verlockte, in ihre Unterlippe zu beißen. Er hätte sie genommen, direkt dort, wenn nicht das Heulen gewesen wäre.

Ein Heulen, das nicht hierhergehörte.

KAPITEL ZEHN

Meadow schwebte auf einer Wolke der Glückseligkeit, ihr Körper befriedigt und doch noch immer pulsierend. Sie wollte mehr von seiner Berührung.

Sie wollte ihn in sich.

Sie brauchte eine Sekunde, um zu realisieren, dass Rok sie auf die Füße gezogen hatte, aber nicht, um weiteren Spaß zu haben. Er war zu seiner üblichen mürrischen Art zurückgekehrt. »Wir müssen gehen.«

»Wohin?«

»Zurück zum Haus.«

Angesichts der Leidenschaft, der sie eben noch nachgegeben hatten, nahm sie an, es sei, um Sex zu haben. Ein Bett wäre schön. »Lass mich das wegpacken.« Es gab nichts Schlimmeres, als zurückzukommen und zu sehen, dass Kreaturen aller Art ihre Sachen erobert hatten.

»Lass es liegen«, knurrte er.

Dieses Höhlenmensch-Verhalten? Total sexy. »Okay, aber wenn ein Stinktier meinen Schlafsack zu seinem neuen Zuhause macht, bist du derjenige, der ihn wäscht.«

Er antwortete nicht, sondern schnappte sich ihre Hand und zerrte sie weiter. Begierig. So begierig. Noch nie hatte ein Mann so gedrängt, sie ins Bett zu kriegen. Außerdem hatte ihr noch nie ein Mann unter freiem Himmel einen Höhepunkt beschert. Normalerweise passierten solch leidenschaftliche Dinge nur in Büchern.

Sie schafften es zu seinem Haus. Viele Lichter in den verschiedenen Räumen waren eingeschaltet, genau wie in einigen der Hütten. Erst dann wurde er langsamer, während er den Kopf nach links und rechts drehte.

Wachsam. Warum? Hatte er im Wald etwas gehört? Sie jedenfalls nicht, es sei denn, ihre schnaufende Atmung zählte.

»Stimmt irgendetwas nicht?«

»Du musst reingehen.« Das klang nicht nach einer Einladung in sein Bett. Er öffnete die Tür und wartete darauf, dass sie eintrat.

Angesichts seiner steinernen Miene überlegte sie, ob sie hineingehen sollte. Was wusste sie wirklich über diesen Mann? Val behauptete immer, sie sei zu vertrauensvoll.

»Mach die Tür zu, es zieht«, beschwerte Astra sich aus dem Wohnzimmer. »Das Baby mag die Kälte nicht.«

»Dann wird der Winter ihm gar nicht gefallen«, kam Novas Antwort.

Meadow trat ein und er folgte, wobei er an ihr vorbei ins Wohnzimmer ging. Es war ein gemütlicher Raum mit einer riesigen Couch, auf der Astra und Bellamy saßen, und einem weichen Klubsessel, der Nova beherbergte. Ihr gegenüber befand sich eine weitere Couch.

Der Fernseher erstreckte sich über dem aktuell nicht angezündeten Kamin. Astra war mit einer Decke ausgestattet, während Bellamy Shorts und ein T-Shirt trug. Laut Astra, die sich während des Abendessens mit Meadow unterhalten hatte, war ihr immer zu warm gewesen, bis die Schwangerschaft ihre Hormone durcheinandergebracht hatte.

Nova legte ihr Handy beiseite, um zu fragen: »Hast du deinen Biber gesehen?«

»Das haben wir. Es war fantastisch«, schwärmte Meadow.

»Ich wette, dass es das war«, erwiderte Nova gedehnt.

Amarok knurrte. »Nicht jetzt, Nova. Wir haben vielleicht eine Wolf-Situation. Ich werde nachsehen, wollte aber zuerst Meadow herbringen. Kannst du dich um sie kümmern?«

»Scheiß drauf, den Babysitter für deine Freundin zu spielen. Ich komme mit dir.«

»Ich werde Meadow ihren Schlafplatz vorbereiten«, bot Astra an, die ihre Hand ausstreckte, was ein Signal für Bellamy war, aufzustehen und sie hochzuhieven. Er übertrieb mit einem Stöhnen und erntete im Gegenzug einen Piks in den Bauch, der ihn zum Lachen brachte.

»Nicht lachen«, beschwerte seine Frau sich. »Denn du gehst mit ihnen.«

»Aber ich wollte gerade Popcorn mit Butter machen. Du weißt, dass du davon etwas abhaben willst ...«, drängte er.

»So ist es, aber du weißt, dass ich es am nächsten Morgen lieber mag, also mach es, wenn du zurückkommst.« Sie küsste ihn auf die Wange.

Amarok wandte sich zum Gehen. So viel zum Sex heute Nacht. Scheinbar nahm Amarok seine Pflichten auf der Farm sehr ernst.

Sie gingen, woraufhin Astra die Tür abschloss. Sie lächelte. »Sie werden mindestens eine Stunde oder länger weg sein. Möchtest du einen Snack?«

»Gern.«

Astra machte mehr als genug frisches Popcorn, damit etwas für sie übrig bleiben würde. Sie sahen sich eine Babysendung an, die Astra aufstöhnen ließ, als hätte sie Schmerzen. »Scheiße sollte nicht bis zu ihren Ohren gehen.«

Sie plauderten und Astra fragte sie nach ihrem Leben in der Stadt. Ihrer Familie. Dann teilte Astra Anekdoten ihrer eigenen Familie, war aber ehrlich in Bezug auf ihre Entfremdung. »Es war entweder meine Familie oder Bellamy. Ich habe mich für ihn entschieden.«

Meadow musste sich fragen, ob sie ihre Familie zurücklassen könnte. Auf der anderen Seite hatten ihre Verwandten ihr nie ihre Unterstützung verwehrt. Welche Entscheidungen auch immer sie in der Liebe oder dem Leben traf, sie wären an ihrer Seite.

»Du scheinst sehr glücklich zu sein«, merkte Meadow an.

Astra nickte. »Ich habe nie erkannt, wie beschissen mein Leben war, bis ich davon wegkam. Fragst du dich jemals, wie es woanders wäre?«

Die Frage verdiente eine aufrichtige Antwort. »Mein Leben ist nicht schrecklich. Aber ...« Sie biss sich auf die Lippe. »Es ist langweilig. Vorhersehbar. Was so privilegiert klingt.«

»Du darfst Dinge wollen«, war Astras weiser Rat. »Es ist in Ordnung, von größeren Dingen zu träumen. Ich bin meinen Träumen gefolgt, und jetzt kann ich mich auf mein Baby freuen.« Sie legte eine Hand auf ihren runden Bauch.

»Weil du die Sache gefunden hast, die dich glücklich macht. Ich suche noch immer.«

»Bist du sicher, dass du sie nicht gerade gefunden hast?«, neckte Astra sie. »Ich habe gesehen, wie du aussahst, als du und Rok hier ankamt. Wie eine geküsste Frau.«

Obwohl sie keine Jungfrau war, wurde Meadow rot. »So offensichtlich?«

»Sehr. Rok mag dich.« Es klang wie eine Tatsache.

»Meinst du? Denn es ist schwer zu sagen«, gab Meadow zu. »Er blickt sehr oft finster drein.«

»Ja, das tut er, aber ich will dir eins sagen. Würde er dich nicht mögen, wärst du nicht hier. Er ist wählerisch damit, wen er auf die Farm lässt.«

»Bist du schon lange hier?«

Astra nickte. »Mittlerweile schon fast fünf Jahre. Er hat uns eingeladen, hier zu wohnen, ohne sich darum zu scheren, dass Bellamy und ich nicht gerade das ideale Paar sind.«

Sie runzelte die Stirn. »Ihr scheint perfekt füreinander zu sein.«

Astra lächelte. »Das denken wir auch, aber unsere

Familien haben entschieden, dass sie einander hassen. Sie haben uns die Beziehung verboten.«

»Das ist schrecklich. Aber irgendwie romantisch. Wie Romeo und Julia.«

Astra lachte. »Ich schätze schon, nur sind wir nicht gestorben. Ehrlich, ihr Ultimatum war das Beste, was uns hätte passieren können. Es hat uns aus den widerlichen Städten rausgeholt, in denen wir gewohnt haben, und jetzt können wir jeden Tag das Paradies genießen.«

»Es ist wundervoll hier.« Meadow seufzte. »Ein Teil von mir hasst es, dass ich in einer Woche gehen muss.«

»Vielleicht musst du das nicht. Du und Rok scheint gut miteinander auszukommen.«

»Meinst du?« Denn sie war sich nicht so sicher, wenn sie bedachte, dass er bei der ersten Gelegenheit geflohen war.

»Rok hat noch nie zuvor ein Mädchen mit nach Hause gebracht.«

»Theoretisch hat er mich nicht hergebracht. Er hat mir nur erlaubt, Weaver für eine Woche zu studieren.«

»Nachdem er es dir verboten hatte. Er ändert nie seine Meinung.«

Scheinbar hatte er seine Meinung über Meadow geändert, da er lieber mit einem Wolf als mit ihr spielen würde. »Selbst wenn er mich mag, wäre eine Beziehung unmöglich. Wir leben nicht gerade nahe beieinander.«

»Du hast gesagt, hier sei es wunderschön. Dass du liebend gern hier leben würdest.«

»Ich würde es genießen; aber schreit es nicht irgendwie nach Stalker, plötzlich zu entscheiden, wegen eines Kerls umzuziehen?« Sie rümpfte die Nase. So weit reichte ihre Spontaneität nicht.

»Nicht nur für irgendeinen Kerl. Für *den* Kerl.« Astra verbarg nicht die Tatsache, dass sie an Romantik glaubte.

»Aber wo sollte ich arbeiten? Wohnen?«

»Hier.«

Verlockend, aber gleichzeitig auch unbehaglich. Sie kannte Rok kaum. Sie schüttelte den Kopf. »Eine Woche ist nicht lang genug, um bei jemandem einzuziehen.«

»Bellamy und ich haben uns auf der Universität kennengelernt und haben uns bereits nach drei Tagen ein Zimmer geteilt«, verkündete sie stolz. »Meine Mitbewohnerin konnte den Tausch nicht erwarten. Sie hat behauptet, sie bekäme kein Auge zu.« Astra kicherte und Meadow konnte nicht umhin, sich ihr anzuschließen.

Dann hielt Astra inne und hielt sich den Bauch. »Jemand übt da drin das Kickboxen. Wow, Baby. Ich kann es nicht erwarten, dieses Kind zu bekommen. Ich schwöre, ich habe in meinem ganzen Leben noch nie so viel gepinkelt. Willst du Kinder?«

»Haufenweise. Aber wir werden sehen. Meine Mutter hatte Schwierigkeiten, mit mir schwanger zu werden. Und ich komme nach ihr.«

»Rok liebt Kinder. Er sagt, er will nicht Vater werden, aber er wäre ein guter.«

»Warum will er keine?«

»Belassen wir es einfach bei einer beschissenen Kindheit.«

Meadow hatte so viele Fragen über ihn, wusste aber, dass sie nicht neugierig sein sollte. Manche Dinge sollten von dem Mann selbst kommen. »Er scheint sich gut gemacht zu haben.«

»Das hat er. Und er ist nett anzusehen.«

Unglaublich gut aussehend wäre wohl passender. »Und süß ist er auch.«

»Rok, süß?« Astra brach in Gelächter aus.

»Auf schroffe Art, die viele finstere Blicke beinhaltet.«

Astra kicherte. »Ich wette, er hat nicht gegrummelt, als er dich geküsst hat.«

Ihre Wangen wurden warm. »So toll kann es nicht gewesen sein. Er hat einen Wolf gehört und mich praktisch zum Haus geschleppt.«

»Wölfe können hier draußen eine ernste Sache sein. Da geht man lieber auf Nummer sicher.« Astra gähnte. »Schlafenszeit für mich. Bringen wir dich für die Nacht unter.«

Mit unterbringen meinte Astra Roks Zimmer, das im hinteren Teil des Hauses lag.

»Ich sollte nicht.« Sie schüttelte den Kopf mit ungewöhnlichem Zögern. Es war eine Sache, mutig mit ihm zu sein, aber anzunehmen, dass er sie in seinem Bett haben wollte ...

»Da das Gästezimmer sein Bett zugunsten eines Kinderbettchens verloren hat, ist das die einzige Option. So wie ich Rok kenne, würde er eher die Couch in Brand stecken, bevor er dich darum bittet, darauf zu schlafen.«

»Ich hätte wirklich kein Problem damit, mit meinem Schlafsack zurück in den Wald zu gehen. Ich mache das ständig.« Außerhalb der Stadt gab es einen reizenden

Park, in dem sie campte. Dieser war allerdings nicht ganz so wild.

»Nein. Rok hat dich hergebracht, damit du sicher bist. Das hier ist sicher.« Astra führte sie in den großen Raum hinein, dessen Dielenboden von verschiedenen Webteppichen bedeckt war. Das Doppelbett war mit zwei Kissen und einer karierten Steppdecke bestückt. Ein Kamin im vorderen Bereich war mit Holz ausgestattet, bereit zum Anzünden. Die zwei Kommoden passten nicht zueinander, genau wie die Nachttische.

Ein gemütliches Zimmer. *Sein* Zimmer. Es gefiel ihr sofort.

Eine große Glasschiebetür führte in den hinteren Garten und auf eine Terrasse mit einem bequemen Stuhl.

Astra ging zu den Fenstern und zog die Vorhänge zu. »Nur für den Fall, dass die Jungs durch den Garten zurückkommen, wird dir das die entsprechende Privatsphäre zum Umziehen geben. Das Badezimmer ist hier entlang.« Astra zeigte mit dem Finger darauf. »Du kannst dir ein T-Shirt von ihm zum Schlafen ausleihen. Obere Schublade, und in der darunter hat er Hosen.«

»Ich habe eine gepackte Reisetasche im Auto.«

Astra schüttelte den Kopf. »Wenn ein Wolf da draußen ist, bleibst du besser hier drin.«

Wie gefährlich waren die Wölfe in dieser Gegend?

Anstatt zu widersprechen, sagte Meadow: »Danke.« Die Vorstellung, sein T-Shirt zu tragen, war verlockend.

»Gern geschehen. Wenn du irgendetwas brauchst, schrei. Bellamy und ich haben ein Zimmer den Flur hinunter.«

Gut zu wissen. Es war eine Sache, im Wald vor Lust zu schreien. Wenn es jedoch alle hören konnten, war es etwas anderes.

Vielleicht würde Rok bald zurückkehren und mit dem fortfahren, was er angefangen hatte. Sie zitterte noch immer von seiner Berührung. Sehnte sich nach mehr.

Sobald Astra gegangen war, wusch sie sich und entdeckte ein Hemd von ihm über einer Stuhllehne, das seinen Duft verströmte. Sie zog es beinahe an. Die Tatsache, dass sie daran roch, veranlasste sie stattdessen dazu, es schnell wieder wegzulegen.

Warum verhielt sie sich so seltsam? Hoffentlich wurde sie nicht zu einem neuen Joe Goldberg. Diese Netflix-Serie *You – Du wirst mich lieben* über den Stalker war fesselnd.

Sie musste sich nicht umziehen. Sie trug bereits bequeme Kleidung für eine Nacht im Freien. Sie musterte das Bett. Es fühlte sich nicht richtig an, ohne seine Erlaubnis darin zu schlafen. Sie war dafür, mutig zu sein und die Dinge zu verfolgen, die sie wollte, aber es musste beiderseitige Zustimmung herrschen. Das war sein Zimmer. Sie sollte nicht ohne seine Einladung in seine Privatsphäre eindringen.

Die zusätzliche Decke und das Kissen auf seinem Bett waren jedoch in Ordnung. Sie kehrte damit in das leere Wohnzimmer zurück. Die Couch war bequem und breit, die perfekte Größe für sie.

Sie kuschelte sich unter die Decke, mit der Wange an einem Kissen, das nach ihm roch. Als sie einschlief, tauchte Rok in ihren Träumen auf.

KAPITEL ELF

»Bist du dir sicher, dass du ein Heulen gehört hast?«, fragte Nova.

Sie hatten im Umkreis mehrerer Kilometer um die Farm herum keine Spuren eines Wolfes gefunden, was in Rok die Frage aufwarf, ob er sich verhört hatte. Er hatte Bellamy nach Hause geschickt, während er erneut die Scheunen kontrollierte. Nova blieb bei ihm.

»Ich hätte es schwören können.«

»Ich bin mir sicher, du hast jemanden aufheulen lassen. Vielleicht diese Frau, die bei dir war?«, zog Nova ihn auf.

»Es ist nichts passiert«, knurrte er.

»Sagt der Mann, der vergessen hat, sich den Muschigeruch von den Fingern zu waschen«, gab Nova zurück.

Scheinbar konnte Rok noch immer rot werden. »Wir haben herumgealbert. Große Sache.«

»Es ist eine große Sache, da du noch nie zuvor ein Mädchen mit auf die Farm gebracht hast.«

»Ich habe sie nicht mitgebracht«, entgegnete er.

»Das ist eine Sache der Auslegung. Du hast sie persönlich dazu eingeladen, eine Woche hier zu verbringen. Du konntest es nach dem Abendessen nicht erwarten, mit ihr an den Bach zu gehen. Ich kann es dir nicht wirklich verübeln. Es ist eine schöne Nacht.« Nova blickte zum Mond auf, der fast voll war.

»So war es nicht.« Nur dass es so war. Er hätte Meadow gevögelt, wenn das Heulen ihn nicht abgelenkt hätte.

»Sicher. Ich glaube, dass dieses Heulen eine Ausrede für dich war, um wegzulaufen.«

»Wovor wegzulaufen?«

»Meadow. Du magst sie.«

»Sie ist attraktiv.«

»Ich glaube, sie ist mehr als das. Ich habe gesehen, wie du sie beobachtet hast.«

»Habe ich nicht.« Weitere Lügen. Er konnte nicht anders.

Nova kicherte. »Was auch immer du sagst. Viel Spaß. Weck nicht die Schwangere.« Nova steuerte auf die Garage zu, wo sie den Dachboden bewohnte. Dieser war im vergangenen Jahr gedämmt und gemütlich gemacht worden, damit sie ihren eigenen Wohnraum haben konnte.

Rok betrat das Haus durch die Küche. Er fand Bellamy vor, der Popcorn aß.

»Astra wird dich umbringen, wenn du nichts übrig lässt.«

»Ich weiß. Ich werde noch mehr machen.« Bellamy bot ihm die Schüssel mit dem buttrigen Snack an. »Willst du?«

»Nein danke.«

»Du willst zu der Frau.« Bellamy nickte. »So war es mit mir und Astra auch.«

Er blinzelte, bevor er rief: »Wovon zum Teufel quasselst du da?«

»Du hast deine Gefährtin gefunden.«

»Habe ich nicht«, stammelte er.

»Kumpel, es ist offensichtlich. Du musst nicht so entsetzt aussehen. Es ist keine schlechte Sache, einen Partner zu haben«, sagte sein Freund.

»Moment. Wer hat irgendetwas von einem Partner gesagt? Sie ist heiß. Ich will sie vögeln. Mehr nicht.« Er klang fast schon abwehrend.

»Wenn du das sagst.«

»Das sage ich!«

»Dann wirst du etwas verpassen. Jeden Morgen, wenn ich neben Astra aufwache, danke ich dem Schicksal, dass wir einander gefunden haben.« Ohne ein Rudel, das ihnen Schutz bot, hatten sie entschieden, ihren eigenen Weg zu gehen, und fanden sich auf der Weißwolf-Farm wieder.

Sein Onkel wies nie jemanden ab. Er hatte schon Leute aufgenommen, bevor Rok nach dem Verlassen des Hauses seines Vaters hergekommen war.

»Wir sehen uns morgen früh.« Rok verließ die Küche und fragte sich, wo Astra Meadow untergebracht hatte. Denn er sollte ihr aus dem Weg gehen.

Finde sie.

Nein. Es war spät. Es wäre verrückt, sie zu wecken.

Er war seit dem Moment verrückt, in dem er sie

getroffen hatte. Ihr Duft klebte an ihm. Er konnte ihm nicht entfliehen, noch wollte er es.

Sie war so empfänglich für seine Berührung gewesen. Sie hatte sich gewunden und gewimmert, voller Begierde für ihn. Feucht. Süß duftend.

Ich brauche sie.

Der Urdrang setzte seine Füße in Bewegung. Wo war Meadow? So wie er Astra kannte, hatte sie Meadow vermutlich in seinem Zimmer untergebracht. War sie wach und wartete auf ihn? Leidenschaftlich und begierig? Oder enttäuscht, dass er sie so abrupt verlassen hatte? Vielleicht sogar wütend?

Es gab nur einen Weg, es herauszufinden. Er betrat leise sein Schlafzimmer. Ihr Duft war überall darin verteilt und neckte ihn.

Ich will sie.

Als er auf das Bett zuging, bemerkte er, dass darin ein Klumpen von Meadows Größe fehlte. Die obere Decke war weiterhin straff gespannt, aber ein Kissen fehlte, genau wie die Steppdecke am Fuß der Matratze.

Wo ist sie?

Ihr Duft machte ihn ein wenig verrückt. Es erklärte jedoch nicht die Panik, nicht zu wissen, wo sie war.

Er kehrte in den Flur zurück und folgte seiner Nase ins Wohnzimmer. Beinahe übersah er die winzige Beule, die sich unter einer Decke auf der Couch befand. Offensichtlich hatte sie auf sein Bett verzichtet.

Was bedeutete, dass er es für sich selbst hatte. Gut. Er konnte sich in Ruhe einen runterholen.

Oder ich könnte sie wach küssen. Sie feucht und für ihn bereit machen, damit er die Sehnsucht in seinen

Eiern stillen konnte. Er müsste sie in sein Schlafzimmer bringen, für den Fall, dass Bellamy hereinkam.

Er könnte sie in seinem Bett vögeln. Sie erneut aufschreien lassen, wenn sie kam. Aber was dann? Er konnte sie danach nicht gerade rausschmeißen. Er müsste die Nacht mit ihr verbringen.

Was, wenn sie kuscheln wollte?

Das könnte vielleicht zu noch mehr Sex führen.

Dann war da der Morgen. Was würde er sagen? Was würden alle denken?

Wie er sie kannte, würden sie von völlig falschen Dingen ausgehen.

Sie bedeutet gar nichts. Er war nur ein wenig erregt und brauchte eine kalte Dusche. Und während er schon dabei war, sollte er sich ein paarmal dafür ohrfeigen, überhaupt daran gedacht zu haben, Meadow im Schlaf zu belästigen.

Er mochte vielleicht in der Provinz leben, aber er wusste es besser, als das Einverständnis für selbstverständlich zu halten. Nur weil es ihr zuvor gefallen hatte, bedeutete das nicht, dass sie es jetzt wollte.

Keine Küsse, es sei denn, sie war wach und bat darum. Oder noch besser, gar keine Küsse. Er hatte keinen Platz in seinem Leben für eine Menschenfrau.

Er wandte sich zum Gehen, hielt jedoch inne. Nur ein beschissener Gastgeber würde sie auf einer unebenen Couch zurücklassen. Er hatte gesagt, sie würde die Nacht im Haus verbringen. Er würde niemals Astra darum bitten, ihr Bett aufzugeben. Das Kinderzimmer wäre offensichtlich nicht passend. Damit blieb nur ein Ort, an dem er sie unterbringen konnte.

Meadow kuschelte sich an seine Brust, während er sie zu seinem Bett trug. Sie seufzte, als sie ihren Kopf in seinem Kissen vergrub. Hinterließ ihren Duft überall auf seiner Bettwäsche.

Wie sie ihn verlockte, sich neben sie zu legen.

Er ging zurück und hatte die beschissenste Nacht überhaupt auf der Couch. Eine Couch, die nicht groß genug für ihn war.

Am nächsten Tag öffnete er die Augen zu einem fröhlich geträllerten »Guten Morgen!«.

KAPITEL ZWÖLF

Meadow schlief großartig, wachte aber allein in Roks Bett auf. Sie erinnerte sich vage daran, wie er sie getragen hatte. Offensichtlich war er nicht geblieben. Sie fand ihren galanten Gastgeber im Wohnzimmer, wo er auf der Couch recht gequetscht wirkte. Was für ein Gentleman.

Sie ging neben ihm in die Hocke und widerstand dem Drang, die Linien seines Gesichts nachzufahren. Was für ein schöner Mann. Seine Züge waren friedlich, wenn er schlief.

Seine dicken Wimpern flatterten und als er die Augen öffnete, konnte sie nicht gegen die Freude ankämpfen, die sie erfüllte, während sie ihn ausgelassen begrüßte: »Guten Morgen!«

Scheinbar hatte sie ihn erschreckt, denn er rollte von der Couch und begrub sie unter sich.

Kein schlechter Ort. Sie lachte. »Hoppla.«

»Entschuldige. Verdammt.« Er wälzte sich schnell von ihr und fuhr sich mit einer Hand durch die Haare.

»Warum hast du hier draußen geschlafen?«, fragte sie.

»Weil du der Gast bist. Die Couch war in Ordnung.« Er war ein schlechter Lügner.

»Es wäre besser gewesen, das Bett zu teilen.« Sie zwinkerte. »Als Dankeschön dafür, dass du es mir überlassen hast, möchte ich dir Frühstück machen.«

»Ich sollte mit meinen Pflichten anfangen.«

»Gleich. Zuerst brauchst du etwas zu essen. Du hattest eine lange Nacht. Habt ihr den Wolf gefunden?«

»Nein.« Er folgte ihr in die Küche, eine aufragende Präsenz, die sie vor Bewusstsein kribbeln ließ. »Entweder habe ich mich verhört oder er war weiter draußen als erwartet.«

Sie betraten die Küche, wo Poppy Pfannkuchen auf Tellern verteilte, während auf einem anderen bereits Speck gestapelt war.

»Setz dich und ich werde dich bedienen«, verkündete Meadow.

»Das musst du nicht«, entgegnete er.

»Ich bestehe darauf. Immerhin warst du solch ein Gentleman.«

Poppy hustete. »Ich habe eine Obsttorte gebacken, die ich gleich aus dem Ofen hole.«

»Mmm. Das ist fast wie mein perfekter Nachtisch, aber man kann ihn zum Frühstück essen.« Meadow klatschte in die Hände.

»Wie sieht heute der Plan aus?«, fragte Poppy, als sie sich an die große Küchentheke mit den Stühlen setzten. Das Wohnzimmer mochte vielleicht eng sein, aber die

Küche und der daran angeschlossene Essbereich waren riesig.

»Weiter Weaver beobachten.«

»Ich kann dich nicht hinbringen«, verkündete Rok mit vollem Mund. Der Mann war so schüchtern. Vielleicht hatte Astra nicht übertrieben, als sie behauptete, er würde seiner Farm-Familie niemals Frauen vorstellen.

Außerdem sollte sie sich daran erinnern, dass sie nicht seine Frau war.

Noch nicht.

»Ich kann es selbst finden. Es ist kein schwieriger Weg.«

»Ich werde eine Weile mit ihr hingehen. Ich fange mit den Vorbereitungen für das Abendessen erst später an, da das Mittagessen aus Resten besteht«, bot Poppy an.

»Bleib aus dem Bach raus. Er fließt immer noch stärker, als er aussieht.«

»Ja, Daddy.« Poppy verdrehte die Augen.

»Balg.« Schroff, aber liebevoll. »Ich muss los.« Er schnappte sich einen Apfel und verabschiedete sich mit einem schnell gemurmelten: »Wir sehen uns nachher.«

Sprach er mit Meadow? Oder mit der Allgemeinheit?

Poppy grinste. »Er ist so verknallt.«

Eine weitere Person mit diesem Gedanken. Meadow schüttelte den Kopf. »Ich bin mir nicht sicher, wie du darauf kommst. Er hat mich beim Gehen nicht einmal angesehen.«

»Genau.« Poppy nickte. »Ich habe gehört, du und Rok habt letzte Nacht rumgemacht.«

Ihre Wangen wurden heiß. »Wissen das alle?«

»Jup. Das ist Rok. Er –«

»Bringt keine Mädchen her, die er küsst. Habe ich schon gehört.« Sie verzog das Gesicht. »Er scheint heute Morgen nicht allzu glücklich darüber zu sein.«

»Er ist morgens immer mürrisch. Und nachmittags. Abends weiß ich es nicht. Da arbeite ich für gewöhnlich an meinen Hausaufgaben.« Poppy belegte Online-Universitätskurse. »Zu seiner Verteidigung, er hat viel, um das er sich kümmern muss.«

»Er wirkt sehr verantwortungsvoll.«

»Weil er das ist. Selbst bevor sein Onkel starb, hat er sich um alle gekümmert. Du hättest ihn sehen sollen, als wir dieses Problem mit den Bären hatten.«

»Bären?«

Poppy wedelte mit einer Hand. »Äh, ja, aber keine Sorge. Die kommen nicht mehr her.«

»Hat er sie getötet?«

»Nein. Eher verjagt. Wir sollten gehen. Es hieß, es könnte heute Nachmittag Regen geben.«

Meadow machte einen Abstecher zu ihrem Auto, um frische Klamotten zu holen, bevor sie eine Dusche nahm. Ihre dreckigen Sachen gab sie zu einigen Dingen, die Poppy in die Waschmaschine legte.

Sie brachen plaudernd zum Biberdamm auf. Poppy war ein nettes Mädchen, wenn auch schreckhaft, wann immer sie etwas im Wald hörte.

»Ich dachte, du hättest gesagt, es gäbe keine Bären?«, zog Meadow sie auf, als Poppy zum dritten Mal herumwirbelte.

Sie zuckte die Achseln. »Alte Angewohnheit. Ich

hatte mal einen Verwandten, der sich immer an mich rangeschlichen hat.«

»Derjenige hat dich offensichtlich traumatisiert.« Meadow runzelte die Stirn. »Nicht schön.«

»Als Darian es herausfand, hat er mich von dort weggebracht.«

»Wo waren eure Eltern, als es passiert ist?«

»Tot. Sie sind gestorben, während mein Bruder beim Militär gedient hat. Die Person, die auf mich aufgepasst hat, war nicht nett.« Mehr musste sie nicht sagen. Meadow verstand den Unterton.

»Ich bin froh, dass du fliehen konntest.« Meadow fragte sich, ob sie alle eine tragische Geschichte hatten. Sicherlich war Asher mit seinem lässigen Lächeln die Ausnahme? Lochlan sah aus, als wäre er wütend geboren worden.

»An manchen Tagen mache ich mir Sorgen, dass ich wieder dort lande und Darian mich nicht retten kann.«

»Dann würdest du dich selbst retten.« Sie drückte die Hand der anderen Frau. »Lass dich nie von jemandem schlecht behandeln. Geh. Such dir Hilfe. Es gibt Gruppen im ganzen Land, die Frauen Schutz bieten.«

»Nicht vor ihnen«, murmelte sie unheilvoll. »Aber hören wir auf, über mich zu reden. Was ist mit dir? Astra sagt, du denkst darüber nach, länger als eine Woche zu bleiben.«

»Was? Nein.« Sie diskutierten freundlich hin und her.

Poppy, genau wie Astra, war davon überzeugt, dass

Rok in Meadow verknallt war. Meadow konnte es nicht wirklich sehen.

Er schien in ihrer Nähe wütend zu sein, ja. Auch übermäßig beschützend. Aber heute Morgen hatte er sie kaum angesehen, geschweige denn berührt.

Ihre Ankunft an Weavers Damm änderte den Ton der Unterhaltung, da Poppy Interesse an dem Säugetier zeigte, das aktuell mit seinem neuesten Zweig losschwamm.

Irgendwann jedoch schlenderte Poppy davon, auf der Suche nach Pilzen und anderen wilden Dingen, die sie in ihrer Küche verwenden konnte, während Meadow stromabwärts ging und Fotos machte. Dabei wurde sie von der Vegetation und dem Plätschern des Wassers beruhigt.

Das Aufblitzen von Rot stellte sich als unerwartet heraus. Sie hielt inne und den Atem an, während sie über den Bach hinweg die Überraschung anstarrte. Schnell schoss sie ein paar Fotos, bevor die Kreatur davonlief. Sie kehrte zu Poppy zurück, das Gesicht erhitzt vor Aufregung. »Du wirst mir nicht glauben, was ich gesehen habe. Einen riesigen Fuchs.«

»Ich bezweifle, dass er so groß war«, zog Poppy sie auf. Die Stofftaschen, die sie mitgebracht hatte, waren durch ihren Inhalt ausgebeult.

»Sieh ihn dir an.« Sie zeigte ihr die zwei Fotos, eines davon ein verschwommener rostbrauner Fleck, das andere eine deutliche Schnauze, Augen und Ohren.

Poppy vergrößerte es. »Er ist groß«, murmelte sie. »Wir sollten gehen. Es wird gleich regnen.«

Der erste Tropfen landete auf Meadows Nase, woraufhin sie lachte. »Hellseherin!«

»Wohl eher eine Prinzessin, die nicht gern nass wird. Die Letzte im Haus ist ein faules Ei!«, trällerte Poppy.

Sie sammelten schnell Meadows Sachen ein und liefen zum Haus. Meadow verlor deutlich.

Obwohl sie durchnässt war, als sie die trockene Poppy auf der Veranda erreichte, lachte sie. »Das war erfrischend.«

»Du solltest dich umziehen. Aber kannst du mir zuerst das Foto dieses Fuchses schicken? Ich will es Darian zeigen.«

»Sicher.«

Das Foto landete mit einem Piepsen auf ihrem Handy und da Amarok nicht zu Hause war, nutzte Meadow sein Zimmer, um sich umzuziehen. Nur in BH und Slip hatte sie die Arme in der Luft, das T-Shirt halb über ihrem Gesicht, als die Tür geöffnet wurde.

»Uh«, war das Grunzen, das sie hörte.

»Entschuldige. Ich dachte, ich hätte abgeschlossen.«

»Funktioniert nicht richtig.« Roks schroffe Antwort.

Sie zog sich das Hemd über den Kopf. Es fiel ihr bis zu den Hüften, was den Großteil von ihr verbarg, und doch war sein Blick weiter schwelend. »Ich wurde vom Regen überrascht.«

»Das sehe ich.« Er trat einen Schritt vor und schloss die Tür hinter sich.

Ihr Herz raste.

Er blieb vor ihr stehen, sodass sie den Blick heben musste.

»Hi.« Sonst fiel ihr nichts ein.

Ihm scheinbar auch nicht, denn er presste seinen Mund auf ihren. Er küsste sie plötzlich. Heftig. Mit einer Zunge, die ihre Zehen dazu brachte, sich zu krümmen.

Das Klopfen an der Tür und Poppys Ausruf »Heiße Schokolade und Kekse in der Küche« ließen ihn erstarren.

Sie starrten einander an. Ihre Lippen pulsierten. Ihr Schritt war feucht.

Er stellte Meadow auf die Füße. »Ich muss gehen.«

Was er tun musste, war, das zu Ende zu bringen, was er begonnen hatte.

Das tat er nicht.

Zu ihrem Glück hatte Poppy Schokolade.

KAPITEL DREIZEHN

Warum hatte er sie geküsst? Rok wollte seinen Kopf gegen eine Wand schlagen. Zu seiner Verteidigung, er war überrascht worden. Er hatte den Türknauf fest gedreht, da er geklemmt hatte. Sie zu sehen, kurvig und reizvoll, war zu verlockend, um zu widerstehen.

Hätte Poppy nicht geklopft, hätte er vielleicht nicht bei den Küssen aufgehört.

Er marschierte in die Küche, wo er sich einen Keks schnappte. So wie er Poppy kannte, waren sie frisch aus dem Ofen und noch warm.

Das klebrige Gebäckstück enttäuschte ihn nicht, weshalb er sich ein zweites vom Teller nahm, das er auf halbem Weg zu seinem Mund geführt hatte, als Darian hereinkam und verkündete: »Wallace ist verschwunden.«

Anstatt zu antworten, aß er den Keks.

»Hast du mich gehört?«

Rok schluckte und musterte einen dritten. »Ich habe dich gehört und frage mich, warum das eine große Sache ist. Der Mann ist immer irgendwo unterwegs. Du weißt, dass er den Wald mag.«

Wallace, der Mitte sechzig war, hatte in letzter Zeit begonnen, Gesellschaft zu meiden. Seine Gefährtin war mittlerweile seit mehr als zwei Jahrzehnten tot. Ein Jäger hatte sie erwischt und sie hatten nie Kinder bekommen. Das lange Alleinsein machte ihn ungebunden. Nahm ihm die Kontrolle über sich selbst. Seit einer Weile zeigte er wilde Tendenzen. Wurde aus immer unbedeutenderen Gründen wütend. War auf der Suche nach einer Ausrede, um seinen Pelz zu tragen. Wallace war sogar dazu übergegangen, während der meisten Nächte draußen in einer Hängematte zu schlafen, da er behauptete, sein Zimmer sei zu erdrückend.

»Es ist eine Woche her.«

»Das ist lange für ihn.«

Früher zogen sich die Ausflüge im Pelz über drei bis fünf Tage, bevor Wallace sich nach Poppys Kochkünsten sehnte. Gleichzeitig wusste Rok, dass Wallace eines Tages nicht zurückkommen und als einsamer Wolf über das Land streifen und gen Himmel heulen würde.

Aber was, wenn der alte Mann in Schwierigkeiten steckte? Irgendwo verletzt war?

»Wo sind seine letzten Spuren?«, fragte Rok, der den Kampf mit dem dritten Keks verlor.

»Ein paar Meter neben dem Himbeerbusch.« Darian musste nicht die Tatsache verdeutlichen, dass er denselben Busch meinte, auf den gepinkelt worden war.

Rok spannte den Kiefer an. »Meinst du, er hat vielleicht gesehen, wer es getan hat?« Bedeutete das Böses für Wallace, da diese Person für den Moment unerkannt bleiben wollte?

»Ich habe genauso wenig Ahnung wie du.« Darian zuckte die Achseln, als Poppy sich ihnen anschloss und über ihre Schulter in Richtung des Flurs spähte.

Rok hätte ihr sagen können, dass Meadow noch nicht aus seinem Zimmer gekommen war. Er war auf eine Weise auf sie abgestimmt, die für seine Aussichten als Single nichts Gutes bedeuteten.

Allein die Vorstellung, dass sie die Eine sein könnte. Die Eine, die ihn besänftigte. Ihn zähmte. Ihn davon abhielt, zu einem Mistkerl zu werden wie sein Vater.

»Warum sieht dein Gesicht aus, als hättest du in eine Zitrone gebissen? Habe ich die Kekse versaut?«, fragte Poppy, weshalb er sich schnell etwas einfallen lassen musste.

»Köstlich. Ich war nur besorgt, du würdest mich schlagen, weil ich sie alle esse.« Er nahm sich einen vierten.

Poppy schlug ihm auf die Hand. »Genug für dich. Lass welche für die anderen übrig.«

»Was, wenn ich das nicht will?«, zog Rok sie auf. Poppy war die kleine Schwester, die er nie hatte, und er hatte eine neckende Beziehung zu ihr aufgebaut.

Aber sie lächelte nicht. »Es könnte ein Problem geben. Deine Freundin hat unten am Bach etwas gesehen.«

»Sie ist nicht meine Freundin.«

»Das ist der Teil, auf den du dich konzentrierst?« Darian prustete. »Meine Güte, dich hat's echt erwischt.«

Was? Sie war nur eine Frau, zu der er sich hingezogen fühlte. Sie würde sie in weniger als einer Woche verlassen. Und sie war noch nicht aus dem Schlafzimmer gekommen. Vermutlich brauchte sie Zeit, um sich abzukühlen. Sie waren beide recht erhitzt und erregt gewesen.

Aber Poppy goss einen Eimer kaltes Wasser darüber. »Ja, so ist es, aber das ist nicht der Punkt. Da war ein Tier unten am Fluss. Ich habe nichts gesehen, aber Meadow hat ein Foto gemacht und es mir gezeigt. Es sah aus wie eine Mischung aus einem Fuchs und einem Wolf.«

»Unmöglich. Füchse haben nicht die richtige Chromosomenanzahl, um sich mit einem Wolf zu paaren.« Rok hatte viel über Tiere und die ganze Sache mit der Fortpflanzung gelernt, als sein Onkel ihn als Erbe der Farm bei sich aufnahm.

»Das weiß ich, und du weißt das auch, aber sieh nur.« Poppy holte ihr Handy hervor. »Dann sag mir, was das hier ist.«

Die Mischung aus Fuchs und Wolf wirkte makellos. Die Farbe eines Fuchses. Die Größe und Augen eines Wolfes. »Bist du sicher, dass es echt ist?«

»Würde Meadow lügen?«

»Könnte mit dem Eindringling zu tun haben, der Spielchen spielt«, warf Darian ein.

»Jetzt übertreibst du. Ich bezweifle stark, dass dieses Foto echt ist. Vielleicht hofft Meadow, bekannt zu werden, weshalb sie etwas mit Photoshop bearbeitet hat. Es würde erklären, warum nur sie es gesehen hat.«

»Das würde sie nicht tun.« Poppy verteidigte sie sofort.

Tief drin wusste auch er, dass sie das nicht tun

würde, und doch ergab das Bild keinen Sinn. »Ich werde mit ihr reden.« Er drehte sich um und sah Meadow den Flur entlangkommen.

»Was ist mit Wallace?«, fragte Darian mit leiser Stimme.

»Ich bezweifle, dass er noch auf dem Grundstück ist, da wir keine Spuren gesehen haben. Er ist vermutlich im Park.« Ein riesiger provinzieller Park, der sich praktisch nebenan befand. »Lass uns sehen, worüber die Forstleute so sprechen. Hat irgendjemand einen Wolf gemeldet?«

»Es könnte an der Zeit sein, noch einmal über das Verbot elektronischer Überwachung nachzudenken«, merkte Darian an.

»Ich lasse niemanden einen Peilsender tragen«, knurrte er. Sie hatten schon darüber diskutiert.

»Meinetwegen, aber du könntest mir wenigstens erlauben, ein paar Kameras aufzustellen. Wenn wir die hätten, könnten wir wissen, in welche Richtung Wallace gegangen ist.«

»Der alte Mistkerl ist zäh. Ich bin mir sicher, es geht ihm gut.« Ihnen jedoch würde es nicht gut gehen, wenn sich herausstellte, dass er nur entspannte und sie ihn störten. »Halt den Mund. Sie ist da.«

»Was unser Stichwort zum Gehen ist«, verkündete Darian, der seine Schwester an der Hand nahm. »Komm und sieh mit mir nach den Ziegen.«

»Aber ...« Poppy musterte Rok, dann Meadow. Sie lächelte.

Verdammt.

Poppy streckte ihren Zeigefinger aus. »Ihre heiße

Schokolade ist in der weißen Tasse. Im Topf ist noch eine zweite Portion, da sie sie nicht allein trinken sollte.«

»Was versuchst du zu tun?«

»Ich? Ich helfe dir nur aus.« Sie zwinkerte Rok zu.

»Ich brauche keine Hilfe.« Rok funkelte Poppy an. Ihr verschmitztes Grinsen wurde breiter, was schön war, wenn man bedachte, wie sehr sie bei ihrer Ankunft hier gezittert hatte, verängstigt von ihrem eigenen Schatten.

»Viel Spaß«, trällerte sie, während sie durch die Hintertür verschwand.

Meadow erschien mit einem fröhlichen: »Wo sind alle hin?«

»Scheinbar hatten sie Mist zu erledigen«, murmelte er, seinen hitzigen Blick auf Meadow gerichtet. Ein Fehler. Seine Gedanken wanderten zu dem Bild von ihr in Unterwäsche. Zu ihrem einladenden Körper. »Du siehst trockener aus.«

»Das, äh, bin ich?«, erwiderte sie unsicher.

»Bist du das?«, schnurrte er. Seine Lider fielen fast zu, als sein Blick zwischen ihren Beinen landete.

Er konnte ihre Erregung riechen.

Sie will mich.

Verdammt, ich will sie.

»Jemand hat etwas von Schokolade gesagt«, schnaubte sie, während ihre Wangen pink wurden. Mit ruckartigen Bewegungen schlich sie zur anderen Seite der Mitteleinsel und nippte an ihrer heißen Schokolade.

Er wollte ihr den Milchschaum von den Lippen lecken.

Er musste sich konzentrieren.

»Poppy hat mir ein Foto gezeigt, das du von einem Fuchs gemacht hast. Wo wurde es geschossen?«

»Unten am Bach. Ungefähr ein fünfminütiger Spaziergang vom Damm.«

Ein Ort, an dem er vor Kurzem vorbeigekommen war und wo er nichts Ungewöhnliches gerochen hatte. »Lüg nicht.«

»Warum sollte ich lügen?« Sie legte die Stirn in Falten.

»Geht es hier darum, die Bekanntheit deines Blogs zu erhöhen?« Der Vorwurf kam ihm barsch über die Lippen.

»Der Blog dreht sich um Weaver. Ich bezweifle, dass ich das Foto des Fuchses hochladen werde. So selten sind sie nicht, weißt du. Wir haben sie sogar in der Stadt.«

»Das ist kein Fuchs.«

»Natürlich ist es das.« Sie verdrehte die Augen. »Ich war da. Ich habe ihn gesehen. Rotes Fell bedeutet Fuchs. Sieh her.« Sie streckte ihm ihr Handy entgegen und vergrößerte das Bild.

»Das ist kein Fuchs.«

Sie kniff die Augen zusammen. »Ich schätze, es könnte ein Hund mit einzigartiger Fellfärbung sein.«

»Oder ein Wolf.«

»Warum sagst du das?«

»Zum einen wegen der Größe. Wegen der Augen. Der Ohren.«

»Aber die Färbung passt nicht zu einem Wolf.«

»Mmm.« Er brummte. Da er von ihrem Duft abgelenkt war, wollte er seine Nase in ihrem Haar vergraben und an ihr riechen.

»Es kann keine Mischung aus Wolf und Fuchs sein.

Das ist unmöglich. Auf der anderen Seite könnte es sein, dass es wie ein seltener Maulesel ist. Du weißt schon, wenn sich ein Hengst und ein Eselweibchen paaren.«

»Nicht so selten, wenn man die Zahl von Maultieren auf der Welt bedenkt.«

»Du denkst an eine Stute und einen Eselhengst. Andersherum ist es aufgrund einer Unstimmigkeit der Chromosomen weniger üblich. Die bei Fuchs und Wolf ist noch größer. Deshalb wurde eine solche noch nie dokumentiert.« Sie war gut informiert und schaufelte sich ihr eigenes Grab.

»Womit dieses Foto eine Fälschung ist«, warf er ihr vor.

Sie starrte ihn an. »Denkst du wirklich, das würde ich tun?«

»Du hast gerade zugegeben, dass eine Kreuzung unmöglich ist.«

»Das ist sie, was bedeutet, dass bei dem Foto, das ich gemacht habe, offensichtlich irgendeine Art von optischer Täuschung durch das Licht vorliegen muss. Ich würde mir sicherlich nie etwas ausdenken. Für was für einen Menschen hältst du mich?«

»Ich weiß nichts, außer dass du aus dem Nichts hier aufgetaucht bist und jetzt in meinem Bett schläfst.« Es kam schroff heraus, woraufhin sie zurückzuckte.

»Entschuldige, aber ich habe nie darum gebeten, in deinem Zimmer untergebracht zu werden. Ich hatte keinerlei Probleme damit, draußen zu schlafen.«

»Schwachsinn. Niemand campt ohne ein Zelt. Du wusstest, dass ich dich ins Haus einladen würde. Du hast mich manipuliert.« Die Worte verließen seinen Mund

und er wollte sie sofort zurückholen, da sie nicht der Wahrheit entsprachen. Diese Art von List war nicht Meadow.

Aber es war zu spät.

Der Schock in ihrem Gesicht verdeckte nicht den Schmerz über seine Anschuldigung. »Weißt du, wenn du mich nicht hierhaben wolltest, hättest du es einfach sagen sollen. Du musst keine grundlosen Anschuldigungen machen. Da meine Anwesenheit für dich offensichtlich lästig ist, werde ich gehen.«

»Gut.« Er setzte noch einen drauf, denn letzten Endes war es zum Besten. Sie würde gehen und er wäre frei von dem Aufruhr, den sie verursachte. Von der Verlockung, die sie darstellte.

Behalte sie.

Er hielt seine Hände hinter dem Rücken, als sie zu seinem Zimmer ging. Vermutlich, um ihre Sachen zu holen. Er marschierte nach draußen und tat so, als würde er den Garten aufräumen, seine Sinne auf den Moment abgestimmt, in dem die Haustür geöffnet wurde.

Er bemerkte nicht, dass er quasi die Ecke des Hauses umarmte, bis er das Knirschen von Kies hörte, die Hydraulik, als sie die Kofferraumklappe öffnete, und den Knall, als sie sie schloss.

Der Motor wurde gestartet. Sie suchte nicht nach ihm. Bat ihn nicht darum, bleiben zu dürfen. Offensichtlich hatte sie nicht solche Schwierigkeiten wie er. Er grub seine Finger so fest in die Verschalung, dass das Holz splitterte.

Geh nicht.

Die Geräusche des Wagens änderten sich, als sie den Gang einlegte.

Während sie wegfuhr – *mich zurücklässt!* –, konnte er den Ausbruch eines schwermütigen Heulens nicht zurückhalten.

KAPITEL VIERZEHN

Meadow mochte in einigen Dingen vielleicht mutig und offen sein, aber sie bettelte nicht. Auch wenn er eindeutig hin- und hergerissen war, hatte Rok deutlich gemacht, dass er sie nicht dort haben wollte. Im einen Moment erhitzt und begierig, sie zu befriedigen, im nächsten kalt und voller Anschuldigungen, sie hätte ein Foto gefälscht.

Als würde sie je so tief sinken. Sie hatte nicht einmal bemerkt, dass der Fuchs etwas anderes sein könnte, bis er es anmerkte.

Es musste eine durch das Licht verursachte optische Täuschung gewesen sein, die dem Fuchs wölfische Züge verlieh. Oder war es ein Wolf, der einfach nur zu rot und schmalschnäuzig erschien? Wen interessierte das schon? Sie nicht.

Ihre weißen Fingerknöchel am Lenkrad waren anderer Meinung.

»Ooh!«, rief sie. »Dieser Mann macht mich so wütend.« Wütend. Feucht. Fasziniert. Traurig.

Es war nicht nur der Verlust ihrer Chance mit Weaver, die sie ärgerte, sondern auch Roks Zurückweisung. Er wollte sie nicht. Die Leidenschaft zwischen ihnen, die sie als so besonders erachtet hatte, war offensichtlich einseitig.

Das warf in ihr die Frage auf, was ihn traumatisiert hatte. Sowohl Poppy als auch Astra hatten auf etwas in seiner Vergangenheit angespielt. Etwas, das schrecklich genug war, dass er lieber unglücklich wäre.

Schade, denn er hatte einer Frau viel zu bieten. Und sie hatte jedem Mann viel zu bieten, der endlich an ihren zusätzlichen Kilos und ihrer Neigung dazu, ununterbrochen zu reden, vorbeisah.

In ihrem Fall ähnelte das romantische Spielfeld eher einem Hundepark, der mit stinkenden Überraschungen gesprenkelt war. Die Kerle, mit denen sie ausging, hatten kein Interesse an ihrer Arbeit in der Wildtierstation, und der eine Typ, den es interessierte, hatte einen Fetisch für Paarungsdokumentationen über Tiere. Sie erregten ihn und er musste immer von hinten zum Höhepunkt kommen. Als er ihr auf den Hintern schlug und *Hü hott* rief, beendete sie die Beziehung zu ihm.

Rok hatte ein Interesse an der Natur, das bisher nicht gruselig gewesen war. Außerdem zeigte er einen Beschützerinstinkt, den sie unglaublich sexy fand. Aber er war auch schrecklich launisch.

Ein gebrochener Mann. Sie erinnerte sich immer wieder daran, dass sie nicht der Kleber war, der ihn reparierte, aber während sie wegfuhr, wünschte sie sich, sie könnte es sein. Sie hatte gesehen, wie er mit seinen

Freunden sein konnte. Fürsorglich, lustig, süß. Er würde irgendeine Frau sehr glücklich machen.

Eine Frau, deren Name nicht Meadow war.

Seufz.

Die Scheibenwischer ihres Wagens liefen auf höchster Stufe. Der Regen fiel noch immer kontinuierlich, der Tag war grau und trostlos. Alles war klatschnass. Da sie wusste, wie rutschig die Straße werden konnte, fuhr sie unterhalb der erlaubten Geschwindigkeit. Außerdem hatte sie mehr als nur ein paar Artikel über die Gefahren von Wildtieren und Verkehr gelesen. Mit ihrem kleinen Auto konnte selbst ein Waschbär, der ihr vor die Räder lief, gefährlich sein.

Lichter blitzten in ihrem Rückspiegel auf. Ein Blick zeigte ein Fahrzeug, das hinter ihr fuhr.

Die Straße endete an der Farm. Jemand war ihr gefolgt.

Rok?

Ihr verräterisches Herz schlug schneller. Als würde es sie interessieren. Das tat es. Das tat es auf jeden Fall, weshalb sie langsamer wurde und in den Rückspiegel blickte, wobei sie ihre Aufmerksamkeit von der Straße abwandte. Nur zufällig bemerkte sie, dass plötzlich etwas vor ihr war.

Ein Mann lief über die Straße, nackt und mit weißem, flatterndem Haar. Sie trat auf die Bremse. Der Wagen rutschte über den nassen Asphalt und drehte sich, wodurch sie von einer Seite zur anderen geschleudert wurde, bevor er von der Straße abkam und gegen einen Baum prallte.

KAPITEL FÜNFZEHN

Meadows Bremslichter gingen plötzlich an. Sie hatte ihn gesehen und wurde langsamer –

»Verdammt!«

Der Wagen geriet außer Kontrolle. Er konnte nichts tun, als zuzusehen, wie ihr lächerliches Spielzeug gegen einen Baum prallte. Und der Gewinner dieses Aufeinandertreffens?

Nicht die Fahrerin.

Meadow!

Die Sekunden, die sie beide trennten, dauerten ewig an. In dem Moment, in dem er seinen Pick-up parkte, sprang er aus der Tür und eilte zu ihrem Auto. Der Airbag füllte den vorderen Bereich aus, aber ihr Kopf lag am Fenster der Fahrerseite. Blut lief ihre Schläfe hinunter.

Scheiße. Scheiße. Scheiße.

Das war seine Schuld. Er hatte grundlose Anschuldigungen gemacht, weil diese Frau ihm Angst machte. In dem Moment, in dem sie weggefahren war, hatte er sich selbst gescholten. Er hatte über seine Feigheit geheult, bevor er schließlich seinen Hintern in Bewegung setzte, um ihr zu folgen. Mit ihrem winzigen Auto wäre sie nicht weit gekommen. Aber scheinbar gerade weit genug, um in Schwierigkeiten zu geraten.

Er riss die Tür auf und packte sie, damit sie nicht fallen würde. Sie stöhnte und er knurrte, während er sie hielt.

Ihre Wimpern flatterten. »Rok.« Keine Frage, sondern mehr ein erleichtertes Seufzen.

»Ich bin hier, Doe.« Er kürzte ihren Namen, während er ihr die Haare aus dem Gesicht strich und bemerkte, dass das Blut aus einer kleinen Schnittverletzung unterhalb ihres Haaransatzes kam. Er suchte sie nach weiteren Verletzungen ab, während er weitermurmelte, damit ihre Konzentration auf ihn gerichtet blieb. »Ich wusste nicht, dass du auf Stunt-Fahren stehst.«

»Da war ein Mann«, murmelte sie. »Ein nackter Mann. Er ist mir vors Auto gelaufen.«

Die Aussage alarmierte ihn. Er hatte nichts gesehen, aber auf der anderen Seite war sie weit vor ihm gefahren und durch den Nebel war nur das strahlende Rot ihrer Schlussleuchten klar erkennbar gewesen. Und um ehrlich zu sein, hatte er auf nichts anderes geachtet.

»Ich habe niemanden gesehen.«

»Keine Lüge«, beharrte sie. »Habe ihn gesehen.«

Es schmerzte, dass sie dachte, er würde sie erneut beschuldigen. »Ich glaube dir.«

»Finde ihn. Braucht Hilfe.«

»Ich wette, dass er die braucht«, grummelte er. Aber

sie würde nicht von Rok kommen. Er würde die verletzte Meadow nicht zurücklassen, um zu suchen – nicht, wenn er sich gut vorstellen konnte, wen sie gesehen hatte.

»Was tust du da?«, fragte sie, als er sie in die Arme nahm.

»Ich bringe dich an einen wärmeren und geräumigeren Ort.«

»Dein Pick-up ist ein Feind der Umwelt.«

»Erzähl das deinem Schrotthaufen von Auto. Was denkst du, wie viel das die Erde kosten wird?« Er diskutierte mit einer Frau, die eine Kopfverletzung hatte. Was stimmte nicht mit ihm?

Sie gab ein leises Lachen von sich. »Ich schätze, da werde ich nicht gewinnen.«

»Wenn du dich besser fühlst, wir sind eine müllfreie Farm. Wir versuchen, alles wiederzuverwenden.«

»Ich wünschte, ich wäre lange genug geblieben, um davon zu erfahren«, murmelte sie, während ihr Kopf an seine Brust fiel.

»Nicht schlafen, Doe.« Oder sollte er sie schlummern lassen? Er konnte sich nicht an die neuesten Empfehlungen bei Kopfverletzungen erinnern, da diese sich öfter geändert hatten. Er platzierte sie auf dem Beifahrersitz seines Pick-ups und neigte die Lehne so weit er konnte nach hinten, bevor er sie anschnallte.

Ihre Wimpern flatterten. »Es ist warm. Riecht nach dir.«

Er erstarrte.

»Das ist nichts Schlechtes. Ehrlich.« Sie lachte verlegen.

Das hätte er auch nie gedacht. »Bringen wir dich

zurück zur Farm.«

»Bevor wir fahren, kannst du die Tasche auf dem Beifahrersitz holen? Ich brauche vielleicht eine Hose. Ich bin mir ziemlich sicher, dass ich mich ein wenig eingenässt habe.«

Das hatte sie. Zum Teufel, er hatte sich selbst etwas in die Hose gemacht, als er sah, wie sie gegen diesen Baum prallte.

Obwohl er zurück zur Farm rasen wollte, um sie zu verarzten, konnte er ihr die Bitte nicht abschlagen. Das Problem bestand darin, dass sich viele Taschen in ihrem Wagen befanden, weshalb er sich so viele schnappte, wie auf seinen Rücksitz passten, was jedoch nicht alle waren. Die Frau hatte dieses Gefährt auf unglaubliche Weise beladen.

Als er die Türen des Autos zuschlug, das angesichts seiner verzogenen Karosserie nie wieder fahren würde, blitzte etwas Rostbraunes auf. Als er schnell den Kopf drehte, entdeckte er das buschige Rot und Weiß eines Schwanzes.

Fuchsfarben, wenn auch zu groß, was ihn an das Foto erinnerte, das sie geschossen hatte. Konnte es tatsächlich echt sein?

Er stieg in den Pick-up und sie brachte schwach heraus: »Tut mir leid, dass ich deinen Baum beschädigt habe.«

»Dem Baum geht es gut. Aber deinem Wagen ... ich werde ihn zum Haus schleppen lassen.«

»Er könnte ein wenig kaputt sein.«

»Ein wenig?« Er prustete. »Apropos kaputt, du scheinst zusammenhängende Sätze bilden zu können, was gut ist. Wie geht es deinem Kopf?«

»Aua. Ich bin vom Fahrerfenster abgeprallt.«

»Du hast eine Schnittverletzung, die aber nicht genäht werden muss. Wir haben im Haus alles, um dich zu verarzten.«

»Ich schätze, wenn man hier draußen lebt, muss man ein wenig Erste Hilfe kennen.«

»Das Krankenhaus ist etwas weiter entfernt. Wie fühlt sich der Rest von dir an?«

»Im Moment ist es in Ordnung. Ich schätze, das Schleudertrauma wird nachher einsetzen.« Sie verzog das Gesicht. »Wenigstens habe ich ihn nicht erwischt.«

Eine Erinnerung an das, was sie behauptet hatte. »Du hast einen Mann gesehen. Würdest du sagen, er war älter? Langes, graues Haar?«

Sie antwortete nicht. Er spähte zu ihr und sah, dass ihre Augen geschlossen waren. Verdammt. »Wach auf.«

Kein Zucken.

Rok trat das Gaspedal bis zum Boden durch und fuhr schnell zurück zur Farm, wobei er gleichzeitig Bellamy eine SMS schrieb, er solle sich bereit machen. Als ihr ansässiger Tierarzt war er dafür verantwortlich, sie zu verarzten, wenn sie verletzt waren – was oft vorkam –, und sich um die Krankheiten des Viehs zu kümmern.

Er ließ ihren Mist auf der Rückbank liegen, um sie ins Haus zu tragen, während er brüllte: »Bellamy!«

»Küche«, kam die ebenso laute Antwort.

Blutige Verletzungen wurden in dem einen Raum

behandelt, der gesäubert werden konnte, ohne das permanente Flecke blieben.

Das war seine Schuld. Er hatte Doe weggeschickt. Sie war seinetwegen verletzt.

»*Deine Mutter ist deinetwegen gestorben.*« Die häufige Aussage seines Vaters hallte wider.

»Was ist passiert?«, fragte Astra, als er die Küche betrat und Meadow auf die Theke legte. Ihre Augen waren noch immer geschlossen.

»Die Straße ist wegen des Regens rutschig. Sie musste plötzlich bremsen, weil ein alter, nackter Kerl vor ihr über die Straße gelaufen ist.«

»Wallace«, vermutete Astra.

Er musste es gewesen sein. Wer sonst würde im Adamskostüm durch den Wald laufen?

»Er ist schließlich doch durchgedreht«, stimmte Rok zu. Das bedeutete, dass sie Wallace aufspüren und sichern müssten. Es war eine Sache, wenn er in Wolfsgestalt wild war. Solange er niemandem wehtat, konnte er in der Wildnis leben. Ein wilder nackter Mann hingegen, der umherlief, zog die falsche Art von Aufmerksamkeit auf sich.

»Wie lange ist sie schon bewusstlos?«, fragte Bellamy, der Meadows Rippen und Bauch abtastete, während Astra die Wunde an ihrer Stirn reinigte und verschloss.

»Nur ein paar Minuten. Zuerst hat sie mit mir gesprochen, dann kam nichts mehr.«

»Meadow, kannst du die Augen für mich aufmachen?« Bellamy sprach leise und hielt ihre Augenlider hoch, um mit einer Lampe hineinzuleuchten.

Sie grummelte. »Zu hell.«

»Wie fühlst du dich?«, fragte Bellamy.

»Als wäre ich gegen einen Baum geprallt.«

Astra kicherte. »Und wie es klingt, hast du verloren.«

Meadow stöhnte. »Mein armer Marienkäfer.«

»Der wurde zerquetscht. Du wirst deine Versicherung anrufen müssen.« Rok wollte nicht so schroff klingen.

»Hmpf. Noch nicht.« Sie drehte sich, um ihn zu mustern. »Irgendjemand muss den Mann finden.«

»Wir sind bereits dran, Doe.« Seine Stimme wurde sanfter. »Ruh du dich aus. Ich werde mich um alles kümmern.«

»Bei dem Pochen in meinem Kopf ist es schwierig, mich auszuruhen. Ich gehe nicht davon aus, dass ich Schmerzmittel haben kann?«

»Bellamy?« Rok musterte seinen Freund.

»Eine Tablette, um es zu lindern. Du hast vielleicht eine Gehirnerschütterung, was bedeutet, dass du es sofort jemandem sagen musst, wenn dir schlecht wird oder du dich schlechter fühlst.«

»So stark habe ich mir den Kopf nicht angeschlagen.«

»Du bist bewusstlos geworden«, erinnerte Rok sie.

»Weil ich bei Schmerzen ein absolutes Weichei bin. Ich werde vermutlich erneut bewusstlos, wenn ich nicht etwas gegen das Pochen bekomme.«

Rok hielt sie hoch, als Astra ihr eine Tablette und Wasser gab, um sie hinunterzuspülen. Als er sie in die Arme nahm, hatte Bellamy weitere Anweisungen.

»Auch wenn ich innerlich nichts fühlen konnte, lass mich wissen, wenn du irgendetwas merkst.«

»Werde ich«, versprach Meadow.

»Keine Anstrengungen während der nächsten vierundzwanzig Stunden. Und jemand muss sie alle zwei Stunden wecken.«

»Ich werde mich darum kümmern«, bot Rok an.

»Das musst du nicht«, murmelte sie leise. »Ich kann mir den Wecker auf meinem Handy stellen.«

Seine Antwort? Ein Knurren und der Gang von der Küche in sein Schlafzimmer.

»Ich schlafe nicht in deinem Bett.« Anstatt ihm Angst zu bereiten, verärgerte sie ihn nun.

»Doch.«

»Nein. Gib mir die Couch. Wir wissen beide, dass ich da besser drauf passe als du.«

»Du schläfst in meinem Bett, und das ist endgültig.«

»Ich werde nicht zulassen, dass du mir erneut vorwirfst, ich hätte dich manipuliert, um dort hineinzukommen.«

Scham traf ihn, was bedeutete, dass er sich bei ihr entschuldigen musste. »Das hätte ich nicht sagen sollen.«

»Aber du hast es gesagt.«

»Und jetzt tut es mir leid. Also sei still.«

»Du kannst mir nicht sagen, ich soll den Mund halten, nur weil du dich entschuldigt hast.«

Warum nicht? Es würde die Dinge einfacher machen. Auf der anderen Seite, verdiente er *einfacher*? »Kannst du nicht vergessen, dass ich ein Arschloch war, und wieder die fröhliche Meadow sein?«

»Warum?«

»Willst du nicht fröhlich sein?«

»Nein, ich meine, warum warst du ein Arschloch?«

Unangenehme Frage. Er legte sie auf sein Bett, während er über eine Antwort nachdachte.

Okay, er versuchte, sich eine glaubwürdige Lüge einfallen zu lassen, nur um zu erkennen, dass sie aufgrund von Lügen verletzt in seinem Bett lag. »Ich war ein Arschloch, weil ich dich mag.« Eine Untertreibung, aber die einzige Sache, die er klar in Worte fassen konnte.

»Du magst mich, also bist du gemein zu mir«, wiederholte sie langsam.

Er verzog das Gesicht. »Ich weiß, dass das falsch klingt.« Wie ein Junge, der in der Schule an den Zöpfen der Mädchen zog.

Ein Lächeln breitete sich auf ihrem Gesicht aus. »Eigentlich ergibt es perfekten Sinn, Rocky. Du empfindest etwas für mich und es macht dir Angst, also wirst du wütend, anstatt dich damit auseinanderzusetzen.«

Er presste die Lippen aufeinander. »Ich bin ein Feigling.«

»Du bist ein Mensch.«

In dieser Hinsicht lag sie falsch. Sie hatte noch nicht gefragt, warum sie nicht angeboten hatten, sie in ein Krankenhaus zu bringen. Nicht dass es eine Option wäre. Zum einen war es mehr als vierzig Minuten entfernt. Und zum anderen blieb die Farm gern unauffällig. Es würde nicht unbemerkt bleiben, wenn sie eine verletzte Frau brachten. Besonders wenn sie aufwachte und von nackten Männern im Wald sprach. Ihr Geheimnis musste unter allen Umständen bewahrt werden. Eine harte Realität, weshalb er die Lippen aufeinanderpresste und hoffte, sie würde wieder gesund werden.

Das musste sie. Es durfte nicht wieder passieren.

Du hast deine Mutter umgebracht.

Das Echo der Vergangenheit ließ mit seinem Spott nicht ab. Besonders da es auch seine Schuld war, dass Meadow beinahe gestorben wäre.

Vielleicht war er dazu verdammt, allein zu sein.

KAPITEL SECHZEHN

Rok ließ sie nicht eine Minute lang allein und Meadow konnte von seiner Anwesenheit nicht genug bekommen.

Trotz des Pochens in ihrem Kopf war sie in guter Stimmung, und das lag an Roks Bemühungen. Da Bellamy sowohl von Fernsehen als auch von Büchern abgeraten hatte und Lichter ihre Kopfschmerzen verstärkten, leistete Rok ihr Gesellschaft und las ihr laut aus einem Buch vor, das er willkürlich ausgesucht hatte. Ein Kriminalroman, der sie an Rok gelehnt einschlafen ließ.

Als sie vor Ablauf der ersten zwei Stunden aufwachte, fand sie ihn in einem Stuhl neben dem Bett vor, die Augen geschlossen.

»Warum siehst du so traurig aus?«, dachte sie laut nach, woraufhin sie bemerkte, dass er nicht schlief.

Er musterte sie mit leicht zusammengezogenen Augenbrauen. »Nicht traurig. Es ist nichts.«

»Wirklich?« Sie preschte vor. »Deine Freunde

scheinen zu denken, dass du wegen deiner Vergangenheit mürrisch bist.«

»Meine Freunde sollten den Mund halten.«

»Das haben sie«, fügte sie schnell hinzu. »Sie haben es nur angedeutet, damit ich nicht in Versuchung gerate, dir eins überzuziehen, weil du ständig stur und griesgrämig bist.«

»Du würdest keiner Fliege etwas zuleide tun.«

»Stimmt.« Sie verzog reumütig die Lippen. »Den Teil mit stur und griesgrämig willst du nicht leugnen?«

Er zog seine Schultern nach hinten. »Macht keinen Sinn, da es wahr ist.«

»Warum?«

Eine Sekunde lang dachte sie, er würde nicht antworten. Als er es tat, war es so leise, dass sie es beinahe überhörte. »Ich hatte keine gute Kindheit.«

»Was ist passiert?«

Trauer zeichnete seine Züge, und sie wollte die Hand ausstrecken und es wegwischen.

»Ich rede nicht über meine Vergangenheit.«

»Oh, Rocky. Hast du je daran gedacht, dass es helfen könnte, wenn du es tust?«

»Nicht wirklich. Die einzige Person, die irgendwie wusste, was mir passiert ist, war mein Onkel. Und er hat immer gesagt, es wäre am besten, es zu vergessen und hinter mir zu lassen.«

»Wie funktioniert das für dich?«

Er verzog seine Lippen zu einem schiefen Lächeln. »Willst du sagen, der Rat meines Onkels war falsch?«

»Hast du es vergessen und hinter dir gelassen?«

»Wenn ich Ja sage, wirst du mich als Lügner bezeichnen. Wenn ich Nein sage, dann wirst du mich damit nerven.«

»Nerven?«, erwiderte sie. »Das nennt sich teilen. Ehrlich miteinander sein.«

»Was, wenn ich nicht bereit bin?«

»Dann tu es nicht.« Sie dachte, damit wäre es vorbei, aber er wurde unruhig.

»Wenn ich es dir erzähle, wird es klingen, als würde ich jammern.«

»Angesichts dessen, wo du dich aktuell in deinem Leben befindest, wird es mehr wie eine Geschichte deines Sieges über die Widrigkeiten sein.«

Er erstarrte. »Was meinst du?«

»Du hattest eine schlechte Kindheit, aber sieh dich jetzt an. Ein erfolgreicher Farmer mit vielen Freunden, die dich unterstützen, während ihr im Paradies lebt.«

Seine Lippen zuckten. »Wenn du es so beschreibst ... dann schätze ich, ich habe mich ganz gut geschlagen.«

»Besser als nur *ganz gut*.«

»Nur wegen meines Onkels. Er hat mich aufgenommen, als ich nirgendwohin konnte.«

»Sind deine Eltern gestorben?« Das wäre traumatisch gewesen.

»Meine Mutter schon, und mein Vater hat mir die Schuld daran gegeben.«

Ihr Herz blutete für ihn, denn er versuchte, gleichgültig zu klingen – und scheiterte. »Es tut mir leid, das zu hören. Was ist passiert?«

»Sie hat mich auf die Welt gebracht.« Ein bitteres Lachen entwich ihm. »Ich habe sie umgebracht. Nicht einmal eine Minute alt und schon ein Mörder.«

Sie brauchte eine Sekunde, um herauszuplatzen: »Klingt, als wäre sie aufgrund eines medizinischen Notfalls gestorben, und das ist nicht deine Schuld.«

»Laut meinem Vater schon. Nach meiner Geburt wollte er nichts mit mir zu tun haben. Er hat mich bei meinen Tanten ausrangiert, bis ich drei war. Da bin ich ihm dann aus Versehen aufgefallen. Habe meine Tracht Prügel bekommen, und da meine Tanten mir offensichtlich keine Disziplin beibrachten, hat er mich zurückgeholt, damit er bei meiner Erziehung eine feste Hand haben konnte.« Das musste er nicht weiter ausführen.

»Oh nein.« Sie hauchte die zwei Silben mit gebrochenem Herzen. Es entsetzte sie zu wissen, dass so böse Menschen auf der Welt existierten.

»Mit sechzehn hatte ich genug. Er hat mir gesagt, ich solle verschwinden, also ging ich und habe nie zurückgeblickt.«

»Ich kann verstehen, warum du Probleme mit Vertrauen und Intimität hast.« Er war gebrochen.

Er verzog das Gesicht. »Ich vertraue sehr wohl.«

»Du hast mir vorgeworfen, ich hätte ein Foto für Aufmerksamkeit in den sozialen Medien gefälscht und dich dazu manipuliert, ein kostenloses Hotel für mich zu sein.«

Das Zusammenzucken passte gut zu seiner Miene. »Ich habe es verbockt.«

»Das hast du. Also bringst du es jetzt in Ordnung.«

»Wie?«

»Tu es nicht wieder.«

»Und?«

»Und ich würde sagen, das ist der beste Anfang.«

»Nein, denn das ist keine Bestrafung. Ich muss büßen.« Er war gereizt und sprang auf, um hin und her zu gehen. Sein Körper war wie eine unter Strom stehende Leitung der Anspannung.

»Beruhige dich. Ich will nichts von dir.«

Aus irgendeinem Grund ließ ihn das erstarren. »Ich muss raus.«

Sonst nichts. Er ging einfach. Gut, denn sie war wieder müde. Ihr Kopf pochte zu sehr, um sich jetzt mit Rok auseinanderzusetzen.

Sie musste eingenickt sein, denn bevor sie sichs versah, rüttelte er sie sanft wach. »Mach die Augen auf, Doe. Lass mich dich reden hören.« Er tippte ihr leicht auf die Wange.

Sie verzog das Gesicht und kniff die Augen zusammen. »Normalerweise küssen Prinzen, anstatt zu schlagen.«

»Ich bin wohl kaum ein Prinz«, sagte er mit einem leisen Lachen.

»Und doch hast du mich erneut gerettet.« Sie drehte den Kopf und sah die neben dem Stuhl liegende Decke. »Du schläfst doch wohl nicht auf diesem Stuhl.«

»Es ist in Ordnung.«

»Es ist nicht in Ordnung. Steig in dieses Bett, und zwar sofort, Rocky.«

»Du musst dich ausruhen.«

»Ich kann mich gut ausruhen, während ich dein Bett mit dir teile. Oder würdest du es vorziehen, wenn ich auf der Couch schlafe?«

»Du schläfst nicht auf der Couch.«

»Das werde ich tun, wenn du dich nicht zu mir ins Bett legst«, beharrte sie stur.

»Warum musst du diskutieren?«

Sie grinste. »Weil es der einzige Weg ist, um dich davon abzuhalten, dickköpfig zu sein. Jetzt hör auf, es hinauszuzögern. Bett.« Sie hob die Decke an und rutschte zur Seite, um ihm Platz zu machen.

Seine Miene wurde skeptisch. »Warum bist du so nett zu mir? Wir wissen beide, dass ich ein Arschloch war.«

»Wohl eher unbeholfen.«

»Ich bin nicht unbeholfen.« Er konnte seine Empörung nicht verbergen.

»Nicht? Lass uns sehen, wie oft hast du mich geküsst und bist weggelaufen?«

Sein Blick wurde finster. »Es ist kompliziert.«

Sie konnte nicht umhin zu lachen. »Das sind alle Beziehungen.«

»Wir haben keine Beziehung.«

»Warum bist du mir dann gefolgt?« Sie lehnte sich zu ihm. »Bevor ich den Unfall hatte, habe ich dich im Rückspiegel gesehen.«

»Zufall.«

»Also bist du nicht losgerast, um mich zu finden?«

Er sagte nichts.

Sie starrte.

Er verlagerte verlegen das Gewicht. »Okay, ich bin dir hinterhergefahren, weil ich vielleicht doch nicht wollte, dass du gehst.«

Sie verzog ihre Lippen zu einem Lächeln. »Würde es helfen, wenn ich sage, dass ich auch nicht gehen wollte?«

Er hatte etwas an sich, dem sie scheinbar nicht widerstehen konnte.

»Es tut mir leid.«

»Das hast du schon gesagt.« Und sie glaubte ihm. »Komm ins Bett.«

Er zog seinen Pullover aus und sagte: »Ich habe wirklich nicht gemeint, was ich gesagt habe.«

»Welchen Teil? Denn ich dachte, du hättest etwas darüber gesagt, dass du mich magst.«

»Dieser Teil ist wahr.« Er setzte sich auf die Bettkante. Die Matratze musste von bester Qualität sein, denn sie selbst bewegte sich nicht. »Aber ich möchte nicht, dass du dich dazu verpflichtet fühlst, mich auch zu mögen.«

»Ich fühle mich zu gar nichts verpflichtet.« Sein Ehrgefühl ging ein wenig zu tief. Sie tätschelte die Stelle neben sich. »Aber ich würde gern kuscheln.«

»Wie kannst du in meiner Nähe sein wollen, wenn es meine Schuld ist, dass du einen Unfall hattest?«

Er gab sich wirklich die Schuld und hatte das Gefühl, als bräuchte er eine Bestrafung. »Wenn du jemandem die Schuld geben willst, dann dem nackten Mann, der über die Straße gelaufen ist. Hat ihn irgendjemand gefunden?«

Er zuckte die Achseln. »Es ist schwierig, in der verregneten Dunkelheit irgendetwas zu finden.«

»Na ja, ich hoffe, ihr versucht es am Morgen, denn es war supergruselig. Sind Perverse im Wald der Grund, warum Poppy ständig so nervös ist?«

»Wallace würde Poppy niemals etwas tun.«

»Warte, du kennst den nackten Kerl?«

»Ich bin mir ziemlich sicher, dass es Wallace ist. Er ist vor ein paar Tagen verschwunden. Für gewöhnlich ist er harmlos. Ich schätze, das hat sich geändert. Wir werden ihn finden.« Er klang so grimmig.

Vermutlich dachte er, es sei seine Schuld, dass Wallace verrückt geworden war. Er musste sich entspannen. Sie setzte sich auf und legte ihre Hände auf seine Schultern.

Er versteifte sich. »Was tust du da?«

»Ich versuche, deine steifen Muskeln zu massieren.« Es war, als würde sie einen Stein massieren.

Er zog sie auf seinen Schoß. »Es gibt nur eine steife Sache, die deine Aufmerksamkeit braucht.« Und diese Sache drückte gegen ihren Hintern.

Ihr stockte der Atem. »Oh. Das ist hart.« Schreckliche Anspielungen, und doch flatterte ihr Herz.

Er grub seine Finger in ihren Hintern, als er sie neu positionierte, wobei er solchen Druck ausübte, dass sie sich auf die Unterlippe biss.

Seine Augen schimmerten einen Moment lang im finsteren Zimmer.

Sie lehnte sich vor und küsste ihn. Er zitterte, als ihr Mund mit einer Sinnlichkeit über seinen glitt, die ihren Puls in die Höhe schnellen ließ. Als ihre Zunge seine Lippen kitzelte, stöhnte er.

»Ich muss gehen.«

»Sofort?« Sie umklammerte seine Schultern und bewegte sich auf seinem Schoß.

Er sog den Atem ein. »Doe, du erholst dich immer noch. Wir müssen aufhören. Ich hätte gar nicht anfangen dürfen.«

»Ich habe angefangen«, entgegnete sie lachend, wobei sie sich vorbeugte, um sein Kinn zu küssen. »Ich glaube, ich weiß, wozu ich fähig bin.« Ihr Kopf machte sich kaum bemerkbar, aber andere Teile von ihr ...

»Du machst es mir schwer, das Richtige zu tun.«

»Willst du mir sagen, dass es das Richtige ist, wenn du gehst, anstatt Sex mit mir zu haben?«

»Du bist verletzt.«

»Sexuelle Endorphine sind hervorragende Schmerzmittel.« Sie streifte seinen Mund mit ihrem.

»*Fuck*.« Ein schroffes Wort.

»Liebend gern.«

KAPITEL SIEBZEHN

Meadow machte ihn verrückt. Jedes ihrer Worte war eine Anspielung. Ihre Handlungen waren pure Verführung. Sie rieb sich leicht an ihm und übte Druck auf sie beide aus. Von der guten Art. Sie ignorierte seine Lippen, um in sein Ohrläppchen zu beißen, an dem sie zog und auf das sie heiß atmete, bis er zischende Geräusche von sich gab und seine Finger in ihre Hüfte grub.

»Gefällt dir das?« Sie lächelte ihn neckend an.

Verstand sie die Wirkung, die sie auf ihn hatte? Sie schwächte seine Entschlossenheit. Seine Knie. Seine Argumente.

Er wollte sie wie nichts zuvor. Und wundersamerweise wollte sie ihn auch.

Ihre Lippen schwebten vor seinen. »Vielleicht würde mich ein richtiger Kuss in Ordnung bringen.«

Nur für immer könnte ihn in Ordnung bringen.

Er zog sie an sich und presste seinen Mund auf ihren. Er umarmte sie fest. Innig. Mit den Händen auf ihren

Hüften rieb er sie an sich, während ihre Münder wie Lava miteinander verschmolzen.

Eine Sekunde lang vergaß er, dass sie verletzt war. Er vergaß, dass Wallace noch immer durch den Wald lief. Es drehte sich nur um Meadow. Um ihren Geschmack. Das Gefühl. Ihren Duft. Das Verlangen ...

Er musste verantwortungsbewusst sein, auch wenn es ihn umbrachte. Widerwillig löste er sich von ihr. »Wir können das jetzt nicht tun. Du hast Bellamy gehört. Vierundzwanzig Stunden lang keine Anstrengungen.«

Sie rieb ihre Nase an seiner, als sie schnurrte: »Ich habe kein Problem damit, wenn du die ganze Arbeit übernimmst.«

Er fiel beinahe vom Bett. Es war verlockend. So verdammt verlockend. »Was, wenn ich dir stattdessen vorlese?«

»Dafür ist Licht nötig«, grummelte sie. »Mir wäre es lieber, dich einfach reden zu hören.«

»Worüber?«

»Erzähl mir von den Alpakas.«

»Ernsthaft?«

»Jup. Erzähl mir von diesen Süßen.« Sie kuschelte sich an ihn.

Anstatt auf und ab zu gehen und auf Neuigkeiten derer zu warten, die nach Wallace suchten, hielt er Doe in seinem Schoß und redete.

Und es war nicht einseitig. Er fing damit an, ihr gestelzt davon zu erzählen, wie er zum ersten Mal auf ein Alpaka traf, welches ihn anspuckte. Sie lachte schallend. Als Nächstes versuchte er es mit einer ernsteren Geschichte. Sie kicherte noch immer und unterhielt ihn mit ihren eigenen Leidensgeschichten, die ihn zum Lachen brachten.

Er fand heraus, dass Meadow noch nie an einem Tropenstrand gewesen war, nur an dem an der Küste von British Columbia. Sie konnte schwimmen, mochte es aber nicht, unter Wasser die Augen zu öffnen. Außerdem hasste sie es, wie Moos sich anfühlte.

Sie redete wie ein Maschinengewehr, und er nahm alles mit einem Grunzen an den richtigen Stellen und ein paar Anekdoten seinerseits in sich auf. Als sie schließlich aufhörte, um einzuatmen und »Ich langweile dich, oder?« zu sagen, erwiderte er aufrichtig: »Du könntest mich nie langweilen.«

Die Wahrheit, und zwar eine, die er nicht hatte zugeben wollen. Ihre Augen wurden groß und ihre Finger streiften seine Wange. »Du bist selbst auch ziemlich interessant.«

»Es gibt Dinge über mich, die du nicht verstehst.«

»Weil du kompliziert bist. Das beginne ich zu verstehen. Aber wenn es hilft, ich bin eine gute Zuhörerin.«

»Gib mir Zeit«, war alles, was er sagen konnte. Zeit, um herauszufinden, was er fühlte und was er diesbezüglich unternehmen sollte. Denn Meadow war ein Mensch. Zu einhundert Prozent. Was Unsicherheit bedeutete, wenn es darum ging, wie sie mit seinem Geheimnis umgehen würde. Wenn sie sich paarten, wäre es nur eine Frage der Zeit, bis sie es herausfand. Bevor das passierte, müsste sie durch einen Eid gebunden sein. Etwas, bei dem ein Alpha vorstehen musste. Aber wen fragen?

Amarok gehörte nirgendwo hin und hatte keinerlei Verbindungen zu irgendeinem Rudel. Jede Anfrage, einen Menschen zu binden, würde nicht nur Aufmerksamkeit auf ihn, sondern auch auf die Farm und die Werwölfe ziehen, die von ihm abhingen. Die darauf vertrauten, dass er sie beschützte. Meadow hier zu haben könnte alles gefährden, aber gleichzeitig konnte er sie auch nicht gehen lassen.

Sie schlief in seinem Schoß ein und er blieb bei ihr, wobei er sie alle paar Stunden weckte, wie er es tun sollte, trotz ihrer gegrummelten Beschwerden.

Am Morgen wachte sie auf und wand sich an ihm. Zuerst auf unschuldige Art, dann mit erotischer Absicht.

Er sog den Atem ein. »Morgen.«

»Mmm.« Ihre heisere Begrüßung, als sie sich erneut bewegte und an ihn kuschelte.

»Wie fühlst du dich?«, fragte er.

»Geil«, erwiderte sie mit einem unanständigen Lachen.

»Wir sollten vermutlich warten. Sichergehen, dass deine Gehirnerschütterung am Abklingen ist.«

»Ich habe nicht einmal Kopfschmerzen.« Sie küsste sich seinen Hals hinauf.

Er schloss die Augen und ballte die Hände zu Fäusten. »Ich glaube nicht, dass ich aufhören könnte.«

»Gut.« Sie knabberte an seinem Ohrläppchen, woraufhin er stöhnte. »Mir ist danach, die Tatsache zu feiern, dass ich am Leben bin.«

»Wir sollten dich wirklich erst untersuchen lassen.«

»Später. Ich will dich in mir«, flüsterte sie.

Er stöhnte. Er fand ihren Mund für einen Kuss, der sie beide sehnsüchtig nach Luft schnappen ließ.

Er legte sie auf sein Bett und bedeckte sie zur Hälfte,

während er sich daranmachte, ihr die Kleidung auszuziehen, als jemand an die Tür klopfte.

»Geh weg.«

Lochlans Antwort veranlasste ihn dazu, sich aus dem Bett zu wälzen. »Wir haben Wallace gefunden.«

KAPITEL ACHTZEHN

Vergessen war der Sex. Meadow sagte kein Wort, als Rok das Schlafzimmer verließ. Was konnte sie sagen, um seine düstere Miene aufzuhellen? Er sah aus, als wäre jemand gestorben.

Moment, war Wallace gestorben? Sie hatte keine Gelegenheit zu fragen; er verschwand zu schnell.

Sie duschte, zog sich an und fühlte sich passabel, wenn sie die Verletzung und die Beule an der Seite ihres Kopfes ignorierte. Ihr Körper fühlte sich gut an, und auch wenn ihr Genick ein wenig empfindlich war, hatte sie nicht das befürchtete Schleudertrauma.

Beim Öffnen der Vorhänge konnte sie sehen, dass auch dieser Tag trostlos war, da der Regen in Strömen fiel. Das hielt Rok nicht davon ab, draußen unter freiem Himmel zu stehen. Sie konnte ihn am Rand des Waldes erkennen, wo er wartete. Ein Wachposten mit hochgezogenen Schultern.

Sie ging zur Küche mit ihrem Duft nach heißem Kaffee und gebackenen Dingen. Poppy stand hinter der

Theke. Sie rührte, goss und wendete und zauberte Berge von Essen, um ihre Nervosität zu kontrollieren.

»Morgen.« Meadow sagte nicht *Guten Morgen*, da es ein solcher offensichtlich nicht war.

»Es ist frischer Kaffee in der Kanne und ich habe ein Blech Zimtschnecken, die ich gleich glasiere. Es sei denn, du hättest lieber etwas anderes? Ich kann Eier und Speck machen.«

»Die Zimtschnecken klingen köstlich.« Meadow schenkte sich Kaffee ein und setzte sich. Der erste bittere Schluck war eine wahre Freude. Hier gab es nicht dieses Zeug aus Kapseln. Nur frisch gemahlene Bohnen, die die Sinne verwöhnten.

Poppy schob ihr einen Teller zu, auf dem sich eine heiße Zimtschnecke voller Zuckerguss befand. »Das Frühstück für Helden.«

»Guter Gott, das ist köstlich.« Meadow konnte nicht umhin zu stöhnen.

»Ich dachte, alle könnten etwas Üppiges vertragen. Es wird ein langer Tag.«

»Ich nehme an, Wallace geht es nicht gut?«

Poppy schüttelte den Kopf und zog die Mundwinkel nach unten. »Er ist tot.«

»Tut mir leid. Standet ihr euch nahe?«

»Nein, aber das war eigentlich bei niemandem der Fall. Er war vor allen von uns auf der Farm. Er kam ungefähr zehn Jahre nach dem Tod seiner Frau her. Er ist viel für sich geblieben, vor allem in letzter Zeit.«

»Klingt, als hätte er Depressionen gehabt.« Das erklärte, warum er ihr vor das Auto gesprungen war. Sie war seinem Suizidversuch ausgewichen, aber scheinbar hatte er dennoch eine Möglichkeit gefunden.

»Das könnte man sagen. Ich weiß, dass er seine Gefährtin ... Frau vermisst hat«, korrigierte Poppy sich schnell. »Ohne sie wurde es für ihn einfach immer schwieriger, Kontakt mit anderen zu haben. Er hatte kein Interesse.«

»Klingt, als hätte er sie sehr geliebt.«

»Das hat er.«

Sie waren beide einen Moment lang still, als das Dröhnen des Quads die Luft erfüllte. Es fuhr mit einem in Segeltuch eingewickelten Bündel vor, das hinten festgebunden war, und wurde langsamer, als es auf Roks Höhe war.

Meadow runzelte die Stirn. »Es sieht aus, als hätten sie die Leiche mitgebracht.«

»Sie konnten sie nicht gerade im Wald lassen.«

»Will die Polizei nicht, dass ihr sie am Tatort belasst, damit sie sicher sein kann, dass es keine Fremdeinwirkung war?«

Poppy schüttelte den Kopf. »Wir bemühen die Polizei bei natürlichen Ursachen nicht. Wir melden es und beerdigen denjenigen.«

»Was ist mit seiner Familie?«

»Wir sind seine Familie.«

Poppy wirkte traurig, als sie zusahen, wie Rok das Quad in Richtung der riesigen Garage begleitete, wo Nova an der offenen Tür wartete. Dahinter war etwas Rotes zu sehen. Ihr Auto. Es war zur Farm geschleppt und verstaut worden, bis mit der Versicherung alles geklärt war. Als die Tür geschlossen wurde, traf es sie hart. Wären ihre Reflexe langsamer gewesen, wäre sie diejenige, die ihn getötet hätte.

Sie schluckte schwer. »Ich brauche frische Luft.«

»Es regnet«, erinnerte Poppy sie.

Aber sie musste nach draußen. »Nur ein paar Minuten. Ich werde nicht weit gehen.« Sie machte sich auf den Weg zur Haustür, streckte den Kopf hinaus und atmete tief. Ein. Aus.

Es war nicht genug. Ihr war schwindelig. Schließlich traf sie der Schock.

Ich wäre beinahe gestorben.

Zum Teufel, soweit sie wusste, *hatte* sie Wallace getötet. Was, wenn ihr Beinahezusammenstoß bei ihm zu einem Herzinfarkt geführt hatte? Oder wenn er in seiner Panik über einen Abgrund gestürzt war oder –

Sie hyperventilierte. Panik erfüllte sie, während sie nicht umhinkonnte, sich zu fragen, ob es ihre Schuld war.

Da sie verzweifelt frische Luft brauchte, zog sie ihre Regenjacke und ihre Stiefel an, die sich neben der Tür befanden. Jemand musste sie gefunden haben, als er ihren Wagen ausgeräumt hatte. Einen Wagen, der jetzt ein Haufen Schrott war. Es war ein Wunder, dass sie davongekommen war.

Sie ging nach draußen, wobei sie vom Überstand der Veranda mehr oder weniger geschützt wurde. Feuchte Luft küsste ihre Haut. Sie schloss die Augen, als sie tief einatmete und sich erdete. Das gleichmäßige Plätschern des Regens beruhigte ihre Angst. Das Wasser kam in Strömen, in solchen Mengen, dass kleine Rinnsale durch den Vorgarten und über die Auffahrt liefen. Zu viel, als dass der Boden es aufnehmen könnte.

Wie schlug Weaver sich in diesem Wetter durch? Rok hatte schon vor diesem Wolkenbruch vor dem Bach gewarnt. Hatte der Damm überlebt?

Sie musste es wissen. Die Bewegung würde ihr guttun. Sie machte sich auf den Weg zum Bach, wobei sie den matschigen Pfad nahm. Der Wald bot nicht viel Schutz. Die Blätter sammelten den Regen nur, bis sie sich neigten und ergossen. Das Wasser, das seinen Weg ihren Nacken hinunter fand, war besonders kalt. Sie drehte fast wieder um, aber auf der anderen Seite würde es keinen Unterschied machen, wenn sie noch ein paar Minuten länger nass wurde. Sie war fast da.

Das Rauschen des strömenden Wassers traf auf ihre Ohren, bevor sie es erblickte. Sie starrte mit offenem Mund, als sie sah, dass der Bach weit über seine Ufer angestiegen war und die Strömung stark genug war, um große Äste fortzutragen. Matschiges Gras wirbelte vorbei.

Die gewaltige Kraft verhieß nichts Gutes. Sie bewegte sich parallel zum Bachlauf durch den Wald, anstatt es zu riskieren, dem unsicheren Ufer nahezukommen. Es wäre nicht viel nötig, um hineingezogen zu werden. Sie hatte nicht einen Tod überlebt, um einem anderen zum Opfer zu fallen. Sie hatte *Final Destination* gesehen und wusste es besser, als den Sensenmann in Versuchung zu führen.

Der Regen ließ nach, als die Wolken am Himmel eine Pause gewährten. Sie wählte ihren Weg zu dem Ort, wo Weaver gebaut hatte. Sein Zuhause mit den vielen Ästen und einigen schmalen Baumstämmen behauptete sich am Rand eines immer größer werdenden Sees. Sein

Damm schien einen Rückstau des Wassers zu verursachen.

Sie hielt ein Auge auf den Boden mit seinen heimtückischen rutschigen Stellen gerichtet und ging näher heran, in der Hoffnung, einen Blick auf Weaver erhaschen zu können. War er gemütlich in seinem Zuhause? Sicher?

Die Pause des Sturms endete. Jetzt fiel der Regen stärker, eine Erinnerung daran, ihren Hintern wieder zurück ins Haus zu schaffen. Meadow hatte niemandem erzählt, dass sie hierherkommen würde. Es sollte sich niemand Sorgen machen. Besonders Rok. Er hatte bereits mit genügend anderen Dingen zu kämpfen.

Meadow wirbelte herum, um zurückzugehen, schnappte jedoch nach Luft, als sie einen Mann erblickte, der nur wenige Meter von ihr entfernt stand. Er trug eine lockere Hose – nass und fleckig, genau wie sein Hemd – und seine nackten Füße waren voller Schlamm. Seine Züge waren alt, sein Haar ein triefnasses, graues Nest, das ihm über den Rücken fiel.

Der Mann, den sie auf der Straße beinahe überfahren hätte, enthüllte gelbe Zähne und sagte: »Was denkst du, wo du hingehst?«

KAPITEL NEUNZEHN

Der Regen tropfte vom Quad auf den Beton. Rok und die anderen standen stumm daneben.

Hammer sprach zuerst. »Er war ein störrischer alter Mistkerl, aber er hat hart gearbeitet.«

Daraufhin nickten sie alle.

»Dieser Mann kam immer mit mindestens einem Moorhuhn nach Hause.« Gewöhnlich mit mehreren von guter Größe.

»Und wie er Asher als die männliche Hure bezeichnet hat.«

Besagte männliche Hure gab ein Geräusch von sich. »Er hat mich wie einen Sohn behandelt.«

All ihre Köpfe sanken, als sie ihren Respekt dem Mann zollten, der verstorben war.

Jetzt war es an der Zeit herauszufinden, was ihn getötet hatte. Darian hatte nicht das Geringste gesagt, als er anrief. Nur das Wesentliche. *Habe Wallace gefunden. Bringe ihn nach Hause.*

Was bedeutete, dass er irgendetwas an der Sache für suspekt hielt.

Alle waren in der Garage, bis auf Poppy, Astra und Meadow. Nova öffnete die Knoten, während Darian auf und ab ging. Reece und Gary standen stumm Seite an Seite. Bellamy bereitete seine Werkzeuge vor, um die Leiche zu untersuchen.

Als die Seile gelöst waren, trugen Rok und Hammer Wallace in den Werkstattbereich der Garage. Der Mann fühlte sich leichter an, als er es sollte.

»Liegt es nur an mir oder hat er an Gewicht verloren?« Der Wallace, den er kannte, trug ein paar zusätzliche Kilos mit sich herum.

»Tiere hatten ihn gefunden«, antwortete Hammer.

Rok war nicht der Einzige, der das Gesicht verzog. Hoffentlich fand das Fressen erst weit nach Wallace' Ableben statt. »Du denkst, dass an seinem Tod irgendetwas verdächtig ist.«

»Ich weiß, dass es so ist«, bestätigte Darian. »Aber anstatt euch irgendwelchen halb garen Mist vorzusetzen, will ich hören, was Bellamy zu sagen hat.«

Bellamy atmete ein, bevor er die Plane zurückzog, in die die Leiche eingewickelt war. Nova agierte als seine Assistentin, während Bellamy die Leiche begutachtete. Zu klein. Zu tot.

Verdammt.

Rok drückte sich von dem Fahrzeug ab und ging zu dem Propankühlschrank mit dem Bier darin. Irgendwo auf der Welt war es Mittag. Er reichte eines Darian und ein weiteres Hammer. Reece schüttelte den Kopf und floh aus der Garage, gefolgt von Gary. Der Mann kam mit dem Tod nicht gut klar.

Asher lehnte ebenfalls ab. »Ich werde nach den Mädels im Haus sehen.«

Rok sagte beinahe Nein. Er wollte den hübschen Jungen nicht in Meadows Nähe haben, aber wenn Wallace umgebracht worden war ... Es war besser, wenn die Frauen Schutz hatten, bis die Situation unter Kontrolle war. »Bleib bei ihnen.«

»Ich werde auch mitgehen. Ich muss das nicht zweimal sehen.« Hammer ging mit Asher.

Rok wandte sich an Darian. »Erzähl mir alles.«

Eindeutig aufgewühlt breitete Darian die Hände aus. »Wir haben ihn zufällig gefunden. Kurz hinter der Grenze, hinter einem Steinhaufen. Vielleicht hätten wir ihn gar nicht entdeckt, wenn die Schlammlawine nicht gewesen wäre. Sie hat einen Teil der Steine mitgerissen und ihn offenbart.«

»Moment, er war vergraben?«

»Scheint so. Diese Steine waren gestapelt, um die Felsspalte zu blockieren, in die er gestopft worden war. Wir haben Wallace ausgegraben und nach Hause gebracht.«

»Du hättest mich früher anrufen sollen«, knurrte er.

»Um was zu tun? Außerdem warst du beschäftigt.«

Das war er gewesen. Er rieb sich die Stelle zwischen seinen Augenbrauen. »Bist du sicher, dass die Leiche, die ihr mitgebracht habt, Wallace war?« Denn er hatte die Überreste betrachtet und es fiel ihm schwer, es zu sehen.

Darian nickte. »Das Gesicht ist verstümmelt, aber man kann immer noch das Tattoo an seinem Arm sehen.

Und er hat das Hemd getragen, das Poppy für ihn geflickt hat.«

»Jemand hat die Leiche vergraben, um sie zu verstecken. Hat derjenige ihn auch umgebracht?«

»Ich bin mir nicht sicher, wie er gestorben ist.«

Rok rieb sich sein stoppeliges Kinn. »Wenn er von Steinen bedeckt war, wie wurde er dann zum Teil angefressen?«

»Das ist der Teil, bei dem ich eine zweite Meinung haben wollte.« Darians Miene wurde düster.

Bevor er antworten konnte, murmelte Bellamy: »Verdammte Scheiße, er wurde getötet.«

»Was meinst du mit *getötet*?« Rok marschierte zu der mit einer Plane bedeckten Werkbank, auf der die Leiche lag. Wallace war ausgebreitet, seine Überreste befanden sich in rohem Zustand. Sein Körper war zerfetzt, Teile fehlten. Der Geruch war faul, als wäre es schon mehrere Tage her.

»Das ist nicht erst vor Kurzem passiert.« Er runzelte die Stirn.

»Mindestens vier oder fünf Tage«, stimmte Bellamy ihm zu. »Sieht aus wie der Angriff eines Tieres. Dem Biss nach zu urteilen ein Wolf. Ein großer.«

Sein Blut gefror. »Ist es ein Werwolf?«

»Ich weiß nicht. Aber wer auch immer ihn gebissen hat, demjenigen fehlt ein Eckzahn.«

»Oben links?«, fragte Rok, obwohl er Angst vor der Antwort hatte.

»Ja. Weißt du, wer das war?«, fragte Bellamy.

Roks Blickfeld wurde dunkel. Er zog die Lippen in

einem Knurren zurück. »Mein Vater ist hier. Wir müssen ihn finden.«

»Ich dachte, er wäre ein Alpha irgendwo unten in den Staaten?«, warf Darian ein.

»Das ist er. Was bedeutet, dass er nichts Gutes im Schilde führt, wenn er hier ist.«

Sie alle blickten stumm zu Wallace.

Asher stürmte mit aufgerissenen Augen in die Garage. »Rok, wir haben vielleicht ein Problem. Meadow ist nicht da. Poppy denkt, sie ist vielleicht runter zum Bach gegangen.«

Scheiße!

KAPITEL ZWANZIG

Das Erscheinen des alten Mannes erschreckte Meadow. Sie hielt eine Hand an ihre Brust. »Meine Güte, Sie haben mir Angst gemacht.«

»Natürlich hast du Angst. Du bist ein Mensch«, spottete er, als wäre es eine Beleidigung.

»Besser, als ein Wurm zu sein.« Sie lächelte und versuchte, es lustig klingen zu lassen.

Er wirkte nicht belustigt. »Du gehörst nicht hierher.« Er legte vor Missfallen seine zerfurchte Stirn in Falten.

»Eigentlich bin ich Gast auf der Farm. Die Weißwolf-Farm«, erklärte sie. »Habe ich aus Versehen ihr Grundstück verlassen?« Sie hätte geschworen, dass dieser ganze Bereich ihnen gehörte.

»Weißwolf-Farm.« Er spuckte auf den Boden. »Kennst du Amarok?«

»Ja. So ein netter Mann.«

Weitere Spucke landete auf dem Boden. »Er ist eine verdammte Enttäuschung. Kommt nach seiner Mutter.«

»Oh, Sie kannten seine Eltern?«

Er zog seine Oberlippe hoch. »Ich *bin* ein Teil davon. Zu meiner verdammten Schande.«

»Sie sind Roks Vater?« Sie erkannte keine große Ähnlichkeit. Genauso wenig gefiel ihr seine Art.

»Ich bezweifle, dass dieser Scheißkerl von mir gesprochen hat. Es ist schon eine Weile her, seit wir einander gesehen haben.«

»Wie schade. Meine Eltern leben mittlerweile an der Küste, da meine Mutter diese Föhnwinde hasst, die von den Rocky Mountains kommen. Sie verursachen ihr Kopfschmerzen. Wir versuchen, einander mindestens vier- bis fünfmal pro Jahr zu sehen. Aber ich verstehe, dass die Umstände und die Zeit es schwierig machen können.« Sie plapperte, was sie immer tat, wenn sie nervös war.

»Ich war froh, dass er weg war. Der Versager musste härter werden. Was denkst du, warum ich ihn rausgeschmissen habe?«

Es gab so viele Dinge, mit denen eine Person auf eine solch kalte und grausame Aussage antworten konnte. Sie zog eine Augenbraue hoch. »Sind Sie hier, um ihn um Vergebung zu bitten?«

Das schallende Gelächter des Mannes war heiser. »Wohl eher sollte er um meine betteln.«

Sie erinnerte sich daran, was Rok ihr über seinen Vater erzählt hatte. »Er ist Ihnen keine Entschuldigung schuldig, aber so wie es klingt, Sie ihm schon. Sie waren gewalttätig und grausam. Als Vater völlig ungeeignet.«

»Du weißt nichts«, fauchte er.

»Sie haben einem Baby die Schuld am Tod seiner Mutter gegeben.«

»Weil er sie umgebracht hat. Der Arzt hat ihr schon früh gesagt, dass sie abtreiben sollte, da sie nicht den richtigen Körperbau hatte, um mein Kind auszutragen. Aber sie wollte nicht. Er hat sie ermordet.«

»Wow, Sie brauchen Hilfe.« Dies murmelte sie hörbar, bevor ihr bewusst wurde, dass sie mit einer geistesgestörten Person allein war.

Zu ihrer Verteidigung, so verrückte Dinge passierten in ihrer Welt oder ihrer Familie nicht. Ihr Vater war kein wild dreinblickender Psycho, es sei denn, man machte sich an seinem Grill zu schaffen. Und für ihre Mutter bestand Gewalt darin, Sahne zum Nachtisch zu schlagen.

Sie richtete sich seitlich aus. Der alte Mann beobachtete sie weiter, sein Blick scharf und bedrohlich.

»Ich bin überrascht, dass der Mistkerl ein so zartes Geschöpf hier rumlaufen lässt. Dieser Wald ist gefährlich.« Es klang mehr wie eine Drohung als eine Warnung.

»Es war reizend, Sie kennenzulernen, Sir. Ich sollte zurückgehen, bevor sich irgendjemand Sorgen macht.«

»Weiß irgendjemand, dass du hier bist? Schert sich irgendjemand darum? Denn ich habe zugesehen, wie sie alle mit dem Toten in die Garage gegangen sind. Und dann hast du das Haus ganz allein verlassen.«

Sie erschauderte. »Sie haben uns ausspioniert?«

»Ausgekundschaftet. Um mehr über meinen Feind zu erfahren.«

»Er ist Ihr Sohn.«

»Und was ist er für dich?«

»Ich bin nur sein Gast. Vielleicht sollten wir zurück

zur Farm gehen und ihn suchen.« Sie wollte die Sicherheit von Roks Anwesenheit. Dieser Mann schrie förmlich nach Gefahr.

»Was bist du für meinen Sohn?«, wiederholte er.

»Nichts. Niemand.«

»Lügnerin. Ich habe gesehen, wie du dich ihm hingegeben hast.«

Ihre Wangen wurden rot. »Das muss unangenehm für Sie gewesen sein.«

»Wohl eher unerträglich. Man würde denken, er hätte seine Lektion durch seine Mutter gelernt. Sie war auch schwach. Ich wusste es besser, als sie zu wählen. Und sieh dir an, was passiert ist. Sie ist gestorben und hat mir einen wertlosen Erben hinterlassen.«

Sie konnte nicht umhin, ihn zu verteidigen. »So wie es aussieht, ist er ohne Sie sehr gut klargekommen. Er ist ein erfolgreicher Farmer.«

»Ist er das? Schnüffelst du deshalb bei ihm herum? Spreizt die Beine für ihn?«

Das war mehr als vulgär. »Ich fühle mich unwohl. Ich gehe.«

Er blockierte sie. »Ich frage mich, wie sehr es ihn mitnähme, wenn du sterben würdest.«

Das konnte nicht passieren. »Das ist nicht witzig. Bitte lassen Sie mich vorbei.«

»Sehe ich amüsiert aus?« Er hatte eine finstere Miene. »Ich nehme das Töten ernst.«

»Sie sind kein Mörder.« Denn es auszusprechen, würde es wahr machen.

Der alte Mann lachte. »Und da liegst du falsch.«

Er stürzte nach vorn und sie schrie. Eine Verlagerung

ihres Gewichts und ihr Fuß rutschte im Schlamm aus. Die Ungeschicklichkeit rettete sie. Er verfehlte sie, was ihr die Gelegenheit verschaffte wegzulaufen. Das Problem war jedoch, dass sie nicht viele Möglichkeiten zur Flucht hatte.

Das matschige Ufer schloss sie ein und als sie sich drehte, verringerte es den Abstand zwischen ihnen. Der alte Mann prallte gegen sie und packte ihre Regenjacke. Sie ließ ihm das Kleidungsstück und kroch davon – zumindest versuchte sie es. Der Schlamm des aufgeweichten Ufers bot keinen Halt. Sie rutschte aus und er landete auf ihr, schwer und grunzend, übel riechend und heiß, trotz des kalten, klaren Regens. Sie kämpfte, wand und bewegte sich, wobei sie nur vage das näher kommende Tosen bemerkte.

In letzter Sekunde ließ er sie los und sprang davon. Meadow würgte, schnappte nach Luft und schaffte es, sich zur Seite zu drehen, bevor sie die Wand aus Wasser herbeiströmen sah.

Der Damm musste schließlich doch nachgegeben haben.

Das Wasser traf sie wie eine Bombe und nahm ihr den Atem, während es ihren Körper davontrug. Die Strömung entfernte sie von ihrem Angreifer. Sie war nicht tief, aber kraftvoll genug, dass Meadow sich nicht aufrichten konnte. Sie schaffte es kaum, während des Herumwirbelns einen tiefen Atemzug zu nehmen und nicht zu ertrinken. Um Hilfe schrie sie nicht.

Sie trieb durch das Wasser, wobei sie für eine Sache dankbar war. Im Bach gab es keine großen Felsen, gegen die sie schlagen konnte. Als die Strömung schließlich nachließ, war sie in einem gerade entstehenden See gelandet, wo sie sich an einem Baum festhalten konnte.

Eine Sekunde lang atmete sie. Sie war nicht ertrunken. Ihre Kehle schmerzte, aber sie lebte.

Das war der Moment, in dem sie das rote Fell sah. Ein Aufblitzen, das zu schnell war, um ein wirkliches Gefühl für Größe oder Form zu bekommen.

Aber sie erschauderte, als ein Heulen die Luft durchschnitt.

KAPITEL EINUNDZWANZIG

Rok stürmte aus der Garage und heulte, ein lautes, gebrochenes Geräusch. In dem Moment, in dem er hörte, dass Meadow verschwunden war, wusste er es.

Sie steckt in Schwierigkeiten.

Wenn Samuel wirklich herumschlich und Meadow gefunden hatte, würde er sie töten, besonders wenn er das Haus beobachtet hatte. Selbst sein Arschloch von Vater würde erkennen, dass Meadow für ihn besonders war.

Verdammt, wie es brannte, dass er nie die Anwesenheit seines Vaters bemerkt hatte. Samuel war ein Meister der List. Er hatte eine Weile beim Militär gedient. Irgendeine Art von Spezialeinheit. Wegen psychischer Probleme wurde er rausgeschmissen. Das stelle sich mal einer vor. Und dann wurde ihm ein eigenes Rudel gegeben, das er misshandeln konnte, da in der Welt der Werwölfe die Macht herrschte. Alphas, selbst diejenigen mit gewalttätigen Tendenzen, gaben die Befehle.

Darian, der Ruhige und Vernünftige, versuchte, Rok

fokussiert zu halten. »Teilen wir uns auf und gehen zum Bach.«

An dieser Sache war nichts ruhig oder verdammt noch mal vernünftig!

Rok zerriss sein Hemd, während er loslief, verzehrt von einem wilden Zorn. Er ignorierte seine Freunde, die ihm zuriefen, er solle langsamer machen.

Niemals.

Es gab nur einen Grund, warum sein Vater herkäme.

Der Zeitpunkt der letzten Abrechnung. Ein Tag, von dem Rok immer gewusst hatte, dass er kommen würde, seit er kurz nach seinem sechzehnten Geburtstag seinem Vater zum ersten Mal die Stirn geboten hatte.

Sein Vater kam betrunken nach Hause. Wie immer. Selten waren die Abende, während derer er nicht ein paar Gläser leerte. Anders war jedoch die Intensität des Rausches. Das Zuschlagen der Tür deutete darauf hin, dass es nicht die milde, durch Bier verursachte Trunkenheit war.

Knall, knall. Schuhe flogen. Zeug wurde herumgeschleudert. Die schlimmste Art von Trunkenheit, die durch das goldene Zeug kam. Whisky machte Samuel immer gemein.

Amarok wusste, dass er ihm aus dem Weg gehen sollte. Wenn er nicht bemerkt wurde, hielt das die Prügel in Grenzen.

Aber sein Vater war auf einen Kampf erpicht.

Rumms. Roks Tür wurde geöffnet und prallte von der Wand ab. Samuel stürmte in sein Schlafzimmer, wobei er die Tatsache ignorierte, dass Rok im Bett lag.

Samuel begann zu geifern. »Du fauler Mistkerl. Ich

arbeite den ganzen verdammten Tag und komme nach Hause, wo du fauler Sack nichts tust.«

Nichts? Amaroks Terminplan beinhaltete die Schule plus dreißig Stunden die Woche, die zwischen zwei Jobs, der Wäsche und jeder anderen Hausarbeit aufgeteilt waren, die sein Vater ihm zuwies, während Samuel vierzig Stunden in der Fabrik arbeitete und vierzig weitere damit verbrachte, wütend zu sein.

Samuel riss die Decke weg und Amarok drehte sich genervt auf den Rücken, da er am nächsten Morgen einen Test hatte. Mathe war keine seiner Stärken und er würde das Fach abwählen, wenn er könnte, aber der Schlüssel, um diesem Leben zu entfliehen, war die Schule.

»Geh ins Bett«, murmelte er seinem Vater zu, da er es bereits leid war.

»Was hast du zu mir gesagt?« Sein Vater vergrub eine Hand in seinem T-Shirt und zerrte ihn vom Bett.

Das passierte schon, so lange er denken konnte. In der Schule hieß es, sie sollten Tyrannen melden. Im Alter von sieben tat er das. Die Sozialarbeiter kamen und redeten mit seinem Vater, der darüber jammerte, wie hart es sei, allein ein Kind großzuziehen, besonders ein so stures wie Amarok. Er nannte ihn einen Lügner.

Als sie fort waren, war Amaroks Vater auf ihn losgegangen. Es war so hässlich, dass die Schule dachte, er wäre beinahe an der Grippe gestorben, da er so lange krank zu Hause blieb, bis die blauen Flecke verblasst waren.

Sieh weg. Nicht reagieren. Die Regeln des Überlebens schlugen in seiner Brust, aber an diesem Tag, während sein Vater über ihm aufragte, mit aufgerissenen Augen und stinkend, war Amarok es leid.

Also stieß er. Er stieß seinen Vater von sich und zu Boden.

Samuel, der auf dem Hintern landete, starrte ihn schockiert und mit offenem Mund an. Auch Amarok fiel die Kinnlade herunter.

Sein Vater erhob sich mit einem Knurren. »Du wagst es, mich nicht zu respektieren?« *Er drückte seine Brust heraus, um ihn einzuschüchtern.*

»Lass mich in Ruhe.« *Amarok stand von seinem Bett auf und streckte seinen hoch aufgeschossenen Körper. Wann war er größer als sein Vater geworden?*

»Wirst du frech, Arschloch?« *Sein Vater drohte ihm mit zwei geballten Fäusten.*

Rok hielt stand. Er war nicht nur größer, sondern auch stärker. Seine Jobs in den Lagerhallen bauten Muskeln auf. Er verschränkte seine massigen Arme und knurrte. »Keine Prügel mehr. Fass mich nie wieder an.«

Es fühlte sich gut an, es zu sagen.

»Respektloser Mistkerl.« *Sein Vater schwang eine Faust.*

Er fing sie ab. »Ich sagte, keine Pr-«

Uff.

Als wäre Samuel so einfach eingeschüchtert. Er schlug ihm in die Magengrube, aber Amarok wehrte die nächsten ab. Dann traf er selbst mehrfach, als sich das Boxen, das er im Sportunterricht in der Schule gelernt hatte, als nützlich erwies.

Es fühlte sich gut an. Zu schlagen, immer und immer wieder. Endlich derjenige zu sein, der Schmerzen verursachte.

Erst als er über dem Mann kniete und ihm in das bereits blutige Gesicht schlagen wollte, hielt er inne.

Das war nicht er.

Rok drückte sich von seinem Vater hoch und ging ins Badezimmer, um sich die Fingerknöchel abzuwaschen.

»Schwach«, krächzte sein Vater, der zur Tür getorkelt war.

»Schwach, weil ich dich nicht töten will?«

»Du bist nicht mein Sohn.«

»Das hast du deutlich gemacht.«

»Warum bleibst du dann?«

Warum blieb er? Er bräuchte nur eine Minute, um eine Tasche zu packen.

Sein Vater bewegte sich, um seinen Weg aus dem Badezimmer heraus zu blockieren.

»Weg da.«

»Zwing mich doch«, spottete Samuel.

»Willst du, dass ich dich umbringe?«

»Wir wissen beide, dass du das nicht tun wirst, was dein Niedergang sein wird.«

»Hat diese Unterhaltung einen Sinn?«

»Du wirst niemals ein Alpha sein. Du bist weich.«

»Wer sagt, dass ich ein Alpha werden will? Nicht jeder will herrschen.«

»Das sagst du jetzt, aber wenn ich fünf, zehn Jahre warte, wirst du meine Position beäugen und denken, du könntest übernehmen, nur weil ich in deiner Mutter gekommen bin.«

»Behalte dein Rudel. Wenn ich eines will, gründe ich mein eigenes.«

Sein Vater lachte. »*Als würden sie einem Schwächling wie dir irgendetwas geben.*«

»*Vielleicht wirst du aufhören, so verbittert zu sein, wenn ich weg bin*«*, war das Letzte, was Rok zu seinem Vater sagte.*

Was Samuel betraf, dieser brüllte: »*Dämlicher Mistkerl. So selbstgefällig und rechtschaffen, mich am Leben zu lassen. Du sollst wissen, dass ich dich eines Tages finden werde. Und wenn ich das tue, wirst du sterben.*«

Es schien, als wäre der Tag der Abrechnung schließlich gekommen. Das Problem war, dass Rok jetzt etwas zu verlieren hatte.

Meadow.

Trotz des Regens nahm er ihren Duft in dem Moment auf, in dem er den Weg zum Wald betrat. Wie weit lag er zurück? Er hatte kein Zeitgefühl dafür, wann sie gegangen war. Er lief, halb bekleidet und panisch. Der Drang, sich zu verwandeln, pulsierte in ihm, aber er wollte Meadow nicht verängstigen.

Beinahe zerriss er alles, als er ihren Schrei hörte.

Er war in der Nähe. Nahe genug, dass er das Tosen des Baches hören konnte. Die Geräusche eines Kampfes. Der Wald wurde lichter und er sah Meadow, die sich gegen Samuel wehrte. Noch schlimmer war die Flutwelle, die er auf sie zuströmen sehen konnte.

Rok konnte Meadow nicht rechtzeitig erreichen. Der reißende Bach zog sie mit sich, während der dafür verantwortliche Mann am Ufer stand und zusah.

Mit einem Brüllen lief Amarok los, aber nicht zu Samuel. Dieser Mann verdiente seine Aufmerksamkeit nicht. Er raste parallel zum tosenden Wasser und versuchte, Meadow im Auge zu behalten, die in der Strömung trieb.

Meine Schuld.

Die Flut mündete in einen neu entstandenen See, wo sich die Strömung teilte und ausbreitete. Meadow hielt sich an einem Baum fest, die Arme und Beine fest darum gewickelt und ihm abgewandt.

Rok warf einen Blick nach hinten. Er sah seinen Vater nicht, aber das bedeutete nicht, dass er nicht gefolgt war. Er machte einen Schritt ins Wasser, bevor er sie wissen ließ, dass er gekommen war. »Ich bin hier, Doe. Halt dich fest.«

»Rok!« Sie quietschte seinen Namen. »Dein Vater ist hier. Er ist verrückt.«

»Ich weiß. Vergiss ihn. Bringen wir dich an einen sicheren Ort.«

Sie klammerte sich an ihrem Baum entlang, bis sie ihn sehen konnte. Ihr Lächeln hätte bei seinem Anblick nicht so strahlend sein sollen. »Du kannst stehen. Ist es tief?«

»Tief genug dort, wo du bist, also lass nicht los.« Er wollte nicht, dass sie den Halt verlor.

»Ich glaube, ich hätte im Bett bleiben sollen.«

»Ich glaube, da hast du vielleicht recht.«

Sie rümpfte die Nase. »Dein Vater braucht wirklich Hilfe.«

»Er muss sterben und aufhören, anderen das Leben schwer zu machen«, war seine gemurmelte Antwort.

»Was hast du gesagt?«

»Dass du es langsam hättest angehen sollen.«

»Es war nur ein kleiner Spaziergang. Und dann hat mich eine Flutwelle mitgerissen.«

Je näher er zu ihr watete, desto mehr zerrte die Strömung an seinen Beinen.

»Tut mir leid mit deinem Vater.«

»Ich habe dir gesagt, er ist ein Arschloch.«

Sie brachte ein halbes Lachen hervor. Dann einen Schrei. »Hinter dir!«

Er wirbelte herum und duckte sich. Der Ast, den sein Vater wie einen Speer warf, sauste vorbei.

Rok brüllte: »Verpiss dich! Hast du nicht bereits genug getan?«

»Es wird niemals genug sein. Du hast mir das Eine genommen, das ich geliebt habe. Jetzt bin ich an der Reihe, dir das Deine zu nehmen.«

Sein Vater blickte an ihm vorbei zu Meadow, hob einen Stein vom Ufer auf und schleuderte ihn. Er verfehlte sie nur knapp. Er packte einen weiteren.

»Mistkerl!« Rok rastete aus. Mit einem Brüllen, das mehr bestialisch als menschlich war, stürmte er los und aus dem Wasser heraus.

Sein Vater begrüßte ihn mit ausholendem Arm. Rok duckte sich. Schlug zu.

Sie kämpften miteinander, heftige Schläge, die Regen, Blut und Spucke fliegen ließen. Aber jetzt, wie damals, war Rok stärker. Schneller.

Sein Vater fiel zu Boden.

Rok konnte es beenden. Hier und jetzt.

»Mach nur. Tu es«, spottete sein Vater. »Bring mich um, wie du deine Mutter umgebracht hast.«

»Das muss ich nicht. Du bist für mich bereits tot.« Er

wandte sich ab und sah, dass Meadow sich für den Versuch entschieden hatte, zum Ufer zu waten. Ihre Bewegungen waren langsam, während sie gegen die Strömung ankämpfte.

Hinter ihm murmelte Samuel verachtend: »Schwach.«

Rok zeigte ihm über die Schulter hinweg den Mittelfinger. »Geh weiter, Doe. Ich komme.«

Sie schenkte ihm ein zittriges Lächeln, während sie sich abmühte. Eine Miene, die Schreck zeigte, als sie an ihm vorbeiblickte.

Sein verdammter Vater wollte nicht nachgeben. Er drehte sich in der Erwartung um, den Mann zu sehen. Ein Fehler.

Der Wolf traf ihn hart, achtzig Kilo wütenden Fells, wütender Zähne und Krallen. Sie schlugen auf dem Boden auf, aber Rok kämpfte sich durch die Desorientiertheit und drückte seinen Arm gegen den Unterkiefer des Wolfes, um die Zähne von seinem Gesicht fernzuhalten.

Was hatte Samuel getan? Er hatte sich vor Meadow verwandelt. Wenn es irgendjemand herausfand ...

Und das würde passieren, wenn Samuel entkam. Er würde allen von dem Mensch erzählen, der ihr Geheimnis kannte. Da sie mit niemandem eines Rudels gepaart und nicht durch einen Eid gebunden war, wäre sie innerhalb eines Tages tot.

Samuel musste sterben.

Das Problem war, dass Samuel als Wolf jetzt den Vorteil hatte, womit Rok keine Wahl blieb. Er würde es Meadow später erklären.

Er rammte seine Knie zwischen ihre Köper und stieß den grauen Wolf von seiner Brust. Als er aufstand, hatte er nur einen Moment, um zu brüllen: »Hab keine Angst«, bevor die Verwandlung ihn übermannte.

Er schrie nicht länger vor Qual, die mit dem ersten Mal einherging. Er explodierte zu weißem Fell, ein Geschenk seiner Mutter, und einer gemeinen Art, die noch gemeiner wurde, als der Angstgeruch seiner Gefährtin zu ihm trieb.

Er würde sich um sie kümmern, sobald er die Bedrohung ausgeschaltet hatte. Der graue Wolf bleckte die Zähne und knurrte.

Komm schon. Mein Biss ist größer.

Sie trafen in einem Zusammenprall aus Fell, Krallen und Zähnen aufeinander. Sie schnappten und bissen. Sie kämpften miteinander und versuchten, die Oberhand zu gewinnen, in dem Wissen, dass derjenige siegte, der seine Zähne zuerst in die Kehle des anderen grub.

Alles hing davon ab, wer zuerst müde wurde. Wer einen Fehler machte.

Nicht Rok.

Er bekam die Kehle seines Vaters zwischen die Zähne und drückte zu. Samuels Atmung rasselte.

Noch etwas mehr Druck und der Albtraum wäre vorbei. Er würde sich nie wieder Sorgen darum machen müssen, dass Daddy vorbeikam, um ihm eine Lektion in Respekt beizubringen.

Vatermörder.

Er ließ los und trat zurück, wobei er sich wieder in einen Menschen verwandelte. Nackt und blutbefleckt – sein eigenes und das seines Vaters.

Ein Wimmern veranlasste ihn dazu, den Kopf zu drehen.

Weit aufgerissene, verschreckte Augen blickten in die seinen. *Meine Gefährtin hat Angst.*

Da ihm das nicht gefiel, knurrte er, was die falsche Reaktion war.

Sie stöhnte. »Nein, nein, nein.«

Aber was ihn umbrachte, war, als sie vor Angst die Flucht ergriff. Der Wolf brodelte noch immer in seinem Blut, und er konnte nicht anders, als ihr zu folgen.

KAPITEL ZWEIUNDZWANZIG

Er ist ein Wolf.

Der Gedanke kreiste in Meadows Kopf, zusammen mit den Bildern dessen, was passiert war. Zuerst kam der graue Wolf aus dem Nichts, um sich auf Rok zu stürzen, das Maul in einem geifernden Knurren weit aufgerissen. Dann war Rok nicht mehr er selbst. Er verwandelte sich in einen großen weißen Wolf.

Werwolf. Das musste es sein. Und der graue, der ihn angegriffen hatte? Sein Vater. Vererbt? Oder ein Virus, wie es in den Filmen und Büchern behauptet wurde?

Panik machte sich breit. Wie ansteckend war es?

Oh Gott. Er hatte sie geküsst. Sie hatten mittlerweile ein paarmal Spucke ausgetauscht. War sie jetzt auch ein Werwolf? Bitte nicht, sie hasste es bereits, alle paar Tage ihre Beine zu rasieren. Sie konnte sich nur vorstellen, dass es als Werwolf noch schlimmer wäre.

Während sie schwer atmend floh, versuchte sie, sich auf alles außer die Bestie zu konzentrieren, die sie möglicherweise verfolgte. Sie dachte darüber nach, wie sie an diesem Morgen zum Frühstück nicht mehr Fleisch gewollt hatte als gewöhnlich. Vermutlich würde sie es mit Sicherheit wissen, wenn sie den nächsten Vollmond anheulte.

Zweige peitschten an ihrem Gesicht vorbei, blieben in ihrem Haar hängen und zerrissen ihr die Kleidung. In der Flutwelle hatte sie einen Stiefel verloren, weshalb sie stapfte. *Platsch. Stapf. Platsch.*

»Doe, bleib stehen.« Roks Bitte erreichte sie und sie blieb beinahe stehen. Wenn das ein Film wäre, was würde sie in Richtung des Fernsehers schreien?

Lauf!

Rok mochte ein guter Kerl sein, aber sein Vater war ein Psycho. Die Dinge, die er gesagt hatte. Die Art, wie er sie angegriffen hatte. War Wahnsinn nicht erblich?

Und wer scherte sich wirklich um ihren Geisteszustand? Der Kampf selbst war brutal gewesen. Beängstigend. Zwei wilde Tiere, die aneinander zerrten. Was, wenn Rok sich gegen sie wandte? Sie wäre innerhalb weniger Sekunden zerfleischt.

»Bitte hab keine Angst. Ich würde dir niemals wehtun.«

Die Behauptung, die sie in ihrer atemlosen Panik wahrnahm, ließ sie innehalten. Besonders da es klang, als wäre er ihr nahe. Ein Blick über ihre Schulter zeigte, dass er nackt auf sie zulief.

Sein Schwanz und seine Eier hüpften auf und ab, was angesichts der Situation so unpassend war, dass sie lachte. Hysterisch. Es half nicht, dass seine Miene finster wurde, während er vor ihr stand, die Hände in die Hüften gestemmt und sein bestes Stück frei baumelnd.

Sie lachte noch lauter.

»Was ist so witzig?«

»Männer sollten nicht ohne Hose laufen«, versuchte sie zwischen ihrem Gekicher und ihrem Japsen nach Luft zu erklären.

Er war beleidigt. »Es ist kalt draußen.«

Ihre Mundwinkel zuckten. »Ich habe nicht von der Größe, sondern vom Wackeln gesprochen.«

»Oh. In dem Fall hast du vielleicht nicht unrecht.« Er schenkte ihr ein verlegenes Grinsen.

Eine Sekunde lang kam ihr in den Sinn, wie normal er erschien. Dann erinnerte sie sich.

»Du warst ein Werwolf!« Sie trat einen Schritt zurück.

»Ja.«

Er versuchte nicht einmal, es zu leugnen. »Bin ich infiziert?«

»Was? Nein. Natürlich nicht.«

»Sagst du.«

»Ja, sage ich«, schnaubte er. »Es ist keine verdammte Krankheit. Wir wurden so geboren.«

Sie neigte den Kopf. »Nein. Das ist unmöglich. Allein die Genetik sagt, dass das nicht funktionieren würde.«

»Und doch bin ich hier.«

Das war er. Splitterfasernackt, was es ihr erschwerte, sich an die Bestie in ihm zu erinnern.

»Was ist mit deinem Vater passiert? Hast du ihn getötet?« Denn sie wusste, dass er kurz davor gewesen war. Sie hätte es ihm nicht verübelt. Manches Böse sollte nicht dieselbe Luft atmen wie der Rest der Welt.

»Der Mistkerl meckert und stöhnt immer noch.«

»Er ist labil.«

»Sag bloß. Man wird sich um ihn kümmern müssen. Aber ich werde das nicht tun.«

»Das ist vermutlich eine gute Idee.«

»Dir muss kalt sein.«

»Ein wenig.« Sie zitterte.

»Komm schon. Ich kenne einen Ort in der Nähe, wo wir uns aufwärmen können, bevor wir zurückgehen.«

»Warum gehen wir nicht jetzt zurück?«

»Weil ich nicht weiß, ob ich schon bereit für andere Leute bin. Du?«

Es gab nur eine Person, die sie wirklich sehen wollte, und die war bei ihr. Trotzdem ... »Werden sich deine Freunde keine Sorgen machen? Und was ist mit deinem Vater?«

»Darian kümmert sich bereits und weiß, dass ich dir hinterhergelaufen bin.«

»Ist Darian ...« Sie konnte es nicht laut aussprechen.

»Ich werde keine Fragen beantworten, während ich mir den Schwanz abfriere.«

Ihr selbst war in ihrer nassen Kleidung auch nicht allzu warm. »Zeig mir dein Geheimversteck.«

Besagter Unterschlupf war tatsächlich weniger als eine Minute Fußmarsch entfernt. Ein Tarnnetz verdeckte die Öffnung einer Höhle, wodurch diese trocken blieb. Er zündete eine Laterne an, um die Dunkelheit zu vertreiben, bevor er ein kleines Propan-Heizgerät in Gang setzte, das trotz der Öffnung schnell Wärme verströmte. Er schüttelte eine Decke aus, die in einer natürlich gebildeten Nische lag.

»Was ist das für ein Ort?«

»Jagdversteck für die Gänsesaison.«

Sie sah sich um, entdeckte jedoch keine Anzeichen von Blut oder Knochen. »Du jagst?«

»Ich nicht. Und du kannst aufhören, nervös zu wirken. Ich habe dich nicht hergebracht, um dich zu ermorden.«

Ihre Augen wurden groß. Das war ihr nicht einmal in den Sinn gekommen, bevor er es erwähnt hatte. »Warum sind wir hier?«

»Weil ich ein wenig Zeit allein mit dir wollte, bevor wir uns mit allen anderen auseinandersetzen müssen.«

»Ich kann dir nicht verübeln, dich nicht mit deinem Vater auseinandersetzen zu wollen.« Sie rümpfte die Nase.

»Mit ein wenig Glück werde ich das nicht tun müssen.«

»Was wird mit ihm passieren?«

»Er wird für seine Handlungen streng bestraft werden.«

»Von wem? Dir?«

Er schüttelte den Kopf. »Jemand anderes wird sich darum kümmern.«

»Du meinst nicht die Polizei, oder?«

»Nicht einmal annähernd.« Er fuhr sich mit einer Hand durch sein nasses Haar. »Sagen wir einfach, dass Werwölfe ihr eigenes Justizsystem haben.«

»Soll heißen, es gibt noch viele mehr als nur dich und deinen Vater.« Ihre Gedanken wanderten zu den Leuten, die sie vor Kurzem kennengelernt hatte. »Sind alle auf der Farm wie du?« War sie die ganze Zeit das Lamm gewesen, das mit den Wölfen gegessen hatte?

»Ja, und deshalb darfst du nichts sagen.« Er neigte ihr Kinn. »Das ist das größte Geheimnis, das du je kennen wirst, was bedeutet, dass es wichtig ist, niemals jemandem zu erzählen, was du gesehen hast und was ich dir gleich sage.«

Sie setzte sich auf einen Felsbrocken, der einen perfekten Stuhl abgab, während er sich gegen die Höhlenwand lehnte. »Als würde mir irgendjemand glauben.«

»Selbst im Scherz. Du darfst niemals etwas über das ausplaudern, was du meinen Vater oder mich hast tun sehen.«

»Sonst was?«

»Sonst werden die Dinge für uns alle schlecht laufen.«

Sie biss sich auf die Lippe und lachte beinahe über die melodramatische Aussage, aber Rok schien nicht zu Übertreibungen zu neigen. Wenn er sagte, sie solle den Mund halten, da sonst etwas passierte, sollte sie aufmerksam sein.

»Ich werde kein Wort verlieren.« Aber vielleicht würde sie einem kleinen innerlichen Schreikonzert nachgeben. Werwölfe existierten. Das war eine große Sache. Aufregend. Besonders da er nicht darauf aus zu sein schien, sie zu fressen.

»Ich meine es ernst, Meadow. Die Menschen dürfen niemals von uns erfahren.«

Sie hätte ihn vielleicht für melodramatisch gehalten, aber auf der anderen Seite hatte sie gesehen, was mit seltenen Tieren geschah. Gefangen. Studiert. In Käfigen gehalten.

»Du wirst dir meinetwegen keine Sorgen machen müssen. Ich schwöre feierlich, euer Geheimnis niemals gegenüber einem anderen menschlichen Wesen preiszugeben«, gelobte sie und legte eine Hand auf ihr Herz.

Seine Augen wurden einen Moment lang zu bernsteinfarbenen Spiegeln, als würden sie das Licht der Laterne reflektieren. »Gut.«

»Ich schätze, der Werwolf-Klub ist wie der *Fight Club*. Die erste Regel ist, dass es keinen Klub gibt.«

»Was?« Er blinzelte sie an.

»Komm schon, du musst diesen Film kennen. Du lebst in der tiefsten Provinz. Was sonst hast du schon zu tun?«

Er grinste. »Ich veräpple dich nur. Du hast recht. Die erste Regel ist *leugnen, leugnen, leugnen.*«

»Ich werde es leugnen, aber ich muss fragen, warum verbergt ihr eure Existenz?«

Er zog eine Augenbraue hoch. »Ich würde sagen, das ist offensichtlich. Die Welt ist für uns nicht bereit.«

»Sei dir da nicht so sicher. Die Leute werden besser in Bezug auf individuelle Unterschiede. Haarfarbe. Haut. Glaube.«

Auch seine andere Augenbraue schoss in die Höhe. »Werwölfe könnten den Diversitätsfaktor vielleicht überspannen.«

»Also versteckt ihr euch im Wald. Erscheint mir irgendwie einsam.«

»Nur, wenn man Menschenmassen mag, was ich nicht tue. Und ich glaube nicht, dass meine Situation die

Norm ist. Viele Werwölfe führen ein Leben in der Stadt oder den Vororten.«

»Und niemand weiß es?«

Er schüttelte den Kopf.

»Verdammt.« Die Erkenntnis ließ sie nachdenklich werden. Es war ein wenig erschütternd zu erkennen, dass die Welt mehr Geheimnisse barg als erwartet.

Er rückte näher an sie heran und ging in die Hocke. »Es tut mir leid, dass ich dich gebrochen habe.«

Sie runzelte die Stirn. »Wovon sprichst du?«

»Du hast dein Lächeln verloren.« Er streckte eine Hand aus, um mit einem Finger über ihre Unterlippe zu streichen.

Sie biss beinahe hinein. »Gib deinem Vater die Schuld dafür. Du hast gar nichts getan.«

Er umfasste ihr Gesicht. »Ich hätte da sein sollen, um dich zu beschützen.«

»Ich bin mir ziemlich sicher, dass niemand einen Angriff deines verrückten Vaters im Wald vermutet hätte, als ich zu einem Spaziergang aufgebrochen bin.«

»Du hättest im Bett bleiben sollen.«

»Ich konnte nicht. Ich habe frische Luft gebraucht.« Sie zog den Kopf ein.

»Was darauf hindeutet, dass du schon vor der Sache mit meinem Vater aufgebracht warst.« Diesmal war er an der Reihe, die Stirn in Falten zu legen. »Warum?«

»Ich dachte, es wäre meine Schuld gewesen, dass euer Freund gestorben ist.«

»Wallace? Er wurde von Samuel getötet.«

»Dein Vater hat ihn ermordet!« Sie erschauderte, als

sie von Neuem erkannte, wie nahe sie selbst dem Tod gekommen war.

»Dir ist kalt. Ziehen wir dir die nassen Sachen aus.«

Er berührte sie kaum, als er ihr beim Ausziehen half, ihre Klamotten nahm und sein Bestes tat, sie an Ausbuchtungen im Stein aufzuhängen.

Die Decke, auch wenn sie feuchtigkeitsabweisend war, war nicht auf Komfort ausgelegt. Trotzdem kauerte sie sich darunter, während er den kleinen Heizkörper in ihre Richtung drehte.

Dieser wärmte schnell ihren zitternden Körper auf – oder lag das an Rok, der neben ihr saß, den Arm um ihre Schultern gelegt hatte und sie an sich zog? Der Mann strahlte Hitze ab, war jedoch nicht sehr gesprächig.

Sie konnte die Stille nicht ertragen. »Tut mir leid, dass ich weggelaufen bin. Die ganze Wolfsache hat mich überrascht.«

»Irgendwie verständlich.«

»Was hättest du getan, wenn ich nicht stehen geblieben wäre?«, fragte sie.

»Dich zu Boden gebracht.«

»Was?« Sie schubste ihn überrascht. »Man soll Mädchen nicht schlagen.«

»Das ist sexistisch und beleidigend. Aber wenn es hilft, ich würde dir niemals wehtun. Ich hätte dafür gesorgt, dass du oben landest.«

»Du behauptest, du würdest mir nicht wehtun, aber wie kann ich erkennen, ob das die Wahrheit ist?«

»Das kannst du nicht.«

Sie sah ihn an. »Du willst nicht einmal versuchen, mich zu überzeugen?«

»Das hat keinen großen Sinn. Entweder du vertraust mir oder nicht.«

»Das kommt darauf an. Hast du noch mehr Geheimnisse?«

»Keines, das so groß ist wie mein Dasein als Werwolf, es sei denn, du zählst eine geheime Liebe für Lieder von Britney Spears dazu.«

Das brachte sie zum Kichern. »Das muss ich sehen, um es zu glauben.«

»Wenn du Glück hast, bringe ich dir ein Ständchen.«

Sie lachte laut. »Ausgeschlossen. Das glaube ich nicht.« Sie rümpfte die Nase. »Auf der anderen Seite hätte ich vor einem Tag nicht geglaubt, dass du ein Werwolf bist. Warst du schon immer einer?«

»Seit der Geburt, aber ich habe mich nicht verwandelt, bis meine Hormone in meiner späteren Kindheit verrücktspielten. Die meisten meiner Art können sich ungefähr im Alter von elf oder zwölf verwandeln. Ich war mit fast fünfzehn ein Spätzünder. Meine Mutter war eine Nichtwandlerin. Jemand, der Werwolfeltern hat, sich aber selbst nicht verwandeln kann.«

»Gibt es viele von euch?«

Er presste seine Lippen zu einer dünnen Linie zusammen. »Ich sollte aufhören, darüber zu sprechen, bis du ein paar Dinge verstanden hast.«

»Oder wir reden gar nicht.« Sie lehnte sich an ihn. Dann brach sie ihren eigenen Vorschlag, indem sie fragte: »Du schwörst, dass ich mich durch die Nähe zu dir nicht in einen Werwolf verwandeln werde?«

»Ja.«

»Selbst wenn wir einander wirklich nahe sind?«, deutete sie an.

»Ich könnte dir eine Bluttransfusion geben und du wärst trotzdem kein Stück pelziger.«

Das war beruhigend, während ihr etwas in den Sinn kam. »Du vertraust mir wirklich sehr, indem du mir das erzählst, oder nicht?«

»Jup.«

»Warum? Du kennst mich kaum, und das ist eine große Sache. Du hast es selbst gesagt, niemand sollte es wissen.«

»Angesichts dessen, was du gesehen hast, ist es irgendwie schwierig, nichts zu sagen. Und ich habe genug von dir gesehen, um abzuschätzen, dass du ein guter Mensch bist. Du würdest niemals jemanden absichtlich verraten.«

Eine korrekte Einschätzung. »Danke.« Dann küsste sie ihn spontan. Eine leichte Berührung ihrer Lippen.

Er sog den Atem ein. »Das solltest du nicht tun.«

»Warum?«

»Weil es dazu führen könnte, dass wir andere Dinge tun, und ich habe kein Kondom zur Hand.«

Ein Mann, der auf Nummer sicher ging. »Würde es helfen, wenn ich sage, dass ich seit meinem letzten, ähm, Rendezvous untersucht wurde?« Sie wurde rot und betrachtete ihre nackten Zehen. Dreckige Zehen.

»Ich bin ebenfalls gesund. Aber ich will kein Baby riskieren.«

»Also funktioniert nur ein Kondom?« Vermutlich eine der ehrlichsten Unterhaltungen in ihrem Leben, und vor allem die heißeste. Ihre Wangen würden vielleicht nie wieder rot werden müssen. »Denn ich nehme die Pille.« Würde das gegen seine Schwimmer funktionieren? Den Sex mit einem Werwolf in Erwägung zu ziehen war eine Sache; Welpen waren eine völlig andere.

»Pille, Spirale, all die üblichen Methoden funktionieren.« Eine schroffe Antwort.

Gut. Aber sie hatte noch immer Fragen. »Du wirst mich nicht beißen?«

»Nur wenn du es willst«, neckte er.

»Mir wäre es lieber, wenn du mich küsst.«

KAPITEL DREIUNDZWANZIG

Rok wollte Meadow küssen. Große Erleichterung erfüllte ihn bei der Erkenntnis, dass sie nicht verletzt worden und über ihre anfängliche Angst darüber hinweggekommen war, seine Wolfseite entdeckt zu haben.

Er konnte ihre Erregung riechen. Sie wollte ihn. Und er wollte sie ebenso. Aber bevor er sie umarmen konnte, mussten sie noch weiter über das Werwolf-Geheimnis sprechen.

In dem Moment, in dem Samuel sich verwandelte, hatte er sie verdammt. Es gab nur wenige Ergebnisse in dieser Situation.

Eines war, dass niemand es herausfand. Dafür müsste Samuel die Klappe halten, Darian durfte nichts in Bezug auf Meadow gesehen haben und Meadow selbst durfte niemals ein Wort darüber verlieren, sobald sie ging.

Diese Option gefällt mir nicht. Vor allem der Aspekt, dass Meadow ging.

Damit blieben nur noch zwei andere Möglichkeiten. Eine davon war der Tod.

Die letzte Option machte Rok Angst, denn darin beanspruchte er sie als seine Gefährtin, dann machte er einen Alpha ausfindig, um ihr den Eid abzunehmen. Aber er hatte nur begrenzt Zeit, um das eine ohne das andere zu tun. Menschen, die das Geheimnis kannten, mussten an den Eid gebunden werden, und zwar schnell, oder sterben.

Das Lykosium wäre damit nicht offen. Der Unfall würde niemals Verdacht erregen, aber er würde passieren, selbst denen, die dachten, niemand hätte es herausgefunden. Das Lykosium wusste es immer.

Der Mensch hatte einen Unfall und sein Werwolf-Partner, der die Regeln nicht befolgt hatte, würde möglicherweise dasselbe Schicksal ereilen. Das Lykosium ging bei seinem Geheimnis keine Risiken ein.

Wenn Meadows Versprechen an ihn nur zählen könnte. Er konnte die Wahrheit riechen, als sie schwor, es niemals preiszugeben, aber nur ein verbindlicher Eid einem Alpha gegenüber würde funktionieren. Er enthielt eine Magie, die niemand verstand und die dazu zwang, ein Versprechen zu halten.

»Du bist so ernst.« Ihr Blick traf den seinen. »Du musst mich nicht küssen.«

»Ich will es. Ich bin für meine Art nur etwas komplizierter.«

»Weil ich menschlich bin.« Sie rümpfte die Nase.

»Weil du meine Gefährtin bist.« Die Wahrheit kam heraus und er nahm sie nicht zurück.

Sie blinzelte. »Wovon genau sprechen wir hier? Ist das etwas Positives?«

»Was, wenn ich sage, dass du mein bist und ich es schon weiß, seit wir uns kennengelernt haben?«

Sie lachte. »Ich würde erwidern, dass du dir nichts ausdenken musst, um mir an die Wäsche gehen zu dürfen.«

»Es ist die Wahrheit. Ich weiß, dass mein Verhalten das nicht gerade widergespiegelt hat, aber das liegt nur daran, dass mir die Vorstellung noch immer Probleme bereitet. Du gehörst zu mir. Meine Gefährtin.« Je öfter er es sagte, desto greifbarer fühlte es sich an. Richtig.

Ihr Mund wurde rund. »Ich weiß nicht, was ich sagen soll.«

»Sag, dass du zu mir gehören wirst.«

»Einfach so? Nach nur wenigen Tagen?«

»Sag mir, dass du es nicht fühlst.«

»Ich fühle es. Es ist wild, verrückt und –«

»Richtig.«

»Ja, richtig.« Sie umfasste seine Wange. »Es ist wie etwas in einer Geschichte.«

»Es ist genau so, wie es sein sollte, wenn sich Gefährten treffen.«

»Und was passiert, sobald sie das tun?«, fragte sie. Sie war auf den Knien zwischen seinen Beinen, ihren Mund zu seinem geneigt.

»Die Anziehung ist augenblicklich.«

»Und gut verborgen durch mürrisches Verhalten«, neckte sie ihn. Die Worte waren heiß auf seinen Lippen.

»Ich will es nicht mehr verbergen.« Er legte seine

Finger in ihren Nacken. »Dann küssen und beanspruchen sie einander.«

»Einfach so?«

»Wenn sie Gefährten sind, lässt es sich nicht aufhalten.«

»Wenn wir also Sex haben, könnte ich zu deiner Gefährtin werden?«

»Nicht können, du wirst es.«

»Für wie lange?«

»Für immer.«

»Okay.« Sie presste das Wort auf seinen Mund, als sie ihn umarmte. Sie ließ ihre Hände über seinen Körper wandern. Er erwiderte den Gefallen. Es gab keine Kleidung, die ihre Entdeckung behinderte. Keine Unterbrechungen. Nichts als ihn und sie.

Die Decke verhüllte den Boden, der Heizkörper hielt sie warm, aber er sorgte dafür, dass ihr noch wärmer war. Er bedeckte sie zum Teil, ein Bein zwischen ihren Oberschenkeln, das er gegen ihren heißen Schritt presste.

Er spielte mit einer Brust, drückte ihre Fülle, dazu bereit, an ihr zu saugen. Aber dafür müsste er ihren Mund aufgeben, und dieser schmeckte zu süß.

Sie keuchte gegen seine Lippen. Ihre Zunge glitt gegen seine. Sie hielt ihn am Haar fest, begierig nach seinem Kuss.

Ihr ganzer Körper wand sich an ihm, da sie mehr als Küsse und eine einfache Berührung brauchte. Er fuhr mit seinem Mund über die feine Linie ihres Kiefers und ihren Hals hinab, wobei er ihre Haut zwickte und an anderen Stellen daran saugte. Er setzte sich über sie, damit er ihre Brüste umfassen und zusammendrücken konnte, ein Festmahl für seinen Mund. Er saugte an den harten Spitzen, schnellte mit seiner Zunge darüber. Spielte mit ihren Brüsten, bis sie stöhnte: »Mehr.«

Sie hob ihre Hüften, eine Einladung für ihn, tiefer zu gehen. Er platzierte sich zwischen ihren Beinen und ihr Duft machte ihn verrückt. Er brauchte sie.

Er würde sie sich nehmen.

Aber zuerst sollte sie für ihn kommen.

Er leckte sie und sie stöhnte.

Er ließ seine Zunge erneut über ihr kreisen, spreizte ihre Schamlippen und entdeckte die Stelle, die ihr am meisten Vergnügen bereitete. Sie wand sich.

Er neckte sie mit seinen Lippen und seiner Zunge und hielt sie hoch, um sich an ihr zu weiden, bis sich ihr Körper verkrampfte und sie seinen Namen schrie.

»Rok!«

Während ihr Orgasmus noch immer ihren Körper durchströmte, richtete er sich über ihr auf und knurrte: »Doe, sieh mich an.«

Der Blick aus lusterfüllten Augen trafen den seinen. Die Spitze seines Schwanzes kitzelte den Eingang zu ihrer Wärme. Feucht. Pulsierend.

Sie öffnete ihre Lippen und schnurrte: »Mein.«

Oh, dem war nicht zu widerstehen. Er stieß in sie hinein, woraufhin sie aufschrie und sich mit ihren Fingernägeln an ihn krallte. Er beförderte sie zu einem weiteren Höhepunkt und drang weiter in sie ein, um es in die Länge zu ziehen, bis sie ihn kratzte und so laut schrie, dass sie heiser wurde.

Er erreichte den Gipfel nur eine Sekunde nach ihr. Sein Körper wölbte sich. Sein Schwanz pulsierte und dehnte sich aus, da er nicht nur einfach kam.

Er markierte sie als sein. Er fühlte es in dem Moment, in dem er sie beanspruchte. Als würde sich alles in ihm neigen und zu mehr werden.

Innerhalb weniger Tage würde sich ihr Duft ändern und alle würden es bemerken. Sie würden wissen, dass sie zusammengehörten. Außerdem bedeutete es, dass die Uhr tickte, wenn es darum ging, sie den Eid schwören zu lassen. Sobald das geschehen war, würde niemand sie ihm wegnehmen können.

»Mein«, murmelte er, als er sich von ihr wälzte und sie an sich zog.

»Das gefällt mir«, flüsterte sie an seiner Brust.

»Wir werden eine Reise unternehmen müssen, sobald wir zur Farm zurückkommen.«

»Wo gehen wir hin?«

»Erinnerst du dich daran, wie du mir versprochen hast, zu niemandem etwas zu sagen?«

»Ja.«

»Das müssen wir irgendwie offiziell machen.«

»Bei wem?« Sie stützte sich gegen seine Brust, ihr Haar ein seidener Wasserfall, der ihr Gesicht umrahmte.

»Bei jemandem, der zählt. Du wirst einen Eid schwören, niemals etwas zu sagen, und alles wird gut sein.«

»Das klingt nicht so schlimm.«

»Es ist ein Eid, der niemals gebrochen werden darf, oder –«

Er nutzte diesen Moment, um mit einem lauten Knurren seinen Hunger kundzutun.

»Du brauchst etwas zu essen.«

»Ich kann warten. Ich will mehr über dich hören. Es ist schön, dass du mit mir redest.«

Er nahm die Hand, die seine Wange umfasste, und küsste ihre Finger. »Und wir werden viel reden, bei etwas zu essen und in warmer Kleidung. Ich würde wetten, dass Poppy mittlerweile ein ganzes Festmahl zubereitet hat.«

»Ich würde alles für ihre heiße Schokolade tun.« Diesen Satz stöhnte sie beinahe. Zu ihrer Verteidigung, sie war wirklich verdammt gut.

Es war die Kleidung, um nach Hause zu stapfen, die sich als Dilemma herausstellte. Ihre war kalt und nass, und er hatte keine. Er konnte im Pelz aufbrechen, aber das ginge vielleicht zu weit. Bisher wusste noch niemand, dass sie einen Werwolf gesehen hatte.

»Wir werden nackt gehen. Es ist keine große Sache«, versuchte er, sie zu überzeugen. »Es ist nur Haut. Wir alle haben sie schon gesehen.«

Sie schüttelte den Kopf. »Ich kann nicht. Ich gehe in Einzelkabinen, wenn ich mich im Fitnessstudio umziehe. Ich schätze, ich ziehe nasse Kleidung an.« Sie erschauderte vor Widerwillen.

»Nein, das tust du nicht. Ich werde zurück zum Haus gehen und eine Tasche mit trockenen Sachen holen. Wir sind nicht weit entfernt. Wenn ich hin- und zurücklaufe, dauert es nur vierzig Minuten. Maximal zweiundvierzig, wenn mir irgendjemand auflauert.«

»Wenn es länger dauert, dann bringst du mir zusätzlich zu meinen Schuhen besser eine Thermoskanne mit.«

Er lachte. »Abgemacht. Warte auf mich. Geh nirgendwo hin.«

»Ich glaube nicht, dass das ein Problem sein wird«, kam ihre trockene Antwort.

Und doch war sie nicht da, als er zurückkehrte.

KAPITEL VIERUNDZWANZIG

In den Minuten, nachdem Rok gegangen war, lag Meadow auf der rauen Decke und genoss die Wärme des Heizkörpers. Ihr Körper hatte sich noch nie entspannter angefühlt. Befriedigter.

Als Liebhaber übertraf Rok jegliche Erwartungen und Erfahrung. Er sagte all die richtigen Dinge.

Dann ließ er sie in einer Höhle zurück.

Während die Sekunden verstrichen und das Nachglühen nachließ, kam ihr in den Sinn, dass sie allein war und keine Ahnung hatte, wo sie sich in Bezug auf die Farm befand. Offensichtlich nicht weit entfernt, aber in welcher Richtung? Sich dort draußen zu verlaufen? Eine superschlechte Idee. Leute starben durch das Wählen des falschen Weges im Wald.

Hör auf, in Panik zu verfallen. Nach all den Dingen, die Rok gesagt hatte, würde er zurückkehren. Er hatte ihr erklärt, dass er ein paar Minuten bräuchte, um zurück zum Haus zu gelangen, eine Tasche zu packen und zurückzukommen.

Er würde sie nicht einfach in diesem Loch zurücklassen, oder?

Meadow wusste, was Valencia sagen würde: »*Du bist zu vertrauensselig.*« Nicht ganz falsch. Meadow zog es vor zu glauben, dass die Menschen gut waren, im direkten Kontrast zu ihrer besten Freundin. Val traute kaum jemandem. Meadow war eine der wenigen. Meadows Eltern hingegen gehörten nicht dazu. Vals Erklärung dafür war: »*Sie würden mich, ohne zu zögern, hintergehen, um dich zu retten. Versuch gar nicht, es zu leugnen.*«

Meadow war sich nicht so sicher. Ihre Eltern liebten Val und behandelten sie wie eine weitere Tochter. Was Val anging, auch wenn sie es schroff abstreiten würde, würde sie für Mom und Dad sterben. Ihre Freundin hatte ein größeres Herz, als sie zugeben wollte. Was würde sie über Rok denken? Sie würde es bestimmt nicht billigen, dass Meadow nackt herumlag und darauf wartete, dass ein Mann sie rettete.

Sie setzte sich auf der Decke auf und starrte die Abdeckung vor der Höhle an. Das Netz war dick genug, um die Sicht zu versperren, bis auf die zurückgeschlagene Ecke, wo der Heizkörper stand und seine Dämpfe ausstieß. Sie würde nicht ersticken oder an einer Kohlenmonoxidvergiftung sterben. Vielleicht.

Vielleicht wäre ein wenig frische Luft eine gute Idee. Sie schlich zur Öffnung, wobei sie sich der Tatsache bewusst war, dass es draußen Tag war. Es goss in Strömen, aber es war dennoch hell genug, dass jemand sie sehen konnte.

Wer genau sollte sie sehen?

Meadow berührte das Netz und wollte es gerade zurückziehen, als jemand nach ihr rief. »Meadow. Meadow Fields, sind Sie in der Nähe? Können Sie mich hören?«

Ja, und ja. Sie betrachtete ihren nackten Körper. Oh je. Panik setzte ein. Sie brauchte Kleidung. Es wäre keine Freude, die nassen, tropfenden Fetzen anzuziehen. Damit blieb die Decke, von der sie feststellte, dass sie einen nassen Fleck hatte. Reizend. Ihre zweite Möglichkeit war bedeckt von Sexflüssigkeiten. Verdammt.

»Miss Fields, wenn Sie mich hören können, antworten Sie. Ich weiß, dass Sie in der Nähe sind.«

Wer war das? Sie erkannte die Stimme nicht, und woher wusste derjenige, dass sie hier war?

Scheiße. Konnte er das Licht der batteriebetriebenen Laterne sehen? Sie spähte nach hinten. Es wirkte nicht so hell. Reichte es aus, um ihre Umrisse zu zeigen?

Bitte sag mir nicht, dass ich Schattenfigur gespielt habe.

»Ich komme rein.«

Ihre Augen wurden groß. »Nein. Das können Sie nicht«, platzte sie hervor.

»Werden Sie bedroht, Miss Fields?«

»Was? Nein, es geht mir gut. Ich bin nur nicht wirklich bekleidet. Wegen des Regens und da meine Kleidung nass war, also hat Rok sie mir ausgezogen. Ich meine, ich habe sie ausgezogen, nachdem er gesagt hatte, er würde mir etwas Trockenes besorgen.«

»Ich habe trockene Kleidung, die Sie haben können.«

»Wirklich?« Argwohn machte sich breit. »Moment

mal. Sie haben nach mir gesucht. Woher wussten Sie, dass ich hier bin? Hat Rok Sie geschickt?«

»Nicht ganz.«

»Woher wussten Sie dann, wo ich zu finden bin?«

»Ich habe Sie verfolgt.«

»Dieser Ort ist nicht gerade leicht zu finden.«

Sie spähte um den Tarnvorhang herum, auf der Suche nach der Stimme. Er stand ein wenig bergab, bekleidet mit einem Poncho, dessen Kapuze tief in sein Gesicht gezogen war. Er hielt einen Rucksack hoch.

In diesem musste sich die zuvor erwähnte Kleidung befinden. Sie konnte praktisch spüren, wie sie ihre Haut bedeckte. Nacktheit war im Schlafzimmer nett, wenn die Tür abgeschlossen war und niemand sie stören konnte. Im Moment fühlte sie sich sehr benachteiligt.

»Woher soll ich wissen, dass Sie nicht irgendein verrückter Kerl sind?«

»Würde es helfen, wenn ich sage, dass ich alles weiß, was es über diese Farm zu wissen gibt? Ich kann alle benennen, wenn Sie das wollen. Ihnen persönliche Details geben.«

»Wie steht Astra zu Marshmallows im Kakao?«, fragte sie.

»Poppy ist diejenige, die kocht, und sie macht gar nichts rein.«

Ihre Anspannung ließ ein wenig nach. »Wie kommt es, dass wir uns noch nicht kennengelernt haben?«

»Bisher gab es noch keine Gelegenheit dazu. Sie können mich Kit nennen. Wo hätten Sie das hier gern?« Er wedelte mit dem Rucksack.

»Ist es Ihre Gewohnheit, durch den Wald zu

spazieren und Kleidung mit sich zu tragen, die Sie an Frauen geben?«

»Ich habe Ihnen gesagt, dass ich Sie verfolgt habe. Denken Sie, ich würde unvorbereitet herkommen?« Er warf den Rucksack, der auf dem Rand vor der kleinen Höhle landete.

»Sie sagen immer wieder verfolgt. Wie?«

»Als wüssten Sie das nicht.«

Sie wusste es nicht, fragte sich aber, ob das eine Wolfsache war. War dieser Kit auch einer? Sie konnte die Züge des Mannes nicht sehen. Die Kapuze war weiterhin tief in sein Gesicht gezogen und der Poncho verbarg seine Gestalt. Seine Anwesenheit war ihr unangenehm, aber gleichzeitig konnte sie nicht viel tun, um ihn loszuwerden. Sie konnte sich genauso gut ansehen, was er anbot.

Sie schnappte sich den Rucksack und öffnete ihn, woraufhin sie einen dunkelgrauen Trainingsanzug fand, ein wenig zu groß, aber warm. Die Schuhe waren gummierte Überzieher, auch ein wenig zu groß, aber sie bedeckten ihre Füße.

Er sprach, während sie sich anzog. »Man muss sich fragen, warum Sie sich entschieden haben, hierherzukommen, anstatt zur Farm zurückzukehren, wo Sie sofort trockene Kleidung hätten anziehen können.«

Wie sollte sie erklären, dass Rok Zeit mit ihr allein wollte, damit sie mit dem fertigwurde, was sie gesehen hatte? Sie dachte sich etwas aus, bevor sie das Tarnnetz zurückzog. »Er dachte, es würde mir gefallen. Es ist sehr, äh, friedlich, dem Regen zu lauschen.«

Der Mann blieb am Fuß des Hanges. »Es ist nur

überraschend, da sein Vater hier ist und ihn herausgefordert hat.«

»Sie wissen von seinem Vater?« Sie bewegte sich den Abhang hinunter, welcher trotz des Regens, der aufgehört hatte, rutschig war.

»Ich bin wegen Samuel hier. Ich höre, Sie hatten ein Zusammentreffen mit ihm.«

»In der Tat.« Sie wich aus, da sie sich des Versprechens bewusst war, das sie Rok gegeben hatte.

»Es ist in Ordnung. Sie können mit mir sprechen. Ich weiß von dem Wolfsangriff.«

Sie atmete aus. »Also wissen Sie alles.«

»Nicht ganz. Nur, dass Sie gesehen haben, wie Samuel sich in einen Wolf verwandelt hat, und dass Amarok dies ebenfalls tat, um Sie zu beschützen.«

Meadow verzog das Gesicht. »Es war beängstigend.«

»Ich nehme an, Sie wussten nicht, dass Amarok sich verwandeln kann?«, fragte der Mann, der ihr einen Poncho reichte, welcher durch seine Verpackung noch immer zerknittert war.

»Nein. Ich versuche noch immer, es zu verarbeiten.« Außerdem wunderte sie sich über diese Art der Rettung, die mit einer Befragung verbunden war. »Wer hat Sie geschickt, um mich zu finden?« Denn sie begann, sich zu fragen, ob es sich gar nicht um Rok drehte.

Anstatt ihr zu antworten, stellte er ihr selbst eine Frage. »Wie oft haben Sie Amaroks Wolf gesehen?«

Das überraschte sie. Nervös erwiderte sie: »Nur das eine Mal.«

»Sind Sie sicher?«

»Es ist nichts, das ich vergessen könnte«, fauchte sie.

»Sein Vater hat sich in einen großen, grauen Wolf verwandelt, und ich dachte, er würde Rok fressen. Aber dann war Rok dieser noch größere weiße Wolf und sie haben einander angeknurrt. Es war beängstigend. Zu meinem Glück hat Rok gewonnen.«

»Er hat seinen Vater getötet?«

»Nein. Er ist gegangen. Deshalb kamen wir her. Er brauchte ein wenig Zeit, um sich zu beruhigen.«

»Und da hat er Ihnen die Sache mit den Werwölfen erklärt, oder waren Sie sich ihrer bereits bewusst?«

»Ich habe es gerade erst herausgefunden. Da sprich mal einer von wild. Sind Sie auch ein Wolf?«, fragte sie, da sie noch immer kaum mehr als die Kieferpartie von Kits Gesicht erkennen konnte.

Erneut wich er ihrer Frage aus. »Wie viel wissen Sie über die Werwölfe?«

»Nur das Wesentliche. Werwölfe sind echt. Geboren, nicht geschaffen. Und nicht ansteckend, was eine Erleichterung war.« Sie wurde rot, als sie plötzlich erkannte, wie er es vermutlich verstand.

Er steuerte in eine andere Richtung. »Haben Sie einen Eid geschworen?«

»Wie bitte?«

»Es ist eine einfache Frage. Haben Sie einen Eid geschworen?«

»Sie meinen ein Versprechen, keine Geheimnisse preiszugeben? Ja, ich habe Rok gesagt, dass ich niemals etwas sagen würde. Kein Wort.« Sie tat so, als würde sie ihre Lippen verschließen.

»Sie haben es ihm versprochen, niemandem sonst?«

»Warum ist das wichtig? Ich werde es nicht weitererzählen.« Nur hatte sie es theoretisch gerade diesem Mann erzählt, der es geschafft hatte, sie auszutricksen, sodass sie alles ausplauderte.

»Hat er sich mit Ihnen gepaart?«

»Ich glaube nicht, dass Sie das etwas angeht«, schnaubte sie.

»Ich schätze, das werden wir in ein paar Tagen wissen, wenn der Duft es zeigt«, murmelte Kit.

»Entschuldigung, welcher Duft? Wovon sprechen Sie?«

»Scheinbar sind Sie nicht so gut informiert, wie Sie denken. Kommen Sie mit mir. Es wird alles erklärt.«

»Lieber nicht.« Es war eine Sache, sich zu unterhalten und die Kleidung zu nehmen, die Kit anbot, aber eine völlig andere, diesem Fremden zu vertrauen und mit ihm zu gehen. »Ich werde auf Rok warten.«

»Sie werden unter Verwendung Ihrer Beine mitkommen oder ich werde Sie überwältigen und tragen. Was, wie ich hinzufügen möchte, nicht meine bevorzugte Methode ist, da es für mich mehr Arbeit bedeutet.«

»Sie würden ein Mädchen schlagen?«

»Ja, weil ich nicht sexistisch bin.«

Ihr Mund wurde rund. »Wer sind Sie? Sie arbeiten nicht auf der Farm, oder?«

»Nein. Und ich bin niemand, den Sie ignorieren können. Gehen wir.«

»Wohin?«

Er seufzte. »Warum müssen das alle fragen?« Er hob die Hände, um seine Kapuze nach hinten zu schieben, wodurch er feuerrotes Haar und einen unheimlichen Blick offenbarte.

In der Ferne hörte sie ein Heulen.

Kit neigte den Kopf. »Wir müssen jetzt gehen.«

Geh niemals bereitwillig mit. Das war der Rat in ihrem Selbstverteidigungskurs. Sie trat die Flucht an.

Er seufzte. »Warum müssen sie immer weglaufen?«

Meadow kam keine drei Schritte weit, bevor Kit sie fing. Er umfasste ihre Handgelenke, fesselte sie und warf sich seine Gefangene über eine Schulter.

Leichtfertig.

Als täte er das nicht zum ersten Mal.

Meine Güte.

»Rok wird mich finden«, behauptete sie selbstbewusst.

»Er wird es versuchen. Leider wird er nicht rechtzeitig kommen.«

»Ist das irgendeine Art von Rachefeldzug?«

»Wohl kaum. Ich mache die Gesetze nicht. Ich sammle nur Beweise über diejenigen, die sie brechen, und in diesem Fall gibt es mehr als genug.«

»Beweise wofür? Sein Vater hat Rok und mich angegriffen. Rok hat sich nichts zuschulden kommen lassen.«

»Ihren eigenen Worten nach sind Sie nicht durch einen Eid gebunden. Und doch hat derjenige, der als Amarok Fleetfoot bekannt ist, unsere Existenz preisgegeben.«

»Aus Versehen. Ansonsten wäre er getötet worden«, fügte sie hinzu.

»Unsere Regeln sind deutlich. Nur durch den Eid gebundene Menschen dürfen von den Werwölfen erfahren.«

»Ich habe Ihnen gesagt, dass ich Rok bereits versprochen habe, es niemandem zu erzählen.«

»Und doch haben Sie sofort mit mir darüber geredet.«

»Weil Sie es offensichtlich bereits wussten«, rief sie verzweifelt.

»Was, wenn ich einfach eine verbale Falle gelegt hätte? Deshalb ist der Eid nötig.«

»Und ich wollte ihn schwören. Rok sagte, wir würden irgendwo hingehen und es machen.«

»Rok hätte Ihren Eid sichern sollen, bevor er Ihnen etwas gesagt hat.«

»Könnten Sie noch paranoider sein? Niemand hat es auf Sie abgesehen«, entgegnete sie augenrollend, was er jedoch nicht zu Gesicht bekam.

»Die Regeln existieren aus einem guten Grund. Sie haben sie gebrochen und müssen sich jetzt den Konsequenzen stellen.«

»Das kann nicht Ihr Ernst sein.«

»Es ist mein voller Ernst. Ihr Amarok steckt in großen Schwierigkeiten. Genau wie Sie.« Das sagte er völlig monoton, während sein Schritt gleichmäßig blieb.

»Wir haben nichts falsch gemacht.«

»Es liegt nicht an mir, das zu beurteilen.«

»An wem dann?«

»Sie werden sie kennenlernen, wenn ich meinen Bericht über Amaroks Aktivitäten präsentiere. Sie sind der Beweis seines Verbrechens.«

Sie öffnete und schloss den Mund. »Ich werde nicht aussagen.«

»Sie werden keine andere Wahl haben.«

»Einen Teufel werde ich tun.«

Kit fuhr fort, als hätte sie nichts zu sagen. »Sie werden festgehalten, bis eine Entscheidung getroffen wurde.«

»Eine Entscheidung worüber?«, rief sie, während sie sich erfolglos in seinem Griff wand. Sie hatte kein weiteres Heulen mehr gehört.

»Eine Entscheidung darüber, ob Sie weiterleben oder sterben.«

»Das ist ein wenig dramatisch.« Sie nutzte Sarkasmus, um ihrer Angst entgegenzuwirken. Es funktionierte nicht. Ein Schauder erfüllte sie, was sie erkennen ließ, dass sie in etwas Ernstes und Tödliches geraten war.

»Willkommen in der Welt der Werwölfe.«

»Das ist ein brillanter Name. WWW. Alle werden annehmen, ihre Waren verherrlichen das Internet.«

»Sind Sie verrückt?«

»Nein.«

»Schade. Es hätte vielleicht Ihre Strafe reduziert.«

»Es gibt eine geringere als den Tod?«

»Es gibt verschiedene Abstufungen des Todes. Lang und schleppend. Schnell. Schmerzlos.«

Er listete noch einige weitere auf, sodass sie haspelte: »Sie sind der Verrückte. Frauen entführen und drohen, sie zu töten.«

»Würde es helfen, wenn ich sage, dass ich Boni bekomme, wenn Sie gebändigt werden müssen?«

Sie verstummte, aber nur, damit sie brodeln und planen konnte. Nichts Großartiges, denn selbst jetzt fiel ihr Gewalt nicht leicht.

Seine Schritte führten sie zu einem Weg, dessen

Fahrspuren mit Wasser gefüllt waren. Ein riesiger Pickup, der rostig und dessen Lack zerkratzt war, stand neben einem Stapel gefällter Bäume.

Falls sie sich fragte, wie Kit plante, sie an Rok vorbeizuschmuggeln, hatte sie hiermit ihre Antwort bekommen. Kit benutzte die Rückewege.

Er warf sie auf den Beifahrersitz und schlug die Tür zu. Als er zur Fahrerseite ging, öffnete sie die Tür und fiel hinaus. Sofort kämpfte sie sich auf die Füße und machte einen Schritt, wobei sie ihre Zehen in den Boden grub, um loszulaufen.

Diesmal überwältigte Kit sie nicht einfach nur. Die Nadel, mit der er sie pikste, ließ sie bewusstlos werden.

KAPITEL FÜNFUNDZWANZIG

ERFÜLLT von einem Gefühl der Dringlichkeit, lief Rok zurück zur Höhle. Er war nicht schnell genug. Er war kaum weg gewesen, und doch war sie verschwunden.

Der Heizkörper verbrannte noch immer Propan. In der verdeckten Höhle war es warm. Keine Spur von Meadow. Nur ihr Duft auf der Decke blieb zurück, zusammen mit ihrer tropfnassen Kleidung. Sie wäre nicht ohne alles gegangen.

Das war schlecht.

Er lief wieder hinaus. »Doe! Wo bist du?«

Die Feuchtigkeit, die schwer in der Luft hing, verfälschte jeglichen Geruch. Unterhalb der Höhle entdeckte er einen leeren Rucksack. Ein seltsamer Duft hing an den Fasern, überwiegend künstlicher Pinienzapfen. Ein wenig Fuchs. Und etwas, das ihn an Werwolf erinnerte. Er konnte nicht umhin, an das Foto eines Tieres zu denken, das nicht existieren sollte.

Wie viele gottverdammte Gestalten liefen in seinem Wald herum?

Als hätte er nicht bereits genug, um das er sich kümmern musste. Um Himmels willen, in dem Moment, in dem er sein Haus betreten hatte, fand er alle in Aufruhr vor.

»Wo warst du?«, brüllte Darian, als Rok in die Küche kam, wobei er noch immer den Gürtel des Bademantels zuband, den er sich geschnappt hatte.

»Was ist los?« Nach der Runde mit Meadow im Jagdversteck fühlte Rok sich entspannt.

»Dein Vater, das ist los«, verkündete Hammer.

Oh verdammt, und schon verschwand das Nachglühen. »Was ist mit Samuel? Sagt mir nicht, dass ihr ihn verloren habt.« Darian hatte übernommen, bevor er Meadow gefolgt war.

»Wir haben ihn nicht verloren, auch wenn ich ihn erwürgen wollte«, erklärte Darian grimmig. »Er ist ein widerlicher Kerl.«

»Eine Untertreibung.« Nova stieß sich von der Anrichte ab und wedelte mit den Händen. »Ich dachte, meine Mutter sei schlimm, aber meine Güte, dieser Mann ist übel.«

»Er hat die ganze Zeit gezetert, während wir seinen Hintern zurück zum Haus geschleppt haben«, führte Hammer die Berichterstattung fort.

»Bis Lochlan ihm gesagt hat, er soll die Klappe halten. Als er das nicht tat, hat Lochlan ihm eins auf die Schnauze gegeben.« Asher schlug mit einer Faust in seine offene Handfläche.

Apropos ... »Wo ist Lochlan?« Er befand sich nicht im Raum.

»*Er sagt, wir wären zu laut für ihn. Er ist in seine Hütte gegangen.*«

»*Wo ist mein Vater – Samuel – jetzt?*«

»*Weg.*«

»*Was meint ihr mit weg? Ihr habt gesagt, ihr hättet ihn nicht verloren!*«, explodierte er. »*Warum seid ihr nicht draußen, um ihn aufzuspüren? Der Mann ist verdammt noch mal gefährlich.*«

»*Ach was. Das erklärt, warum eine Truppe von Vollstreckern des Lykosiums gekommen ist und ihn festgenommen hat.*«

Bei diesen Worten erstarrte Rok. »*Was zum Teufel hast du gerade gesagt?*«

Darian wiederholte es langsamer: »*Es haben Lykosium-Soldaten am Haus auf uns gewartet. Drei riesige Geländewagen, in jedem davon ein paar Leute. Zwei haben auf der Veranda Wache gestanden. Sobald sie uns kommen hörten, haben sie ihre Anwesenheit verkündet und uns darüber informiert, dass wir Samuel Fleetfoot sofort zu überreichen hätten, damit das Lykosium ein Urteil über ihn sprechen kann.*«

Das Lykosium herrschte über die Werwölfe. Beschützte ihre Geheimnisse. Legte Streitigkeiten bei. Hielt sie unter Kontrolle.

»*Also haben sie ihn endlich festgenommen. Nur ein paar Jahrzehnte zu spät.*« *Ein verbittertes Lachen.* »*Irgendeine Ahnung, wohin sie Samuel gebracht haben?*«

»*Das haben sie nicht gesagt*«, antwortete Darian achselzuckend.

»*Weil es jetzt eine Angelegenheit des Lykosiums ist.*« Angesichts dessen, wie viele Regeln Samuel gebrochen hatte, würde er vermutlich sterben. Das Lykosium tolerierte niemanden, der ihre Geheimnisse gefährdete. »Wenigstens liegt es dann nicht mehr in meiner Hand.«

Alle sahen einander an, aber es war Nova, die es laut aussprach. »Dein Vater ist nicht wortlos gegangen. Er hat ihnen erzählt, dass Meadow von uns weiß.«

»Verdammter Samuel.« Der Mistkerl musste noch ein letztes beschissenes Geschenk hinterlassen.

»Also ist es wahr?«, fragte Darian. »Sie weiß es?«

»Nur weil dieses Arschloch sich vor ihr verwandelt hat. Er hat es absichtlich getan.«

»Ich weiß nicht, ob die Soldaten ihm geglaubt haben, denn sie haben ihm gesagt, er soll den Mund halten, und als er das nicht getan hat, haben sie ihn geknebelt.«

»Gut.« Aber nur bis sie ihn erneut befragten und Samuel sein Bestes tat, um Rok eins auszuwischen.

»Wo ist Meadow?«, fragte Nova. »Sie ist nicht mit dir zurückgekommen.«

»Ihr war kalt und sie war nass, deshalb habe ich sie zum Aufwärmen in das Jagdversteck gebracht.«

»Nur zum Aufwärmen?« Nova zog eine Augenbraue hoch, woraufhin Rok beinahe rot wurde.

»Scheiß auf sein Sexleben. Wir haben größere Probleme, wenn Meadow es weiß«, merkte Darian an.

»Mach dir nicht ins Hemd. Es ist okay. Wir haben uns unterhalten. Sie wird es nicht verraten.«

»Sie ist nicht an den Eid gebunden«, betonte Darian.

»Das wird sie, sobald ich das arrangieren kann. Ich bin nur gekommen, um ein paar trockene Klamotten für sie und mich zu holen. Wir werden heute Nacht nach Calgary fahren. Dort ist ein Alpha, der vielleicht bereit ist, sich ihren Schwur anzuhören, wenn ich ihm einen Rabatt auf Frischfleisch anbiete. Alles wird gut werden.«

Das milderte ihre Sorge nicht. Er verstand ihre Angst sogar. Würden die Vollstrecker des Lykosiums zurückkommen, um Meadow dafür zu verurteilen, dass sie das Geheimnis kannte? Würden Rok und die anderen als Komplizen gelten, was fast ein noch größeres Verbrechen war?

»Sie muss so schnell wie möglich an den Eid gebunden werden. Es ist schlimm genug, dass das Lykosium bemerkt hat, dass wir hier draußen waren. Wenn die Mitglieder denken, wir machen Schwierigkeiten ...« Bellamy war besorgt. Und das mit Recht, da seine Frau kurz vor der Geburt stand.

Einsame Wölfe hatten nicht den Schutz eines Rudels. Die Mitglieder des Lykosiums waren diejenigen, die über sie herrschten, wenn es um die Gesetze ging. Und sie konnten streng sein.

Da er wusste, dass sein Vater lauter singen würde als jeder Vogel, hatte Rok sich schnell angezogen und eine Tasche geschnappt, die Kleidung für Meadow zu enthalten schien. Da Geschwindigkeit Lärm übertrumpfte, nahm er ein Quad zurück zur Höhle.

Aber er kam zu spät. Die Höhle war leer und er konnte nur davon ausgehen, dass die Vollstrecker des Lykosiums sie zuerst erreicht hatten.

Aber wie?

Niemand außer Rok und den anderen auf der Farm kannten diesen Ort. Und selbst so waren nur Hammer und Lochlan öfter hier anzutreffen.

Aber jemand, der sie beobachtete, hätte die Höhle

möglicherweise finden können. Das würde bedeuten, dass das Lykosium sie bereits seit geraumer Zeit ausspionierte. Er dachte an die verschiedenen Spuren eines Eindringlings, die sie gefunden hatten.

Hatte jemand Samuel ausspioniert, während dieser sie beobachtet hatte?

Falls ja, dann könnten sie alle in Schwierigkeiten stecken. Er sollte zurückkehren und die anderen warnen. Sein Handy hatte so tief im Wald keinen Empfang. Er wandte den Blick von der Höhle ab. Jemand, der die Farm meiden wollte, könnte die Rückewege benutzt haben.

Er blickte zurück zur Farm. Wenn sie am Arsch waren, würde eine Stunde keinen Unterschied machen.

Aber sie könnte Meadow retten.

Er sprang auf das Quad und gab Vollgas. Das Gefährt schoss durch die Bäume, da er die Geschwindigkeit dem heimlichen Vorgehen vorzog. Er wusste genau, wo der Rückeweg endete. Das Quad flog aus dem Wald, alle vier Reifen in der Luft, als ein kleiner Hügel ihn nach oben katapultierte. Es reichte gerade aus, um die in der Ferne verschwindenden Rücklichter zu sehen.

Zu spät.

Er verschwendete einige Kilometer mit dem Versuch, sie einzuholen, bevor er sich seine Niederlage eingestand. Die Fahrt nach Hause ging langsamer vonstatten, da er versuchte, die Tatsache zu begreifen, dass er versagt hatte. Wie sollte er Meadow finden?

Wenn das Lykosium sie in die Finger bekommen hatte, würde sie dann sofort hingerichtet werden? Besser nicht. Er verdiente die Gelegenheit, seinen Fall darzulegen. Ja, er hatte Regeln gebrochen, aber die Umstände sollten ihm ein wenig Spielraum gewähren.

Verdammter Samuel. Er hatte die Dinge völlig vermasselt. Vielleicht konnte Rok das Lykosium kontaktieren und deutlich machen, dass die Schuld allein bei ihm lag.

Aber würden die Mitglieder auf ihn hören?

Er kehrte zu grimmigen Mienen nach Hause zurück. Hatte es nicht bereits genügend beschissene Nachrichten für einen Tag gegeben? Er fuhr sich mit den Fingern durch sein feuchtes Haar. »Was jetzt?«

»Wir haben das hier an der Tür gefunden.«

Es war ein Kästchen, hölzern und schlicht. Ein einfaches Scharnier hielt es geschlossen und in den Deckel war eine schiefe Mondsichel eingeritzt. Ein täuschend banaler Deckel für das, was es enthielt.

Dieses harmlos aussehende Kästchen, das klein genug war, um in seine Handfläche zu passen, war vom Lykosium. Es war so kodiert, dass es sich nur für die richtige Person öffnete. Jegliche Versuche, es mit Gewalt zu öffnen, würden es zerstören.

Das Herz rutschte ihm in die Hose. »Ich nehme an, ihr alle hattet die Gelegenheit, es zu halten?«

Sie nickten.

Rok hatte noch nie zuvor so etwas bekommen, sein Onkel jedoch schon. Ungefähr sechs Monate nach Roks Ankunft auf der Farm. Onkel Tomas ging und blieb für zehn Tage verschwunden. Als er auf die Farm zurückkehrte, sprach er nie wieder davon. Rok drängte ihn nicht und schätzte sich glücklich. Laut der Gerüchte kamen nicht alle, die vorgeladen wurden, auch wieder zurück.

Das Kästchen forderte ihn zu einer Berührung heraus.

Er wollte nicht.

Aber er musste es tun.

Er bemerkte, dass all seine Freunde den Atem anhielten, als er das Kästchen in die Hand nahm. Er drückte mit dem Daumen auf das Scharnier.

Ein elektrischer Schlag ging davon aus. Der Verschluss machte kein Geräusch, als er verschwand. Der Deckel öffnete sich, als wäre er mit einer Hydraulik versehen, und offenbarte langsam das schlichte Innere, das nur eine Nachricht mit beeindruckender Kalligrafie enthielt.

Amarok Fleetfoot hat am dritten Tag nach dem Erhalt dieses Schreibens vor dem Rat des Lykosiums zu erscheinen. Ein Nichterscheinen wird Konsequenzen nach sich ziehen. Und dann eine Adresse in Bulgarien.

Er hatte gerade genügend Zeit, sich alles einzuprägen, bevor sich die Nachricht samt Kästchen in Asche verwandelte, bis nur noch wenige Körner übrig blieben.

»Was stand da?«, fragte Darian.

»Ich muss in drei Tagen erscheinen.«

»Drei? Das ist nicht viel Zeit, wenn es weit entfernt ist.«

»Es ist weit entfernt.« Er verzog den Mund. Als hätte er eine Wahl. Er würde gehen, nicht ihm oder Samuel zuliebe. Ihm war scheißegal, was sie mit ihm oder dem Mistkerl taten, der seinen Samen gespendet hatte. Wenn sie jedoch seiner Doe etwas antaten, würden sie herausfinden, wie wild dieser einsame Wolf sein konnte.

KAPITEL SECHSUNDZWANZIG

AUCH WENN DIE Entführung unangenehm begann, war Meadows eigentliche Gefangenschaft nicht schrecklich. Ihre Entführer brachten sie im Turm einer richtigen Burg unter. Dem Mauerwerk nach zu urteilen war sie mindestens mehrere Jahrhunderte alt, aber modernisiert worden. Die Stromleitungen wurden durch bunte Kabel geführt, die in Steckdosen endeten. Die Rohrleitungen waren etwas größer verschalt und führten von unten in das kleine Badezimmer.

Der Raum war groß und enthielt ein riesiges Himmelbett mit Kissen darauf und einem Nachttisch auf jeder Seite. Vor dem elektrischen Kamin befanden sich zwei Ohrensessel, einer mit blauem Samt, der andere mit buntem Brokat bezogen.

Ein Gefängnis, das luxuriöser war als ihre Wohnung.

Sie war bereits seit zwei Tagen hier und damit lange genug, um zu wissen, dass sie drei Mahlzeiten und Snacks zu erwarten hatte. Gutes Essen, das darin resultieren könnte, dass sie die Treppe hinunterrollte, wenn sie zu lange hierblieb. Sport war nicht gerade eine Option, es sei denn, das Auf- und Abgehen zählte.

Über dem Kamin hing ein Fernseher, auf dem mehrere Sender verfügbar waren. Bücher säumten den Sitzplatz am Fenster. Trotzdem war ihr langweilig und sie fühlte sich einsam.

Zwei Tage hier und sie hatte niemanden gesehen. Das Essen kam auf einem Tablett, das durch eine spezielle, in die Tür eingelassene Luke geschoben wurde. Sie hatte versucht, denjenigen anzuschreien, der ihre Mahlzeiten lieferte. Keine Antwort.

Seit ihrer Ankunft hatte sie nicht einmal Kit gesehen, das Arschloch, das sie entführt hatte. Das war seine Schuld.

Als sie im Kofferraum eines Wagens aufgewacht war, war sie ausgeflippt und noch hysterischer geworden, als sein Gesicht das Erste war, das sie bei ihrer Freilassung aus dem sargähnlichen Raum sah.

»Mistkerl!« Die Leute, die sie kannten, wären angesichts der Beleidigung, die ihr entwich, schockiert gewesen.

Hatte sie irgendeine Wirkung? Kit wackelte mit einem Finger und machte ein abfälliges Geräusch. »Also bitte. Ist jetzt Schluss mit den Höflichkeiten? Benimm dich.«

»Warum sollte ich? Du hast mir bereits gesagt, dass ich sterben werde.«

»Das ist eine Möglichkeit.«

»Was ist die andere?«

»Dass du nicht stirbst.«

Eine frustrierende Antwort. »Du musst einen guten

Zahnarzt haben. Ich kann gar nicht sagen, wie oft dir wohl schon ins Gesicht geschlagen wurde.« Eine sarkastische Erwiderung, die sie Val schon oftmals hatte sagen hören. Jetzt war Meadow an der Reihe.

»Gewalt wird dich nirgendwohin bringen.«

»Sagt der Entführer.«

»Sagt der Kerl, der seinen Job erledigt, gern entspannen und den Flug erster Klasse nach Hause genießen würde.«

»Es wird irgendwie schwierig, sich in Handschellen zu entspannen, wenn ich allen erzähle, was du getan hast.« Ein Flugzeug bedeutete Menschen. Jemand musste zuhören oder bemerken, dass sie nicht freiwillig mitkam.

Er zog eine Augenbraue hoch. »Privatflugzeug. Du wirst im Frachtraum sein.«

Ihr Mund wurde rund. »Ich bin kein Tier.«

»Wir sind alle Tiere«, war seine Antwort.

Er hielt sie am Arm fest und zerrte sie aus dem Kofferraum. Sie hatte auf seine Hand geschlagen und ihre Fersen in den Boden gegraben, aber er schaffte es dennoch, sie in das Flugzeug zu befördern, wo ein anderer Mann in Uniform – die darauf hindeutete, dass er Teil des Bordpersonals war – den Kopf schüttelte.

»Du musst sie beruhigen.«

»Dessen bin ich mir bewusst. Du weißt, was zu tun ist.«

Während Kit ruhig dastand und sie einhändig festhielt, schrie und trat sie um sich, ohne dabei irgendeine Wirkung zu erzielen. Der andere Mann kam aus dem Flugzeug.

Sie konzentrierte ihren Blick auf ihn. »Sie leisten Beihilfe zu einem Verbrechen.«

Der Kerl prustete. »Du unterschreibst nicht meine Gehaltsschecks.« Und damit zog er eine Spritze aus einem Etui und zog Flüssigkeit aus einer Flasche auf. Kit hielt sie fest, indem er sie zwischen seine Arme klemmte, was bedeutete, dass sie dem Arschloch nicht entfliehen konnte.

Als sie das nächste Mal aufwachte, war sie an einen bequemen Sitz geschnallt, der vibrierte. Ihre Zunge war träge, ihre Lider schwer.

»Wo gehen wir hin?«, lallte sie.

»Wieder schlafen«, kam die Antwort. Ein weiterer Piks in den Arm ließ sie erneut in den Schlaf sinken.

Wer wusste schon, wie lange sie weg war. Sie erwachte blinzelnd in einem gemütlichen Bett.

Kein Kit. Kein Handy. Niemand, den sie um Hilfe bitten konnte. Niemand, der es erklärte. Die Tür zum Zimmer war verschlossen. Die Fenster? Zu hoch, um hinauszuspringen, und ihr Haar war nicht so lang wie das von Rapunzel, sodass sie sich hätte abseilen können.

Der schlimmste Teil war, nicht zu wissen, was sie mit ihr zu tun gedachten. Sicherlich würden sie sie nicht so gut behandeln, wenn sie beabsichtigten, sie zu töten. Oder waren das ihre letzten Tage?

Klick.

Endlich wurde der Schlüssel im Schloss gedreht und sie wirbelte herum. Wurde auch Zeit.

Die Tür öffnete sich und da war Kit.

»Du.« Sie konzentrierte ihren Blick auf den rothaarigen Mann. Gut aussehend, wenn auch mit etwas scharfen Zügen, und er hatte seltsame Augen. Es mussten Kontaktlinsen sein.

»So freundlich wie immer, wie ich sehe.«

»Es tut mir leid, habe ich dir nicht dafür gedankt, mich entführt zu haben?«

»Nein, hast du nicht. Was nicht sehr kanadisch von dir war.«

Versuchte er, Witze zu machen? Das war nicht witzig. »Lass mich sofort frei.«

»Das liegt nicht an mir.«

»An wem dann?«, rief sie.

»Du wirst schon sehen. Folge mir.« Er machte eine Geste mit einer Hand, damit sie herauskäme, aber sie zögerte.

Was, wenn er sie zu ihrem Tod eskortierte?

»Wirst du mich die Treppe hinunterstoßen?«

Er zog eine Augenbraue hoch. »Glaubst du wirklich, ich habe dich hergebracht, um etwas so Banales zu tun?«

»Ich weiß nicht, warum ich hier bin, weil niemand ein Wort sagen will! Ich verlange, dass du mich freilässt.«

»Definitiv nicht kanadisch«, murmelte er.

»Entschuldige, dass ich meine Entführung nicht genieße.«

»Bleib hier oder komm mit mir. Ich sollte anmerken, dass du, wenn du bleibst, keine Gelegenheit haben wirst, deinen Fall darzulegen.«

»Was für einen Fall? Ich habe nichts getan.«

»Ich bin nicht derjenige, den du überzeugen musst. Also, kommst du mit oder muss ich dich erneut tragen, weil du dich wie ein bockiges Kind verhältst?«

Ihre Miene wurde finster. Kein bekannter Gesichtsausdruck für sie. Ein Blick auf ihre Kleidung zeigte, wo sie nach dem Mittagessen Kaffee verschüttet hatte, und hatte sie sich heute die Haare gekämmt?

»Eine Sekunde, ich mache mich noch frisch.« Sie ließ Kit warten, während sie sich das Gesicht wusch, die Haare kämmte und ein sauberes T-Shirt anzog. Sie kehrte zu Kit zurück, der dastand, die Hände in den Hosentaschen und die Verkörperung von Langeweile.

»Und sie lässt sich dazu herab, sich uns anzuschließen«, spottete er. »Die Ratsmitglieder mögen es nicht, wenn man sie warten lässt.«

»Dann hätten sie mich vorwarnen sollen.«

»Du hattest drei Tage zum Nachdenken.«

»Wohl eher zwei.«

»Zwei im Turm. Den dritten hast du mit Reisen verbracht.«

»Bewusstlos.«

»Ah ja, der eine gute Tag. Ich vermisse ihn. Du warst still.« Seine Beschwerde trieb hinter ihm, als er leichtfüßig und schnell die Treppenstufen hinunterschritt. Von diesen gab es wegen der ganzen Sache mit dem Turm viele. Steil und enger als sie es zu Hause zu sehen gewöhnt war. Es wäre ein Leichtes, nach vorn zu stürmen und ihn zu stoßen. Vielleicht zu fliehen.

Eine Mörderin zu werden ...

Sie war noch nicht ganz bereit dazu, diesen Schritt zu wagen. Vielleicht wäre derjenige, den sie treffen wollte, offen dafür, sie freizulassen.

Am Fuß der Treppe zeigte ein runder Raum mit Ranken bewachsene Fenster und zwei Flure. Er wählte den zur Linken, und sie musste sich beeilen, um Schritt zu halten. Auch wenn die Burg offensichtlich alt war, war sie sauber und in gutem Zustand. Sie konnte Anzeichen neueren Mauerwerks erkennen, da der Farbton heller war als bei den Originalstellen. Die Fenster waren mit modernem Glas versehen, welches dick und winddicht war.

Sie kamen in einen großen Korridor, der breit genug war, dass der dunkelblaue Teppich von Bäumen in riesigen Steintöpfen gesäumt wurde. Anders. Aber auch irgendwie schön. Der Vogel, der plötzlich über ihr flatterte, veranlasste sie jedoch dazu, mit einem schrillen Schrei den Kopf einzuziehen.

Kit lachte leise.

»Nicht witzig«, grummelte sie. »Zu wem gehen wir überhaupt?« Zum Mitglied eines Königshauses? Bei einer Burg dieser Größe war das sicherlich möglich. Es löste in ihr den Wunsch aus, sie hätte etwas Schickeres angezogen. Der bereitgestellte Kleiderschrank bot eine große Auswahl an Outfits. Sie hatte sich für Bequemlichkeit entschieden, während Kit einen Anzug trug. Krawatte, Hemd, sogar ein Jackett.

»Du triffst gleich die wichtigsten Personen der Welt.«

»Den Präsidenten der Vereinigten Staaten?« Denn sie bezweifelte, dass der kanadische Premierminister zu solchen Rängen gehörte.

»Das Lykosium steht über Regierungschefs. Die Mitglieder sind mächtiger als der Monarch eines jeden Landes, also zeige angemessenen Respekt. Du bist jetzt in ihrer Welt und befolgst ihre Regeln.«

»Niemand steht über dem Gesetz.«

»Sie schon. Du bist an einem Ort, wo Demokratie

nur ein Wort ist. Der Rat kann aus einer Laune heraus über dein Schicksal entscheiden.«

Fantastisch. Sie traf sich mit größenwahnsinnigen, steinreichen Werwölfen. Vielleicht hätte sie in ihrem Zimmer bleiben sollen.

Große Türen warteten am Ende des langen Marsches. Sie erwartete fast schon, Ritter in scheppernder Rüstung zu sehen, die sie bewachten. Als sie näher kamen, schwangen die riesigen Türflügel auf und sie traten ein – Kit mit langen, entspannten Schritten, Meadow mit unruhigem Blick, rasendem Herzen und klammen Handflächen. Dieses Lykosium müsste sie nicht umbringen, denn es war möglich, dass sie einen Herzinfarkt hatte.

Da sie einen königlichen Thronsaal erwartete, war sie überrascht, stattdessen eine Oase mit blühenden Pflanzen um drei Springbrunnen herum zu sehen, die mit plätschernden Bächen in Kanälen im Marmorboden verbunden waren. Säulen, umrankt von belaubten Reben mit Blüten, erstreckten sich zur hohen Kuppeldecke. Auch hier befanden sich gedeihende Bäume in Töpfen, genau wie Büsche, Rosen und andere Blumen, die in voller Blüte standen.

Abgesehen von der Natur gab es Bänke und Skulpturen bei den Brunnen. Wölfe, Halbwölfe, Nymphen und sicherlich anatomisch nicht korrekte Männer. Auf der anderen Seite würde Amarok perfekt hineinpassen.

Vögel flatterten herum und sie hätte schwören können, dass sie das Summen von Bienen hörte. Was sie jedoch nicht entdeckte, waren Leute.

Kit schien nicht beunruhigt zu sein. Er ging auf die

einzige Skulptur zu, die nicht aus Stein gemacht war. Eine hölzerne Hand, die aus dem Boden herausragte, als wäre sie dort verwurzelt.

Sie dachte, sie wären allein, bis sie an der ersten dicken Säule vorbeikamen. Eine Gestalt, von Kopf bis Fuß in einen Umhang gehüllt, stand dort und reihte sich hinter ihnen ein, weshalb sie mehr als einen nervösen Blick über ihre Schulter warf. Sie konnte unter der Kapuze nichts sehen, aber derjenige ging aufrecht, also war es immerhin kein Wolf.

Weitere verhüllte Gestalten erschienen, um sich ihrer Prozession anzuschließen, sieben an der Zahl. In ihren dunklen Gewändern waren sie nicht zu unterscheiden, einzig in Größe und Umfang variierten sie. Der Kleinste maß gerade ungefähr einen Meter fünfzig, während der Größte weit über zwei Meter aufragen musste. Und sie schwor, dass einer von ihnen schwebte, anstatt zu gehen.

Sie hatte die *Twilight Zone* betreten. Oder sie war gestürzt und hatte sich kräftig den Kopf angeschlagen. Die Ursache war egal, denn das konnte nicht passieren.

Kit blieb neben der geschnitzten Hand stehen. »Setzen.«

Sie sah sich um. Die nächste Bank befand sich neben einem Brunnen.

»Setzen.« Er zeigte auf die Hand. Ihre Handfläche war horizontal, die Finger nach oben gerichtet. Ein seltsamer Sitzplatz und einer, den sie nicht wirklich ausprobieren wollte.

»Ich würde lieber stehen.«

»*Setzen!*«

Der Befehl hätte von jeder der verhüllten Gestalten kommen können, die sie umgaben. Widerworte erschienen sinnlos, da sie ihr zahlenmäßig überlegen waren und sich bisher als skrupellos erwiesen hatten.

Es ist nur ein Stuhl.

Sie setzte sich auf die riesige geschnitzte Hand und sprang beinahe sofort wieder heraus, als ein Schlag sie durchfuhr. Und dann war es zu spät für eine Flucht, da die hölzernen Finger sie umschlossen – locker genug, dass sie hinausblicken konnte, aber eng genug, um ihr Weglaufen zu verhindern.

»Was passiert hier?« Sie konnte nicht umhin, ein wenig zu hyperventilieren. Das war nicht normal. Hölzerne Stühle spannten sich nicht plötzlich an und bewegten sich ohne Gelenke oder Mechanismen. Genauso wenig waren sie lebendig.

Aber diese Skulptur war anderer Meinung.

Die verschleierten Gestalten verteilten sich und umringten sie. Überhaupt nicht gruselig.

Kit stand außerhalb ihres Kreises und sah zu. In diesem Moment erinnerte er sie an einen Fuchs, nicht nur wegen des roten Haares, sondern aufgrund seiner allgemeinen Wachsamkeit.

»Nenn deinen Namen und deine Adresse für das Protokoll«, verlangte eine monotone Stimme.

Protokoll von was? Dieser Farce von Prozess? »Meadow Fields, 666 Clover Lane.«

Beruf. Datum ihrer Ankunft auf der Farm. Wen hatte sie dort getroffen? Sie sollte ihnen mehr über den Biber erzählen.

Einfache Dinge, die nicht gerade ein Geheimnis waren. Aber dann kamen sie zum Kern der Befragung.

»Wie ist deine Beziehung zu Amarok Fleetfoot?«

»Kompliziert?«, murmelte sie. Der Stuhl vibrierte und sie wand sich.

»Seid ihr gepaart?« Immer noch derselbe Tonfall, und doch konnte sie schwören, es kam von einer anderen verhüllten Gestalt. War da eine Person unter der Kapuze? Angesichts dessen, was bisher passiert war, musste sie sich das fragen.

»Warum schert es euch, ob wir Sex hatten oder nicht?«, schnaubte sie, wobei sie versuchte, nicht rot zu werden, aber scheiterte.

»Die Paarung ist mehr als nur Sex. Es ist eine Verbindung fürs Leben, die nicht rückgängig gemacht werden kann.«

»Das ist, was er mir gesagt hat.«

»Und?«

Sie zuckte die Achseln. »Er sagte, wenn es passieren soll, dann würde es das automatisch tun.«

»Ist es passiert?«

»Woher soll ich das wissen? Ich hatte großartigen Sex«, schnaubte sie. Noch immer gab sie zu viel preis.

»Dein Duft hat sich nicht verändert«, merkte eine dünne Gestalt mit näselnder Stimme an.

»Sagst du. Ich bin nicht begeistert von der Seife, die in meinem Zimmer zu finden ist. Ich habe irgendwie etwas Umweltfreundlicheres erwartet, weniger gewöhnlich.«

»Sie weicht einer Antwort aus«, murmelte eine

kleine und stämmige Person. »Hast du dich mit Amarok gepaart?«

»Vielleicht? Ich meine, er hat gesagt, er will, dass ich zu ihm gehöre, aber auf der anderen Seite dachte ich, er wäre nur romantisch gewesen.«

»Ihr hattet Sex«, stellte ein anderer klar. Schlanker Körperbau. Die Stimme hatte einen weiblichen Tonfall.

»Ja«, gab sie zu, wobei sie beinahe beschämt den Kopf einzog. Dies war nicht das finstere Mittelalter. Frauen konnten Sex haben, wenn sie das wollten. Mit wem sie wollten.

Das Thema wurde abrupt gewechselt. »Wann hast du zum ersten Mal Amaroks Wolf gesehen?«

»Als sein Vater ihn angegriffen hat. Im einen Moment haben sie gekämpft und dann hatte Rok gewonnen. Er drehte ihm den Rücken zu, um zu gehen, und plötzlich war sein Vater nicht mehr menschlich. Er war ein Wolf. Und er hat ihn angegriffen!«

»Du hast Samuels Verwandlung gesehen?«

»Ja.« Sie erschauderte. »Es war verstörend.«

»Und dann hat Amarok sich verwandelt?«

»Erst nachdem sein Vater ihn angegriffen hatte. Er hat sich von hinten auf Rok gestürzt. Wenn irgendjemand in Schwierigkeiten sein sollte, dann Samuel. Er hat auch versucht, mich zu töten!«

»Erzähl uns alles, was passiert ist.«

Die Frage führte zu ihrer Erklärung des Vorfalls, die folgendermaßen endete: »Wir sind zu seiner besonderen Höhle gegangen. Hatten Sex. Einvernehmlichen Sex«, betonte sie. »Ich habe versprochen, dass ich zu niemandem etwas sagen würde, bis ich irgendeine Art von Schwur geleistet hätte, und als Rok ging, um mir trockene Kleidung zu besorgen, hat dieser Kerl«, ihr Blick landete auf Kit, »mich entführt.«

»Kit hatte seine Befehle und hat diese ausgeführt.«

»Befehle? Der Mann hat mich betäubt. Mich Gott weiß wohin geschleppt, um dort ein paar Verrückte in Gewändern zu treffen. Und jetzt sitze ich auf diesem blöden Stuhl fest«, sie schlug mit den Händen auf die hölzernen Finger, »und beantworte Fragen von Leuten, die zu feige sind, ihre Gesichter zu zeigen.«

»Du wünschst, unsere Gesichter zu sehen?« Die leise Frage ließ einen Schauder durch ihren Körper fahren.

»Was ich wünsche, ist, keine Gefangene zu sein und erklärt zu bekommen, warum ich überhaupt hier bin.«

»Du bist hier, weil Regeln gebrochen wurden.«

»Regeln, von denen ich nichts wusste, also scheint es wohl kaum fair zu sein, mich anhand dieser zu verurteilen.«

»Ihr Menschen und eure Fairness.« Die verhüllte Gestalt, die den Großteil der Befragung durchgeführt hatte, prustete. »Ihr haltet uns für wohlwollende Leute. Das sind wir nicht. Verfolgung hat uns dazu geführt, sehr streng in unseren Beziehungen zu sein. Skrupellos, wenn unsere Geheimnisse gefährdet sind.«

»Ihr denkt, ich bin eine Bedrohung. Wer würde mir glauben? Nicht dass ich es irgendjemandem erzählen würde«, fügte sie hastig hinzu.

»Das wirst du nicht. Dafür werden wir sorgen.« Eine unheilvolle Aussage. »Bring sie in den Turm zurück.«

Es schien, als wäre ihr Verhör vorbei. Was bedeutete

das für sie? »Was wird mit mir geschehen? Wie lange plant ihr, mich als Gefangene zu halten?«

»Bis in deinem Fall ein Urteil gefällt wurde.«

»Was wie lange dauern wird?«

»Es wird bald sein. Wir müssen uns beraten.«

»Das ist keine Antwort«, beharrte sie, als Kit sie am Arm packte und begann, sie wegzuzerren.

Sie machte sich nicht die Mühe, sich zu wehren, aber sie hatte viel zu sagen. »Wie kannst du dich hieran beteiligen?«

»Der Rat des Lykosiums tut, was er tun muss, um die Werwölfe zu beschützen.«

»Aber ich bin nicht gefährlich.«

»Es liegt an den Mitgliedern des Rates, das zu entscheiden.«

»Hmpf. Warum musst du so nervig sein?«

»Warum musst du ständig reden?«, war seine Antwort.

»Deine Frau muss die Geduld einer Heiligen haben.«

»Nicht verheiratet.«

»Vermutlich eine gute Sache«, murmelte sie mürrisch. Sie hatte ihre fröhliche Perspektive des Lebens verloren und fragte sich, ob sie sie je zurückbekommen würde. Es war schwer, optimistisch zu sein, wenn ihre Situation so fatal erschien.

Die Treppenstufen ließen ihre Oberschenkel schreien und sie war außer Atem, als sie ihr Zimmer erreichte. Kit sagte kein Wort, als er sie hineintrieb und die Tür abschloss.

Erst als sie das Klicken hörte, brach ihre Beherrschung in sich zusammen. Das Hämmern gegen die Tür ließ nur ihre Hand schmerzen. Das Schreien ließ sie nur heiser werden.

Was würde mit ihr geschehen? Würde sie jemals diesem Raum entfliehen? Und wenn sie das tat, wäre sie dann am Leben oder in einer Kiste?

KAPITEL SIEBENUNDZWANZIG

Es dauerte nicht die vollen drei Tage, um nach Bulgarien zu kommen, aber angesichts der verfügbaren Last-Minute-Flüge dennoch fast. Dann waren von Alberta nach Europa mehrere Flüge notwendig, die doppelt so viel Zeit wie gewöhnlich in Anspruch nahmen. Wegen mechanischer Fehler gab es einen neunstündigen Zwischenstopp. Dann einen sechsstündigen, als sie wegen eines ausfallenden Passagiers landeten.

All die Verzögerungen bedeuteten, dass Rok Zeit hatte, über all die Dinge nachzudenken, die er falsch gemacht hatte, beginnend damit, Meadow in das Jagdversteck gebracht zu haben.

Nach dem Zusammentreffen mit Samuel hatte er mit ihr allein sein wollen. Er musste sich selbst versichern, dass sie unversehrt aus der Sache herausgekommen war, nicht nur körperlich, sondern auch psychisch. Ihre Entdeckung des Werwolfgeheimnisses betraf nicht nur seine Beziehung mit ihr, sondern die Sicherheit aller in seiner Obhut. Es war unerlässlich, dass er sich schnell um die Enthüllung kümmerte, und das ohne die Einmischung anderer. Seine Freunde meinten es gut, aber Meadow war sein Problem. Wenn sie hysterisch gewesen wäre ... Glücklicherweise hatte sie es souverän aufgenommen und alles hätte funktioniert, wenn nicht irgendein Arschloch sie entführt hätte.

Rok hätte sie nie verlassen, wenn er von der Gefahr gewusst hätte. Zum Teufel, er hätte sie vielleicht gepackt und wäre weggelaufen, wenn er gewusst hätte, dass Spione des Lykosiums ihnen auflauerten.

Er hatte gedacht, die Farm sei frei von ihrem Eingreifen. Sie waren kein Rudel, nur ein Haufen registrierter Einzelgänger. Keine große Sache. Wenn man die Tatsache ignorierte, dass ihre Gesetze begrenzten, wie viele Werwölfe sich ohne registriertes Rudel und einen kontrollierenden Alpha versammeln durften.

Über diese Zahl gingen sie nicht weit hinaus. Vielleicht hatten es die vom Lykosium geschickten Vollstrecker nicht bemerkt. Immerhin waren sie mehr an Samuel interessiert gewesen.

Warum hatten sie dann Meadow mitgenommen? Diese Frage quälte ihn. Die einzige Sache, die ihn davon abhielt, völlig entfesselt zu werden, war das Wissen, dass sie am Leben war. Er hatte sie beansprucht. Sie war jetzt ein Teil von ihm. Und das würde sie bis zu dem Tag bleiben, an dem sie starb.

Dieser lag hoffentlich noch weit in der Zukunft.

Der Ankunftsflughafen seines letzten Fluges war geschäftig, die Sprachen um ihn herum verschieden und vielzählig. Er fühlte sich fehl am Platz. Ein Kanadier auf fremdem Boden. Er war noch nie außerhalb Nordamerikas gereist und selbstsicher zu sein bedeutete nicht, dass ihm die Angst darüber erspart blieb, was als Nächstes passieren würde.

Konnte er ein Taxi zu der ihm gegebenen Adresse nehmen? Sollte er ein Auto mieten und selbst fahren?

Die Entscheidung wurde für ihn getroffen, sobald er landete. Er bewegte sich mit seinem Rucksack auf den Flughafenausgang zu, wobei er den Schildern für ein Taxi folgte, als seine Aufmerksamkeit vom Erscheinen eines Mannes in Uniform erregt wurde – nicht die eines Gesetzeshüters, sondern die schicke Angestellten-Version –, der ein Schild mit seinem Namen hochhielt.

»Hey«, sagte Rok, als er auf den Kerl zuging.

Es beruhigte ihn, Wolf zu riechen. Nicht beruhigend war jedoch die Tatsache, dass der Kerl kein Wort sagte. Er drehte sich einfach auf dem Absatz um – seine Schuhe waren poliert und frei von Kratzern – und führte ihn nach draußen. Eine dunkle Limousine mit getönten Scheiben wartete am Bordstein. Der Fahrer öffnete die Tür zur Rückbank. Dort befand sich niemand, also glitt Rok hinein und verspürte nur einen kurzen Moment des Stresses, als die Tür geschlossen wurde.

War er eingesperrt? Er spannte seine Finger an und zog beinahe am Griff, um es zu prüfen. Und wenn er es war? Es würde weder ihm noch Meadow helfen, auszusteigen. Dennoch blieb er verwirrt, nicht nur von den getönten und schalldichten Fenstern, sondern auch von der Barriere zwischen ihm und dem Fahrer. Es stellte sich als schwierig heraus, den engen Raum nicht mit einem Sarg zu vergleichen, auch wenn dieser hier mit seiner kleinen Bar mit Getränken und Snacks zur luxuriöseren Sorte gehörte.

Er verzichtete zugunsten eines Proteingetränks auf den Alkohol. Er konnte die aufputschende Wirkung voller Vitamine gebrauchen. Dann bereute er, es leer getrunken zu haben, denn was war, wenn er pinkeln musste? Würde die Fahrt Minuten oder Stunden dauern?

Er hatte es nicht gewagt, sich die Route zu der Adresse im Voraus anzusehen, da er wusste, dass Reece, ihr Computerexperte, es sehen könnte. Geheim war geheim, und er wusste, dass jemand auf der Farm versucht hätte, ihm zu folgen. Es verblüffte ihn, dass er praktisch ohne Freunde aufgewachsen war. Sobald sein Vater ihn von seiner Tante zurückgeholt hatte, war es ihm selten erlaubt gewesen, sie zu sehen. Oder überhaupt irgendjemanden. Die ganze Sache mit der Fürsorge kam erst, als er bei seinem Onkel einzog, der ihm beigebracht hatte, dass Familie diejenigen war, die man dazu machte, nicht zwingend diejenigen, mit denen man seine Gene teilte.

Jetzt hatte Rok eine Familie, was eine Verantwortung ihr gegenüber bedeutete. Er konnte weder sie noch Meadow im Stich lassen. Verdammt. Er hasste es, nicht zu wissen, was er zu erwarten hatte. Ohne irgendeine Vorstellung davon, wie lange es dauern würde, lehnte er sich zurück und schloss die Augen.

Die Erschöpfung zerrte an ihm. Es waren lange drei Tage gewesen. Die Sorge über Meadow. Die Sorge über all seine Freunde auf der Farm. Die Wut darüber, dass sein Vater zurückgekehrt war, um alles Gute in seinem Leben zu ruinieren.

Er hätte ihn umbringen sollen, als er sechzehn war. Den Mann zerstören sollen, wie er einen kleinen Jungen zerstört hatte. Sein Vater hatte recht. Seine Schwäche hatte zu diesem Mist hier geführt. Wenn er ihn nur getötet hätte, bevor er Meadow gefolgt war, aber er hatte nicht gewollt, dass sie die brutale Gerechtigkeit zu Gesicht bekam, die seine Art anwandte. Und jetzt mussten sie für diesen Fehler vielleicht bezahlen. Er würde nicht wieder zögern.

Etwas, das er auf der Farm mehrfach wiederholt hatte, während er sich auf seine Abreise vorbereitete.

»*Das ist meine Schuld. Wenn ich nur die Eier gehabt hätte, das zu beenden ...*«, *hatte er gemurmelt, während er Kleidung in seinen Rucksack stopfte.*

»*Du hättest nicht wissen können, dass das Lykosium Samuel gefangen nehmen und dass er dich verraten würde*«, *erinnerte Reece ihn. Er kümmerte sich um alle Buchungen für Roks Reise, einschließlich der Besorgung seines Reisepasses, der in dem Safe für ihre wichtigen Dokumente aufbewahrt wurde.*

»*Ich meinte, ich hätte ihn umbringen sollen, als ich als Teenager die Gelegenheit dazu hatte.*«

»*Du warst noch ein Kind*«, *merkte Reece an.*

»*Ich habe aufgehört, ein Kind zu sein, als Samuel mich zum ersten Mal geschlagen hat.*«

»*Sagen wir, du hättest ihn damals getötet, was wäre dann passiert?*«

»*Ich hätte einem Haufen Leute eine riesige Menge an Elend erspart.*«

»Zu welchem Preis? Du wärst ins Gefängnis gewandert.«

»Ich wäre mittlerweile wahrscheinlich schon wieder raus«, war seine hilfreiche Antwort, was dazu führte, dass Reece, der am wenigsten Gewaltbereite von ihnen, ihn ohrfeigte.

»Spiel nicht das Was-wäre-wenn-Spiel. Oder den Wehe-mir-Scheiß. Du hast eine Entscheidung getroffen. Die damals richtige. Es zu bedauern bringt nichts. Wir brauchen Lösungen.«

Wir. Reece benutzte das Wort. Lochlan. Darian. Nova ... sie alle wollten helfen.

Als würde Rok zulassen, dass ihnen möglicherweise etwas zustieß. »Bleibt zu Hause. Ich werde mich darum kümmern.«

Weitere Diskussionen folgten, denn jeder Einzelne von ihnen wollte mitkommen, selbst die hochschwangere Astra.

»Wir werden uns zusammen darum kümmern. Wie eine Familie.«

Das Wort traf ihn schwer. Die Familie verriet einander nicht. »Das ist mein Schlamassel. Ich werde ihn in Ordnung bringen.«

»Was, wenn du das nicht kannst?« Poppys Lippe zitterte. *Die kleine Schwester, die er immer gewollt hatte. Die zu beschützen er geschworen hatte.*

Seine Kehle wurde eng. »Ihr sollt wissen, dass ich für euch gesorgt habe, wenn etwas danebengeht. Mein Testament verfügt, dass die Farm an euch alle geht, wobei Reece die Mehrheitsbeteiligung und die Pflicht zur Führung des alltäglichen Geschäfts hat.«

Sie hatten ihn angestarrt.

Es war Nova, die flüsterte: »Du hast was getan?«

Er hatte die Achseln gezuckt. »Nach dem Tod meines Onkels kam mir in den Sinn, dass ihr alle am Arsch wärt, wenn ich plötzlich abkratzen sollte. Also habe ich etwas aufsetzen lassen. Es muss natürlich angepasst werden, so wie die Leute kommen und gehen, aber ich wollte sichergehen, dass ihr immer ein Zuhause habt.« Besonders da jeder Einzelne von ihnen eines verloren hatte.

Das führte zu Tränen und Umarmungen, sowie zu Schlägen mit einem heiser gemurmelten »Mistkerl«.

Seine Antwort: »Ich habe euch auch lieb.« In dieser Nacht ging er ins Bett, während sie ihre Reise für den nächsten Morgen planten.

Bis dahin war er bereits verschwunden und sie konnten nicht folgen. Dafür hatte er gesorgt.

Sie waren seine Familie. Es war seine Aufgabe, sie zu beschützen. Er würde alles für sie tun.

Und alles für Meadow. Seine Gefährtin.

Er konnte spüren, wie die Verbindung zwischen ihnen stärker wurde, als er sich dem Ziel näherte. Mittlerweile würden diejenigen, die sie entführt hatten, wissen, dass sie zu ihm gehörte. Die Beanspruchung hätte ihren Duft verändert. Würde das ihrem Fall schaden?

Die Limousine erreichte eine geschlossene Auffahrt, lang und gewunden, die zu einem großen Innenhof führte, der auf drei Seiten von einem beeindruckend aufragenden Steingebäude umrahmt wurde, das förmlich nach Gotik schrie. Die Burg hätte nicht bedrohlicher wirken können. An den Ecken befanden sich Türme, deren Zinnmauern Schlitze für das Abfeuern von Pfeilen boten. Ein Ort dieses Alters hatte vermutlich auch einen Kerker.

Arme Meadow. Welche Angst sie haben musste. Und wenn sie ihr wehgetan hatten …

Mit einem Knurren griff er in dem Moment nach der Fahrzeugtür, als der Wagen anhielt. Zu seiner Überraschung war sie nicht abgeschlossen. Er sprang von der Rückbank und lief die Treppe hinauf. Die Tür, ein riesiges geschmiedetes Ding aus Metall, öffnete sich bei seinem Näherkommen. Niemand begrüßte ihn, aber es war nicht schwierig zu erkennen, wohin er gehen sollte. Der breite Korridor war von riesigen Bäumen in Töpfen gesäumt, womit man die Natur hereingeholt hatte. Seine Schritte wurden schneller, als er sie roch.

Meadow war vor Kurzem hier gewesen.

Es kostete ihn große Selbstbeherrschung, nicht zu laufen. Mit einer der Gründe seiner Anwesenheit hier war ein Mangel an Kontrolle. Es würde nichts nützen, diesen Eindruck zu festigen.

Die Tür vor ihm öffnete sich und obwohl er noch nie zuvor zum Lykosium berufen worden war, wusste er, was er zu erwarten hatte.

Eine Betrachtung der Oase offenbarte einen Mann mit schockierend rotem Haar, der neben einer verhüllten Gestalt stand. Erst als er auf sie zuging, bemerkte er, dass sie nicht die Einzigen im Raum waren. Er spürte andere, die verborgen waren und darauf warteten, sich zu zeigen. Oder waren sie da, um ihm aufzulauern?

Rok würde nicht kampflos zu Boden gehen, wenn sie es versuchten. Er achtete darauf, sie alle zu mustern, um sie wissen zu lassen, dass er sie sah, dass sie ihn nicht beeindruckten. Obwohl er aufgrund eines vermeintlichen Verstoßes einberufen worden war, wusste er, dass die Werwölfe Stärke und Mut respektierten.

Also schluckte er die verdammte Angst hinunter und zeigte sich erhobenen Hauptes.

»Setzen.« Der Mann mit dem roten Haar und den scharfen Zügen zeigte auf eine Hand, die aus einem Baumstamm geschnitzt worden war. Die Hand der Wahrheit.

Er hatte davon gehört. Über die Jahrhunderte hatten Leute sich ihrer zu einem Verhör unterworfen. Sie würde wissen, wenn er log. Gerüchte besagten, dass diejenigen, die in ihrem Griff flunkerten, sie nie wieder verließen.

Es war keine Angst, sondern Vorsicht, die ihn zögern ließ. »Warum wurde ich einbestellt?«

»Folgt denn niemand mehr einfachen Anweisungen?«, grummelte der Mann. »Was ist so schwer daran, dich mit deinem Hintern dort hinzusetzen?«

»Wer bist du?« Allerdings war Rok neugieriger zu erfahren, *was* der Mann war. Er erinnerte ihn stark an einen Fuchs. An denselben Fuchs, den er auf seinem Land gerochen hatte. Ein Spion für das Lykosium. Außerdem eine Unmöglichkeit. Alle wussten, dass die Werwölfe allesamt Wölfe waren, egal wie viele Kreaturen die Filme und Fernsehsendungen zu kreieren versuchten.

»Mein Name ist Kit. Zufrieden? Jetzt platziere deinen Hintern dort, bevor ich das für dich übernehme.« Der Mann, schmaler als Rok, verschränkte die Arme, als wäre er der Meinung, diese Drohung tatsächlich durchziehen zu können.

»Was bist du?«

Am Ende seiner Geduld angekommen, marschierte Kit auf ihn zu und bleckte die Zähne. »Das geht dich verdammt noch mal nichts an.«

Der Duft seiner Gefährtin traf ihn hart. Er bedeckte diesen Mann! Er packte Kit am Hemd und knurrte: »Wo ist Meadow?«

»Geht dich nichts an.«

»Oh, verdammt, das tut es. Du hast meine Gefährtin angerührt.«

»Deine Gefährtin?« In der Frage lag Spott. »Bist du dir da sicher?«

Roks Blut gefror. Hatte er mit der Beanspruchung falschgelegen? Hatte sie sich nicht verankert?

»Setzen.« Diesmal kam der Befehl von der verhüllten Gestalt, die vor der geschnitzten Hand stand. Obwohl die Person kleiner war als er, hatte sie eine Ausstrahlung, die Amarok wissen ließ, dass er sie nicht missachten sollte.

Er steckte in größeren Schwierigkeiten als gedacht. An diesem Punkt musste er aufhören, sich sein eigenes Grab noch tiefer zu schaufeln. Er setzte sich und versuchte, nicht zu zappeln. Ein Mann scheute sich nicht vor der Wahrheit, selbst als die Finger ihn umschlossen und festhielten. Ihm seine Fluchtmöglichkeit nahmen.

War Meadow dem auch ausgesetzt worden?

Das Verhör begann.

Name. Abstammung. Geschichte.

Er hielt sich an die einfachen Fakten. Selbst bei dem

Teil, wie er sein Zuhause verließ und bei seinem Onkel einzog. Er erfand keine Ausreden, warum er in so jungem Alter ging. Werwölfe jammerten nicht.

Er hatte einmal gehört, wie Asher die neun Ge- und Verbote des Daseins als Werwolf aufgezählt hatte.

Werwölfe ließen nicht ab.

Werwölfe gingen nicht, sie liefen.

Werwölfe warteten nicht.

Werwölfe beobachteten.

Werwölfe überstanden alles.

Werwölfe waren wundervoll.

Werwölfe weinten nie.

Werwölfe jammerten auf keinen Fall.

Und am wichtigsten ...

Werwölfe würden diejenigen ihren Zorn spüren lassen, die ihnen Unrecht angetan hatten.

Aber was war, wenn Rok derjenige war, der etwas falsch gemacht hatte? Er kannte die Regeln. Er stimmte sogar ihrer Strenge zu. Aber es war schwierig, die Fassung zu bewahren, als sie begannen, ihn nach seinem Vater auszuquetschen.

»Wann hast du deinen Vater das letzte Mal gesehen?«

»Den Samenspender oder den Mann, der mich wirklich großgezogen hat?« Denn Samuel war niemals ein richtiger Vater gewesen. Rok hatte erst verstanden, wie es sein konnte, ein Zuhause und jemanden zu haben, der sich um ihn kümmerte, als er seinen Onkel kennenlernte.

»Beantworte die Frage.« Die verhüllte Gestalt erhob nicht die Stimme. Der monotone Tonfall verriet nichts, nicht einmal das Geschlecht. Seltsamer war noch, dass derjenige keinen Geruch hatte. War es überhaupt ein Werwolf? Die einzige Sache, die er mit Sicherheit sagen konnte, war, dass man sich mit diesen Leuten nicht anlegte.

»Bis vor ein paar Tagen war es über zehn Jahre her, seit ich Samuel gesehen hatte.« Selbst dann hatte er ihn nur zufällig gesehen. Sein Onkel schickte ihn wegen einer Beerdigung per Flugzeug nach British Columbia. Scheinbar war irgendeine Großtante mütterlicherseits verstorben, und zu ihrer Überraschung war Samuel anwesend.

Rok verbrachte die ganze Zeit damit, auf eine Konfrontation zu warten. Sie sich in seinem Kopf auszumalen. Zu planen, was er sagen würde. Kein einziges Mal versuchte Samuel, mit ihm zu sprechen. Er sah nicht einmal in seine Richtung.

Eine Erleichterung und eine Enttäuschung. Ein Teil von ihm hatte den Mann konfrontieren wollen.

Der Verhüllte hatte die Hände in den Ärmeln versteckt. Frau? Mann? Etwas anderes? »Erzähl uns von der jüngsten Begegnung.«

Als wüssten sie das nicht. »Vor drei Tagen. Er ist im Wald in der Nähe meiner Farm rumgeschlichen. Uneingeladen, wie ich hinzufügen sollte.«

»Vielleicht unerwünscht, aber kein Verbrechen, da ihr euch nicht in ausgewiesenem Rudelrevier befindet«, merkte der Vernehmende an.

»Absichtlich, damit wir uns nicht mit machthungrigen Alphas auseinandersetzen müssen.« Rok hielt sich nicht zurück. Das System war veraltet. Oder zumindest korrupt, wenn Leute wie Samuel die Kontrolle haben durften. Dazu noch die Geschichten der anderen auf der Farm und es zeichnete ein verstörendes Muster der Misshandlung innerhalb der Rudel.

»Ihr würdet es vorziehen, gesetzlos zu leben?«

»Nein. Ich verstehe, dass wir Regeln brauchen, wenn wir unter den Menschen überleben wollen. Es sind die Alphas, die nicht die unter ihnen beschützen, mit denen ich ein Problem habe. Ein guter Alpha sollte selbst den Schwächsten unterstützen und ihn nicht ausnutzen. Das Dasein als Alpha gibt einem nicht das Recht, grausam zu sein.«

»Allerdings.«

Das Wort überraschte ihn ein wenig. »Wenn ihr zustimmt, warum passiert es dann?«

»Hast du eine Beschwerde eingereicht?«

Er presste die Lippen aufeinander. »Nein.«

»Wie sollte der Rat es dann wissen?«

»Wegen eurer Spione.«

»Wir haben begrenzte Ressourcen, um die vielen Rudel zu überwachen.«

»Also gebt ihr mir die Schuld? Ich war ein verdammtes Kind, und ihr habt zugelassen, dass ich von einem sadistischen Alpha großgezogen wurde.«

»Was schlägst du vor, wie wir es in Zukunft verhindern sollten?«

»Ich weiß es nicht.« Er gab nur äußerst ungern zu, dass sie vielleicht ein gutes Argument hatten. Er hatte niemandem von den Schlägen erzählt. Als Kind wusste niemand, wie sehr es ihm vor Samuels Temperament graute. Er war gegangen, und es dauerte eine Weile, bis er und sein Onkel jemals darüber sprachen.

»Zurück zu deinem Vater. Warst du dir bewusst, dass er seit sieben Tagen in eurer Gegend war?«

Eine Woche? Die Schande, es nicht erkannt zu haben, ließ ihn beinahe den Schwanz einziehen.

»Wie ist das überhaupt möglich? Jemand hätte ihn gerochen. Ihn gesehen«, widersprach er.

»Es gibt Möglichkeiten, seine Anwesenheit zu verbergen, die den Mangel an Hinweisen erklären würden.«

»Hat sich so euer Spion versteckt?«

»Ja.«

Sie leugneten nicht einmal, ihn beobachtet zu haben. »Warum habt ihr spioniert?«

»Wir wurden vor Kurzem darauf aufmerksam gemacht, dass ein gewisser Alpha seine Rolle missbrauchte. Als wir nach ihm geschickt haben, hat er sich zur Flucht entschieden, anstatt für eine Befragung herzukommen.«

Samuel war weggelaufen. Nicht, um der Verfolgung zu entgehen, sondern um seine finale Rache auszuüben. »Da kam er, um mich zu finden, und hat dabei einen Gast von mir angegriffen.«

»Sprichst du von Miss Fields?«, hakte die weibliche Stimme unter der Kapuze nach.

»Ja.«

»Warum hat Samuel sie angegriffen? Sie scheint keinerlei Bedrohung zu sein.«

Er zuckte die Achseln. »Das ist sie auch nicht. Er ist auf sie losgegangen, weil er verrückt ist.«

Der Stuhl versetzte ihm einen elektrischen Schlag und er wand sich.

Es war der Rotschopf, der grinste. »Wirst du wirklich so tun, als wüsstest du es nicht?«

»Samuel hat Meadow angegriffen, weil sie und ich eine Beziehung führen. Angesichts dessen, was gesagt wurde, bekam ich den Eindruck, dass er uns mindestens ein paar Tage beobachtet hatte. Als er eine Gelegenheit sah, griff er an.«

»Und da trafst du auf ihn und hast gekämpft.«

»Das habe ich.« Er zappelte, als sie sich dem Kern dieses Treffens näherten.

»Hat dein Vater sich während dieses Kampfes vor Miss Fields verwandelt?«

»Fragt euren Spion.«

»Beantworte die Frage.« Der Verhüllte war nachdrücklich in seiner Forderung und er hatte keine andere Wahl, als zu antworten.

»Ja.«

»Ja, was?«

»Samuel hat sich verwandelt.« Und dann, weil er wusste, dass er es nicht verbergen konnte: »Ich habe mich ebenfalls in meinen Wolf verwandelt, um gegen ihn zu kämpfen.«

»In Miss Fields' Blickfeld.« Sie verlangten eine Präzisierung.

»Ja, vor ihr. Er ließ mir keine Wahl. An diesem Punkt wusste ich, dass sie bereits alles gesehen hatte, also entschied ich, die Chancen gleichzustellen, anstatt mich von ihm töten zu lassen.«

»Der Angriff wäre nicht passiert, wenn du Samuel nach seiner ursprünglichen Niederlage durch deine

Hand vernünftig gesichert hättest.« Es war Kit, der seinen Fehler erwähnte.

Und Amaroks einzige Entschuldigung? »Scheinbar bin ich kein Mörder, selbst wenn es um Arschlöcher geht.«

»Samuel behauptet, du hättest dich dem Menschen offenbart und sie hätte gedroht, der Welt von der Existenz der Werwölfe zu erzählen. Weiterhin hat er geschworen, du hättest versucht, ihn zu töten, um die Tatsache zu vertuschen, dass du die Regeln mit der sehr menschlichen Miss Fields gebrochen hast.«

Rok konnte nicht anders. Er brach in Gelächter aus. »Das ist der größte Haufen Mist, den ich je gehört habe. Hat ihn die Hand der Wahrheit für seine Lügen verdampfen lassen?«

Der Verhüllte antwortete nicht auf seine Frage, sondern sagte stattdessen: »Warum sollte Samuel eine solche Geschichte erfinden?«

»Der Mann ist ein sadistischer Psycho, der plötzlich entschieden hat, dass er mein Leben versauen muss, weil es gut lief.«

»Laut dir.«

»Laut jedem, der eine Diskussion mit dem Mistkerl führt.« Vergessen war die Selbstbeherrschung.

»Samuel wurde befragt.«

»Also wisst ihr, dass er ein verdammter Lügner ist.«

Kit prustete. »Das wissen wir. Von dem Moment an, in dem die Hand der Wahrheit sich zur Faust ballte und sich weigerte, ihn sitzen zu lassen.«

Der Verhüllte trieb ihre Unterhaltung voran. »Ist Miss Fields an den Eid gebunden?«

»Noch nicht. Nach Samuels Angriff ging alles sehr schnell. Aber sie hat mir versprochen, dass sie es nicht preisgeben würde, und es war unser Plan, sie für den Schwur zu einem Alpha zu bringen, aber jemand hat sie entführt, bevor wir handeln konnten.« Sein Blick wanderte zu Kit.

»Falls das ein Trost ist, sie hat behauptet, du würdest sie holen kommen«, erklärte Kit.

»Du Mistkerl. Du hast sie entführt!« Der Mann bestätigte es und Rok wollte ihm am liebsten diesen selbstgefälligen Ausdruck aus dem Gesicht wischen. Der Stuhl hielt ihn fest.

»Kit. Verärgere ihn nicht«, schalt der Verhüllte.

»Was soll er tun? Beweisen, dass er ein wilder Mörder ist wie sein Vater und angreifen?«, spottete Kit.

Rok ignorierte den Hohn, um weiter für sich zu plädieren. »Meadow hat nichts falsch gemacht. Sie wollte einem Alpha gegenüber den Eid ablegen, sobald wir in die Stadt gekommen wären. Ein weiterer Tag, und es wäre geschehen.«

»Kit hat etwas schnell gehandelt. Aber die Umstände und all das. Es gab gewisse Sorgen, sobald wir uns der Situation bewusst wurden.«

»Na ja, er hätte versuchen sollen, zuerst mit mir zu reden. Er hat meine Gefährtin entführt.«

»Aber *ist* sie deine Gefährtin?«

Das war das zweite Mal, dass Kit andeutete, sie könne es nicht sein. War seine Beanspruchung nicht auf sie übergegangen? Konnten sie es nicht riechen? Es würde seiner Argumentation schaden, wenn sie dachten, sie wolle sich nicht mit ihm verbinden. »Meadow und ich sind vom Schicksal füreinander bestimmt. Ich wusste es von dem Moment an, in dem wir uns trafen.«

»Und doch hast du ihr ursprünglich gesagt, sie solle gehen«, entgegnete der Verhüllte.

Scheiße, sie waren gut informiert. »Ich hatte es mir anders überlegt.«

»Warum musstest du es dir anders überlegen, wenn sie deine Gefährtin ist?« Monoton gefragt, und doch wurde er hitzig.

»Weil ich ein Vollidiot bin, okay? Ich habe sie getroffen und wusste, dass sie jemand Besonderes ist, was mir eine Heidenangst eingejagt hat.« Der Stuhl versengte ihm nicht den Hintern und er hätte schwören könnte, dass er Zufriedenheit von der verhüllten Gestalt wahrnahm. Bevor sie nach der Beanspruchung fragen konnten, kehrte er zu einem drängenderen Thema zurück. »Wo ist Samuel jetzt?« Musste er die Farm warnen? Was war mit Meadow? War sie sicher vor ihm?

»Samuel ist nicht dein Problem.«

»Es ist ein Problem, wenn er frei ist. Er stellt eine Gefahr für alle dar, die mit der Farm in Verbindung stehen.«

»Ah, ja, die Farm, die dein Onkel dir hinterlassen hat. Gut, dass du das erwähnt hast, da es eine große Sorge ist. Aktuell wohnen dort viele Werwölfe.«

»Ja.« Es hatte keinen Sinn zu lügen.

»Es gibt Regeln, dass außerhalb eines Rudels nicht mehr als acht Werwölfe an einem Ort zusammenkommen dürfen.« Das sollte verhindern, dass sich nicht genehmigte Wolfsrudel bildeten.

»Es ist einfach irgendwie passiert. Sie brauchten

einen Ort, an dem sie unterkommen konnten. Wir konnten sie nicht zurückweisen.«

»Diese Regeln existieren aus einem Grund.«

»Um zu verhindern, dass wir bemerkt werden, ich weiß, aber wir leben wortwörtlich in der hintersten Provinz. Es ist sonst niemand in der Nähe.«

»Und doch hat ein Mensch es geschafft, über das Werwolfgeheimnis zu stolpern.«

»Weil Samuel Schwierigkeiten machen wollte.«

»Und dann hast du es verschlimmert, indem du dich selbst verwandelt hast«, fügte der Verhüllte hinzu.

Aber er würde nicht nachgeben. »Ich habe mich dazu entschieden, nicht zu sterben.« Was im Gegensatz zu dem stand, was erwartet wurde. Tod vor Offenbarung. »Als Samuel sich verwandelte, hatte es keinen Sinn, das Geheimnis zu bewahren.«

»Und deshalb hast du ihr alles erzählt?«

»Sie hat geschworen, niemals preiszugeben, was sie entdeckt hatte, und ich glaube ihr.«

»Aber du bist kein Alpha«, erinnerte Kit ihn spöttisch. »Nur ein wilder Hinterwäldler.«

Rok sagte nichts, da jegliche Antwort zeigen würde, wie die Bemerkung ihn traf.

Der Verhüllte entließ ihn. »Wir haben genug gehört. Du wirst uns verlassen, während wir über dein Schicksal nachdenken.«

Als würde er gehen, ohne zu fragen. »Ich will Meadow sehen.«

»Forderungen in deiner Position? Du bist entweder sehr mutig oder unglaublich dumm«, höhnte Kit.

»Sie ist meine Gefährtin. Wir gehören zusammen.« In dieser Hinsicht blieb er beharrlich.

Der Verhüllte nickte. »Bring ihn zu ihr. Wir können ihnen genauso gut diese gemeinsame Nacht erlauben, während wir über ihr Schicksal entscheiden.«

Unheilvoll, und doch war es ihm egal. Er würde endlich mit seiner Doe wiedervereint werden.

Hoffentlich hasste sie ihn nicht nach allem, was passiert war.

KAPITEL ACHTUNDZWANZIG

Ich hasse es zu warten.

In ihrem Turmzimmer gab es kaum etwas anderes zu tun, als sich Sorgen zu machen. Meadow hatte die Zeit seit ihrem Treffen mit den gruseligen verhüllten Leuten damit verbracht, auf und ab zu gehen und sich zu fragen, was mit ihr passieren würde. Die Fragen waren so seltsam gewesen. Hatte sie sie richtig beantwortet? Falsch? Hatte sie Rok und die anderen in Schwierigkeiten gebracht?

Sie hoffte nicht, denn sie hatte den Eindruck, dass diese Leute keine halben Sachen machten. Man musste sich nur ansehen, was sie bisher mit ihr getan hatten. Nur skrupellose Leute entführten andere. Und da sie Kits Gesicht gesehen hatte, bedeutete das, dass sie nicht beabsichtigten, sie gehen zu lassen?

Auf. Ab. Ihre Unruhe hatte sich innerhalb der letzten Stunde verdreifacht und Gedanken an Rok bombardierten sie. Ihr ganzer Körper prickelte und sie blickte immer wieder über ihre Schulter, als erwartete sie, ihn zu sehen.

Dann blieb sie plötzlich stehen und starrte in Richtung Tür. Sie war nicht überrascht, als jemand klopfte.

»Du hast einen Besucher«, rief Kit mit gedämpfter Stimme durch die Tür.

»Geh weg!« Sie hatte keinerlei Interesse daran, mit diesem rothaarigen Psycho zu sprechen.

»Doe, ich bin's.«

Ihre Kinnlade landete auf dem Boden, während sie mit offenem Mund erstarrte.

Rok ist zu mir gekommen!

Sie lief zur Tür, als sie entriegelt und geöffnet wurde.

Roks Körper füllte den ganzen Türrahmen aus, sein Gesicht glich einer Gewitterwolke. Seine Augen strahlten bei ihrem Anblick.

»Rocky!«, quietschte sie. Eine Sekunde später lag sie in seinen Armen.

Er drückte sie fest an sich und rieb sich an ihrer Wange. Die Tür wurde geschlossen und verriegelt, aber keiner von beiden achtete darauf.

»Gott sei Dank, dir geht es gut«, murmelte er.

»Für den Moment«, grummelte sie. »Die gruseligsten Leute der Welt haben etwas darüber gesagt, über mein Schicksal zu entscheiden.«

»Würde es helfen, wenn ich dir sage, dass sie dasselbe über meines gesagt haben?«

»Wir stecken in großen Schwierigkeiten, nicht wahr?« Sie blickte zu ihm auf.

»Allerdings, auch wenn es nicht so sein sollte. Es ist

ihre Schuld, dass wir keine Zeit hatten, um dich an den Eid binden zu lassen.«

Er sprach von diesem Schwur, den sie leisten sollte. »Ich habe ihnen erklärt, dass ich es dir versprochen habe.«

»Ich bin kein Alpha, was bedeutet, dass es nicht gezählt hat.«

»Es ist ihre Schuld, da sie mich entführt haben, bevor wir einen finden konnten.«

»Das habe ich angemerkt.« Rok fuhr eine Haarsträhne von ihrer Wange zu ihrem Ohr nach. »Ich habe ihnen erzählt, dass du bereit wärst zu schwören, und ich habe diesem rothaarigen Mistkerl die Schuld gegeben, weil er zu schnell gehandelt hat.«

»Das kannst du laut sagen. Ich hätte ein paar Tage allein mit dir vertragen können, bevor ich entführt wurde.«

»Ich würde es vorziehen, wenn du gar nicht entführt worden wärst.« Er fuhr sich mit einer Hand durch sein Haar und trat von ihr weg, um unruhig auf und ab zu gehen.

»Wirst du dir wegen etwas Stress machen, das bereits passiert ist, oder meine möglicherweise letzten Stunden ein wenig angenehmer gestalten?«

Er blinzelte sie an.

Sie vergrub ihre Finger in seiner Jacke und zog ihn an sich. »Ich bin seit drei Tagen in diesen Raum gesperrt. Ich weiß nicht, was morgen mit sich bringen wird, aber ich weiß, was ich gerade gern tun würde.«

»Wir sollten wirklich reden.« Sein schwacher Versuch, vernünftig zu sein.

Meadow war nicht in der Stimmung. »Danach. Im Moment hätte ich es wirklich gern, wenn du wenigstens so tätest, als wärst du glücklich, mich zu sehen.« Denn seine Miene war beeindruckend finster. Sicher, er war zu ihr gekommen, aber er schien nicht allzu begeistert darüber zu sein.

»Natürlich bin ich glücklich, dich zu sehen, Doe. Hast du irgendeine Ahnung von den Dingen, von denen ich dachte, sie könnten passiert sein?« Er hielt Meadow von sich, damit er sie begutachten konnte.

»Sie haben mir nicht wehgetan. Auch wenn dieser Kit kein Gentleman ist.«

»Was du nicht sagst. Ich habe den arroganten, spionierenden Mistkerl getroffen«, knurrte er.

»Klingt ganz richtig.«

»Ich denke, ich werde ihn herausfordern.«

»Du wirst was?«

»Kit zu einem Kampf herausfordern. Das ist eine Ehrensache.«

»Wie wäre es, wenn wir unsere Flucht planen und keine Rache?«

»Wir können nicht fliehen. Sie würden uns aufspüren und umbringen.«

»Was bedeutet, wir warten auf ein Urteil.« Sie lächelte. »Ich weiß, was wir tun können, um die Zeit zu vertreiben.« Sie packte ihn und umfasste seinen Schritt.

Er drückte seine Hüften in ihre Berührung. »Ich habe dich vermisst.«

»Ich habe dich mehr vermisst«, neckte sie.

»Zweifelhaft.« Er zog sie für einen Kuss nach oben,

eine harte Berührung seines Mundes, die ihr den Atem stahl.

Er zwickte und reizte weiter ihren Mund, während er sich auf ihr Kleid stürzte, um es nach oben zu ziehen, wobei er seinen Mund gerade lange genug von ihr löste, um es ihr ganz auszuziehen. Sie blieb nackt zurück und nutzte den Moment, um sich um seine Kleidung zu kümmern. Sie entblätterte seinen wunderbaren Körper mit seinen Muskeln. Leckte und biss ihn, während er dasselbe mit ihr tat.

Sie trafen sich in einem leidenschaftlichen Aufeinanderprallen von Körpern, die es kaum zum Bett schafften. Ihre Berührungen waren hektisch, ihre Atmung noch mehr.

Er berührte sie. Seine Finger waren rau, aber ihr Körper sehnte sich danach. Er ließ einen Finger in sie hineingleiten und sie knurrte: »Ich will dich. Jetzt.« Sie war bereit und brauchte das Gefühl seines Umfangs in ihr.

Er widersprach nicht. Er drückte seine Spitze gegen ihre Öffnung, dehnte sie und gab ihr etwas, um das herum sie sich anspannen konnte.

Der tiefe Stoß führte zu einem Gefühl der Fülle. Das Reiben traf die perfekte Stelle in ihr. Als er sich bewegte, gab er ihr, was sie brauchte. Er füllte eine Stelle in ihr, von der sie nicht gewusst hatte, dass sie hohl war. Sie spürte diese Verbindung, auf die er angespielt hatte. Dieser glänzende Moment, in dem sie ihn deutlich sah und erkannte, dass er der andere Teil von ihr war.

»Rok.« Sie keuchte seinen Namen.

»Doe«, murmelte er.

Gemeinsam bewegten sie sich im Rhythmus, bis ihr Höhepunkt sie überwältigte – ein Moment, der so perfekt, so richtig war, dass sie für immer darin schweben wollte.

Aber auch, als sie wieder herunterkam, in seinen Armen liegend und mit dem Kopf auf seiner Brust, war es mehr als schön.

Sie sagten nicht viel, liebten einander jedoch ein weiteres Mal, bevor sie einschliefen. Und als sie aufwachten.

Und unter der Dusche.

Dennoch sehnte sie sich nach ihm. Sie war sich seiner auf eine Art bewusst, die sie sich nie hätte vorstellen können.

Gepaart. Ein Wort, das jetzt für sie Sinn ergab, auch wenn sie Angst davor hatte. Denn sie wussten beide, dass irgendwelche gesichtslosen Fremden es jeden Moment zerstören könnten.

Sie waren angezogen und bereit, als sie nach dem servierten Frühstück einberufen wurden.

Sie nahm einen zittrigen Atemzug, während Rok eine Hand auf ihren Rücken legte und sagte: »Keine Sorge. Ich werde nicht zulassen, dass dir jemand wehtut.«

Das war alles schön und gut für sie, aber was, wenn jemand versuchte, ihm wehzutun?

KAPITEL NEUNUNDZWANZIG

Der Gang durch den Korridor war gleichzeitig mehr und weniger stressig. Rok hatte seine Gefährtin an seiner Seite. Ihr Duft der Beanspruchung war an diesem Morgen unverkennbar. Ihr vertrauensvolles Lächeln, als sie sich dem Unbekannten näherten, war das Kostbarste der Welt.

Angesichts dessen, wie sie behandelt worden waren, glaubte er nicht länger, dass das Lykosium ihnen etwas antun würde. Immerhin hatte Meadow nie die Gelegenheit gehabt, mit irgendjemandem zu sprechen, und jetzt, wo sie wirklich seine Gefährtin war, wäre es eine einfache Angelegenheit, sie an den Eid zu binden, womit das Werwolfgeheimnis sicher wäre.

Zumindest versuchte er, sich davon zu überzeugen. Letzten Endes würde das Lykosium entscheiden, nicht er. Er konnte nur hoffen, dass die Mitglieder vernünftig waren – und nicht den Lügen seines Vaters glaubten.

Die Gartenoase erschien wie zuvor, aber anstatt sie auf der Hand der Wahrheit Platz nehmen zu lassen, wurden sie an einen Tisch mit vier Stühlen geführt. Ein Stuhl war bereits von einer schlanken, verhüllten Person belegt, es war schwer zu sagen, welche Gestalt des vorherigen Tages es war. Kit verzichtete und stellte sich dahinter, die Hände hinter dem Rücken, wobei er entspannt und doch offensichtlich wachsam wirkte.

»Setzt euch«, sagte die verhüllte Person, bevor sie sich offenbarte. Eine Frau mit dunkler, glatter Haut und bernsteinfarbenen Augen. Sie hätte aufgrund ihrer nicht existierenden Falten jeden Alters sein können, aber ihr erfahrener Blick deutete eher auf älter hin. Sie lächelte nicht, als sie den Kopf senkte und sagte: »Ich bin Luna.«

»Wie die Göttin«, erwiderte Rok und ließ Meadow sich setzen, bevor er es tat, während er sich fragte, ob die Tatsache, dass ein Ratsmitglied sein Gesicht zeigte, eine gute oder schlechte Sache war.

»Genau wie die Göttin.« Eine todernste Aussage. Sie neigte den Kopf. »Ihr seid beide gespannt, unsere Entscheidung zu erfahren.«

»Sehr sogar«, erklärte Meadow. Sie verschränkte ihre Finger mit seinen auf dem Tisch.

Lunas Blick wanderte für einen Moment zu ihren miteinander verbundenen Händen. »Es gab einige Diskussionen über euer Schicksal, vor allem angesichts der Anzahl an gebrochenen Regeln. Davon lagen einige zugegeben außerhalb eurer Kontrolle. Deshalb befinden wir Amarok Fleetfoot in dem Fall, dass Miss Fields unsere Kultur offenbart wurde, als nicht schuldig.«

Er entspannte sich.

»Jetzt zur Anklage von Miss Fields, da sie unser

Geheimnis kennt und keinem ausgewiesenen Alpha den Eid geschworen hat.«

»Weil uns keine Zeit gegeben wurde«, grummelte Rok.

»Das wurde berücksichtigt. Es wurde beachtet, dass Miss Fields seit ihrer Entdeckung der Existenz von Werwölfen keine Zeit hatte, um mit jemandem zu sprechen, was bedeutet, dass immer noch die Möglichkeit besteht, den Eid abzulehnen.«

»Was? Seit wann?«, platzte er hervor. »Alle Menschen, die unser Geheimnis kennen, müssen den Eid schwören. Das ist Gesetz.«

»Ein Gesetz mit einer gewissen Flexibilität, von der nur wenige wissen. Sollte sie sich gegen den Eid entscheiden, ist es möglich, ihr Gedächtnis an dich und ihre Zeit auf deiner Farm auszulöschen.«

»Auslöschen?« Meadow war diejenige, die den Kopf schüttelte, bevor er brüllen konnte. »Aber ich will nicht vergessen.«

Lunas Augen wirbelten einen Moment lang, als hätten sie viele Farben auf einmal, bevor sie sich wieder beruhigten. »Es scheint, als wäre das nicht länger eine Option, da sich die Beanspruchung seit unserem letzten Treffen manifestiert hat.«

»Angesichts der Tatsache, dass wir gepaart sind und uns nur der Eid im Weg steht, lass sie ihn dir schwören, hier und jetzt«, verlangte Rok.

»Kann ich das?«, fragte Meadow, die zuerst ihn, dann Luna ansah. »Denn ich werde feierlich schwören, eure Geheimnisse zu wahren. Großes Ehrenwort, und ich will sterben, wenn ich dieses Versprechen breche.«

Lunas gesetztes Verhalten änderte sich nicht und sie blieb ernst, als sie sagte: »Du weißt, dass die Paarung und der Eid dich lebenslang binden. Du kannst es dir nicht anders überlegen. Das ist für immer.«

Meadow, die eben Meadow war, sprach weiter. »Das verstehe ich, und auch wenn ich weiß, dass es verrückt ist, ist es auch die aufregendste Sache, die mir je passiert ist. Rok kennenzulernen war lebensverändernd, und ich meine nicht nur wegen der Wolfssache. Er ist diese glückliche Romanze, von der ich geträumt habe. Eine Sache, an deren Existenz ich nicht wirklich glauben konnte, bis ich ihn getroffen habe.«

Ihr an ihn gerichtetes Lächeln ließ ihn allerhand Dinge fühlen, einschließlich eines Beschützerinstinkts, der sein Knurren erklären könnte, als Luna versuchte, seine Gefährtin umzustimmen.

»Das sagst du jetzt, aber du hast noch nicht den Unterschied erkannt, den es in deinem Leben machen wird. Die Geheimnisse, die du vor deinen alten Freunden und deiner Familie bewahren musst.«

Sie zuckte die Achseln. »An irgendeinem Punkt in jedermanns Leben werden wir erwachsen und ziehen weiter. Wir beginnen Beziehungen, die uns an neue Orte bringen. Und die Geheimnisse, die wir vor unserem alten Leben haben, sind das, was uns an das Neue bindet.«

Er blinzelte Meadow an und platzte hervor: »Das war verdammt weises Zeug.«

Die Grübchen in ihren Wangen wurden sichtbar, als sie grinste. »Ich lese gern Selbsthilfebücher.«

»Es gibt kein Buch darüber, die Gefährtin eines Werwolfs zu sein«, merkte Luna an.

»Aber es gibt Leute, mit denen ich reden kann. Wie Rok, Nova und Astra. Selbst du, wenn du mir deine Nummer gibst, damit wir plaudern können.«

Kit lachte leise, während Rock nicht glauben konnte, dass Meadow das gesagt hatte. Erstaunlicher war noch, dass Luna beinahe lächelte.

»Hilfe für die Übergangszeit kann geboten werden, falls das gewünscht ist, auch wenn ich glaube, dass du keine Probleme haben wirst«, sagte die andere Frau.

»Fantastisch. Also, wann und wem soll ich den Eid schwören?« Meadow schien begierig zu sein, es zu tun, obwohl sie diskutierte: »Obwohl ich nicht verstehe, was der Unterschied darin ist, ob ich es Rok verspreche oder zu einem Fremden sage. Ich meine, es ist wahrscheinlicher, dass ich es ernst meine, wenn ich Rok sage, dass ich niemals etwas tun würde, das ihm schaden könnte.« Sie lächelte in seine Richtung und er spürte, wie er auf die Wahrheit ihrer Aussage reagierte.

»Mir wird gleich schlecht«, beschwerte Kit sich. »Ich hasse die frisch Verpaarten.«

»Nur weil es dir noch nicht passiert ist«, schalt Luna.

»Hmpf«, war die Antwort des mürrischen Mannes.

»Ich habe allerdings eine Frage«, sagte Meadow. »Bedeutet diese Paarung kein weißes Kleid oder Gesicht in den Kuchen drücken? Denn ich weiß, dass meine Mutter ihren Schleier für mich aufbewahrt und mein Vater immer dachte, er dürfte mich an meinen Bräutigam übergeben.«

Rok würde ihr alles geben, was sie wollte, wenn sie aus diesem verdammten Schlamassel herauskamen. »Wir können auf jede Art heiraten, wie du willst, aber bei der Verschwendung von Kuchen ziehe ich die Grenze.«

»Gutes Argument. Kuchen ist wertvoll.«

»Hmhm.« Sie musterten die sich räuspernde Luna. »Ich habe meine Entscheidung noch nicht verkündet.«

»Wir wären bereits tot, wenn sie schlecht wäre«, entgegnete Rok gedehnt.

Diesmal zuckten Lunas Lippen eindeutig. »Es ist unsere Regelung, dass der Eid, den Meadow Fields dir geschworen hat, bindend und die Beanspruchung bestätigt ist. Damit steht es Miss Fields frei zu gehen.«

»Juhu!«, jubelte sie und warf ihre Arme um ihn.

Er erwiderte ihre Umarmung, auch wenn ein Teil von ihm wusste, dass es noch nicht vorbei war. Luna hatte nicht gesagt, dass auch er gehen konnte.

»Du bist entschuldigt.« Luna entließ Doe, ihr wirbelnder Blick auf Amarok gerichtet.

Meadow stand auf, stellte aber fest, dass er es nicht tat. »Rok?«

»Mr. Fleetfoot wird gleich kommen. Er und ich müssen uns noch ein wenig unterhalten.«

»Nein. Ich werde nicht ohne ihn gehen«, beharrte Meadow stur.

»Würde es helfen, wenn ich verspreche, dass ihm nichts zustoßen wird? Nur eine kurze Unterhaltung und dann gehört er dir.«

Meadow biss sich auf die Lippe, bevor sie nickte.

Er stand auf und zog sie für einen Kuss an sich, wobei er flüsterte: »Fang an, diese Hochzeit zu planen, denn sie findet statt, sobald wir nach Hause kommen.«

»Wir brauchen vielleicht ein wenig länger als das, um

zu planen«, antwortete sie lachend, was jedoch nicht gänzlich ihre Angst vertrieb.

Meadow ging mit Kit und Rok blieb allein mit Luna zurück. Was hatte sie zu sagen? Er konnte nur annehmen, dass es mit Samuel zu tun hatte.

Er lag falsch.

»Jetzt geht es um das Problem deines Rudels.«

»Ich habe kein Rudel.« Sein Herz raste, denn er wusste, dass es harte Strafen für illegale Rudel gab.

»Nicht? Meine Augen und Ohren behaupten, dass zwölf Wölfe auf deiner Farm leben, dich eingeschlossen. Mit Meadow jetzt dreizehn. Vierzehn, sobald das Baby auf der Welt ist.«

Rok räusperte sich. »Du solltest einen abziehen, da Samuel einen der älteren Werwölfe getötet hat.«

Luna wedelte mit einer Hand. »Damit sind es noch immer weit über acht.«

Rok verzog das Gesicht. Er wusste, dass er die Regeln gedehnt hatte, aber wie konnte er irgendjemanden zurückweisen? »Ich schätze, ich werde ein paar von ihnen darum bitten müssen, sich ein anderes Zuhause zu suchen.« Was ihn umbrachte, denn wie sollte er sich entscheiden?

Erneut neigte Luna den Kopf und machte ihn mit ihren Augen verrückt. »Warum? Ist dir nie in den Sinn gekommen, dich um die Erlaubnis zu bewerben, ein Rudel zu formen?«

»Nicht wirklich.« Er hatte in einem Rudel gelebt und hatte keinerlei Interesse daran, es wieder zu tun.

»Warum nicht?«, fragte Luna. »Es würde dein

Problem lösen und dir erlauben, noch weitere Einzelgänger aufzunehmen.«

»Du vergisst eine Sache. Ein Rudel braucht einen Alpha, und ich werde keinem Außenstehenden erlauben, die Farm meines Onkels zu übernehmen oder anzufangen, die Leute zu misshandeln, wie mein Vater es getan hat.«

»Verständlich, aber warum solltest du einen Fremden erlauben, wenn ihr bereits einen passenden Alpha habt?«

Er runzelte die Stirn. »Wen?« Reece war recht organisiert, aber beschissen, wenn es um Disziplin ging. Gary war zu schüchtern. Bellamy konnte die Dinge unter Kontrolle halten, genau wie Darian, aber keiner von ihnen zeigte eine Neigung zur Führung. Es könnte Nova sein. Weibliche Alphas waren selten, aber nicht gänzlich unbekannt.

Es war egal, wer. Wenn die Farm einen Kandidaten hatte, dann wäre die Bildung eines Rudels die ideale Lösung. Er vertraute bereits allen, also müsste er sich keine Sorgen darum machen, aus seinem eigenen Zuhause vertrieben zu werden, und sie müssten sich keine Sorgen darum machen, für das Schwören eines Eids einen Außenstehenden zu brauchen. Sie konnten sogar noch mehr verstoßenen Werwölfen, die einen Ort suchten, an dem sie dazugehören konnten, einen Unterschlupf bieten.

»Du hast wirklich nicht die geringste Ahnung.« Luna schnalzte mit der Zunge. »Du, Amarok Fleetfoot. Du bist der Alpha.«

Er verdaute die Worte und lachte. »Nein.«

»Doch. Oder hast du nicht bemerkt, dass du bereits

ein Rudel führst? Die Entscheidungen triffst. Deine Leute beschützt und unter Kontrolle hältst.«

Er öffnete den Mund und schloss ihn wieder. Legte die Stirn in Falten. »Ich sorge nur dafür, dass wir unauffällig bleiben und ohne irgendwelchen Mist leben können.«

»Was denkst du, was das Dasein als Alpha ist?«

»Ich dachte, ein Alpha wäre jemand, der vom Rat des Lykosiums nominiert wird.«

»In manchen Fällen, wenn es keine eindeutige Option gibt, dann sind wir an der Entscheidung beteiligt, ja, aber die meisten Rudel nominieren ihren Alpha und bitten dann einfach nur um Zustimmung.«

»Wenn das Rudel für gewöhnlich wählt, sollten wir dann nicht die Leute auf der Farm fragen, was sie denken? Du kannst mich nicht einfach zu ihrem Chef machen.«

»Und wenn ich sage, dass sie bereits zugestimmt haben?«

»Ich müsste fragen wann, denn niemand hat auch nur ein Wort darüber gesagt, mit euch darüber gesprochen zu haben.« Auf der anderen Seite behielten die meisten ihre Angelegenheiten mit dem Lykosium für sich.

»Du hast sehr loyale Freunde. Das Anzeichen eines starken Rudels. Sie haben uns kontaktiert und für dich und Meadow plädiert.«

Er zog die Augenbrauen hoch. »Diese Idioten sollten das mir überlassen! Ich wollte nicht, dass sie sich einmischen.«

»Es muss schrecklich sein, so hoch angesehen zu sein«, spottete Luna.

Das entlockte ihm ein schiefes Lächeln. »Ich schätze, ich bin kein wirklicher Alpha, da sie nicht gehört haben.«

»Eigentlich drückt die Tatsache, dass sie sich darum gekümmert haben, mehr über dich aus, als du anscheinend erkennst. Hast nicht du behauptet, dass ein Alpha die Bedürfnisse seines Rudels vor die eigenen stellen und diejenigen beschützen sollte, die schwächer sind als er?«

»Ja.«

»So wie du es bereits getan hast.«

Er verzog das Gesicht. »Ich habe nur getan, was richtig war.«

»Und jetzt wird dir der Rat die Macht geben, es weiterhin zu tun.« Luna stand auf, und er beeilte sich, es ihr gleichzutun.

Sie ließ ihre Kapuze hängen, während sich ihr weitere Leute in Gewändern anschlossen. Er wäre vielleicht nervös geworden, wenn sie nicht gesagt hätte: »Amarok Fleetfoot, geh auf die Knie und schwöre den Eid.«

Welchen Eid? Er hatte keine Ahnung, was sie meinte, selbst als er mit den Knien auf dem Boden landete. Er starrte den Steinboden an, und als sich die Stille in die Länge zog, von der erwartungsvollen Art, die wollte, dass er sprach, kamen ihm die Worte.

»Ich schwöre feierlich, mein Rudel ehrlich und fair zu führen und es vor jeglichem Schaden zu beschützen. Sein Geheimnis zu bewahren. Ihm in Notzeiten beizustehen. Und es nie zu misshandeln oder zuzulassen, dass es misshandelt wird. Solange ich lebe.« In dem Moment, in dem er zu sprechen aufhörte, traf es ihn. Nicht mit einer Ohrfeige oder einem Ruck, sondern mit einem Gefühl der Richtigkeit in seinem Herz und seiner Seele.

Luna lächelte. »Erhebe dich, Alpha. Du musst nicht länger vor irgendjemandem knien.«

Er wollte gerade antworten, als ihn ein falsches Gefühl traf. Er musterte die geschlossene Tür des Raumes, bevor er darauf zulief.

Meadow steckte in Schwierigkeiten.

KAPITEL DREISSIG

Meadow folgte Kit aus dem seltsamen Gartenraum, wobei sie zwischen Freude und Sorge wechselte. Sie blickte oft über ihre Schulter, auf der Suche nach Rok.

Als sie am Eingang zum Turm zögerte, seufzte Kit. »Es geht ihm gut.«

»Woher willst du das wissen?«

»Ich weiß es eben.«

»Warum musste ich dann gehen?« Es klang schmollender, als es ihr lieb war.

»Werwolf-Angelegenheiten. Da sind keine Menschen erlaubt.«

Sie verdrehte die Augen. »Warum sagt ihr das dann nicht gleich?«

»Weil wir uns nicht erklären müssen.« Seine grummelige Antwort.

Sie musterte sein flammenrotes Haar und fragte spontan: »Bist du ein Fuchs? Oder ein Wolf?«

»Wie wäre es mit *Das geht dich nichts an*.«

»Aber du warst es, den ich an diesem Tag auf der

anderen Seite des Baches gesehen habe. Hast du uns beobachtet?«

Keine Antwort.

»Ich habe Rok das Foto gezeigt und er dachte, es sei gefälscht, weil Kreuzungen aus Fuchs und Wolf unmöglich sind.«

»Versuch es noch mal.« Eine überraschende Antwort.

»Also bist du beides? Wie? Hast du es von deinen Eltern bekommen?«

Sie begannen den Aufstieg zu ihrem Zimmer, als er sich zur Hälfte umdrehte, um zu knurren: »Genug mit dem –«

Kit sackte plötzlich in sich zusammen und landete auf der Treppe. Der Grund dafür trat über ihn hinweg, als er um die Kurve kam.

Samuel lächelte. »Und so treffen wir uns wieder, Hure.«

Panik erfüllte sie, als sie herumwirbelte und floh. Sie erreichte das Erdgeschoss und wäre zum Thronsaal gelaufen, aber Samuel machte einen Satz und stand plötzlich vor ihr. Grinsend. In seinen Augen flackerte ein wildes Licht.

Ihre Zunge blieb hängen, genau wie der Schrei in ihrer Brust.

Samuel schniefte, nur einmal, und verzog das Gesicht. »Er hat sich verdammt noch mal mit dir gepaart. Nachdem ich ihm gesagt habe, er solle nicht seine Zeit verschwenden. Ich schätze, es ist gut, dass ich hier bin, um seinen Fehler in Ordnung zu bringen.«

Sie wich zurück. »Lass mich in Ruhe.«

»Oder was? Wirst du weinen? Das ist die einzige

Sache, worin Menschen gut sind. Schwach. Unterlegen. Genau wie seine Mutter. Ich hätte es besser wissen sollen, als mich mit ihrer fehlerhaften Art zu paaren. Sieh dir an, bei wessen Geburt sie gestorben ist.«

»Rok ist ein guter Mann.«

»Gut ist ein anderes Wort für wehleidigen Feigling.« Samuel kam auf sie zu und mit jedem Schritt, den er machte, tat sie zwei zurück.

Wo waren alle? Hatte dieser Ort irgendwelche Wachen? Sie hatte noch keine gesehen. Wenn sie schrie, würde dann überhaupt jemand kommen?

»Wirst du fliehen und es interessant machen?«, spottete Samuel.

»Du bist wahnsinnig.«

»Eigentlich ist der korrekte Begriff wild. Das passiert, wenn ein Alpha von seinem Rudel entbunden wird und nichts hat, das ihn bindet. Keinen Gefährten. Keine Familie. Nichts zu verlieren.« Seine Zähne blitzten auf.

Ihr Magen verkrampfte sich vor Angst.

In der Ferne wurde eine Tür geschlossen. Samuel blickte zur Treppe und während er abgewandt war, überwand sie ihren erstarrenden Schreck, um durch die Tür zu fliehen.

Sobald sie draußen war, hatte sie keine Ahnung, wohin sie gehen sollte. Der Tag war dunkel, am Himmel hingen Sturmwolken. Der Wind peitschte. Sie war in einem fremden Land und ein tollwütiger Wolf war hinter ihr her.

Bevor sie laufen konnte, war Samuel da. Er packte ihr Haar und zerrte daran, was ihr einen schrillen Schrei entlockte.

Rettung nahte.

»Lass sie los.« Amaroks Stimme hatte einen eisigen Unterton, woraufhin Samuel ekelhaft lachte.

»Ich hätte wissen sollen, dass du zu deiner Hure kommen würdest.« Samuel drehte sich und zog Meadow mit.

Rok stand vor der Burg. Sie blinzelte. Zu wissen, dass sie darin gewesen war, und sie zu sehen waren zwei verschiedene Dinge. Für Vlad den Pfähler hätte sie ein Zuhause sein können, aber stattdessen war sie zwischen einem ungezähmten Werwolf und demjenigen gefangen, der sie liebte.

»Was wirst du tun? Um ihr Leben betteln? Dein eigenes im Austausch anbieten?«, höhnte Samuel.

»Du kannst einen schnellen oder einen langsamen Tod haben.« Rok neigte den Kopf und schenkte ihm ein kaltes Lächeln. »Ich weiß, welches ich bevorzugen würde.«

Es hätte sie schockieren sollen, aber sie empfand angesichts seiner Drohung eine seltsame Befriedigung.

»Endlich lässt du dir Eier wachsen, Junge.«

»Von jetzt an ist es Alpha«, verkündete Rok.

Das ließ Samuel überrascht zusammenzucken. »Ich bin noch nicht tot, und selbst wenn ich es wäre, gehört mein Rudel wegen dieser Mistkerle jemand anderem.« Letzteres richtete er an die verhüllten Gestalten, die hinter Roks Rücken Wache standen und zusahen. Warteten.

»Sollen wir das beenden?«, fragte Rok.

Anstatt zu antworten, stieß Samuel Meadow von

sich. Sie landete auf Händen und Knien auf dem Boden und schrie auf.

Rok stieß ein Heulen aus, packte sein Hemd und zog daran. Er warf den Kopf zurück, als er es zerriss und sich in einen wunderschönen weißen Wolf verwandelte, der riesig und wesentlich beeindruckender war als der zottelige graue, der sich ihm stellte.

In diesem Moment kam Samuel zur Vernunft, oder zumindest setzte sein Selbsterhaltungstrieb ein. Anstatt zu kämpfen, lief er in Richtung des Waldes, aber nicht ohne dabei mit Meadow zusammenzuprallen und ihr eine Fleischwunde am Arm zu hinterlassen.

»Aua.« Sie zischte vor Schmerzen und schlug eine Hand über die Wunde.

Sie erwartete, dass Rok ihm folgen würde, aber stattdessen kam ihr Gefährte zu ihr, um an ihr zu riechen. Während er nicht die Verfolgung aufnahm, taten es die anderen, einschließlich eines riesigen Fuchses mit den Zügen eines Wolfes.

Amarok verwandelte sich und ging auf die Knie. »Gib mir deinen Arm.«

Er pochte und blutete so sehr, dass ihr der Anblick schwindelig werden ließ. Innerhalb einer Sekunde war Amarok hinter ihr, um sie zu stützen, dann hob er sie hoch, um sie hineinzutragen.

»Bring sie in den Turm und wir werden es verbinden.« Sie erkannte Lunas Stimme.

»Solltest du nicht da draußen sein und Samuel jagen?«, fragte sie, während Rok sie in den Armen hielt.

Es war Luna, die sagte: »Samuel ist jetzt unser Problem. Wir werden uns darum kümmern.«

Das Verarzten der Wunde dauerte nicht lange. Luna trug eine Salbe auf und legte einen Verband an, den ein Diener gebracht hatte. Luna verweilte nicht, womit Meadow mit einem nackten Amarok zurückblieb.

»Was ist passiert, nachdem ich gegangen war?«, fragte sie. »Du sagtest, du wärst jetzt ein Alpha? Ist das nicht ein Wolfsanführer?«

Er verzog seine Lippen zu einem Lächeln. »So ist es. Ich habe jetzt offiziell das Sagen über die Werwölfe auf der Farm.«

»Was eine gute Sache ist?«

»Ich schätze schon. Das macht es mir möglich, sie besser zu beschützen, und erlaubt mir, anderen zu helfen, die vielleicht eine Bleibe brauchen.«

»Weil du ein großes Herz hast.« Sie streckte sich nach ihm aus und er zog sie in seine Arme.

»Nur ein großes Herz?«, neckte er.

»Wirst du mir noch etwas zeigen, das groß ist?« Sie neigte ihre Lippen für einen Kuss. Er enttäuschte sie nicht.

Auch wenn der Kuss voller Leidenschaft war, war seine Berührung zärtlich, zu sanft, weshalb sie knurren musste: »Hör auf, mich zu reizen, und fick mich.«

Die vulgären Worte veranlassten ihn dazu, ihr zu geben, was sie brauchte. Was sie wollte, bis sie beide dalagen und das Nachglühen genossen.

»Was passiert jetzt?«, fragte sie, während sie an seine Brust gekuschelt war.

»Es ist an der Zeit, dass wir nach Hause gehen.«

KAPITEL EINUNDDREISSIG

Ein Privatjet, Eigentum des Lykosiums, brachte sie nach Hause. Sie kehrten zur Farm zurück, wo alle auf der Veranda versammelt waren, die Gesichter voller Sorge. Ängstlich und gleichzeitig verhalten optimistisch. Immerhin war Rok lebendig mit Meadow zurückgekommen, aber noch kannten sie keine weiteren Neuigkeiten. Er hatte nur Reece eine kurze Nachricht zukommen lassen, damit sie wussten, dass sie unterwegs waren.

Rok stieg noch aus seinem Pick-up aus, als Nova rief: »Was ist passiert?«

Während er sie betrachtete, seine Leute, konnte er nichts gegen die Welle von Liebe und Stolz tun, als er sagte: »Das Lykosium hat uns zum Rudel und mich zu eurem Alpha ernannt. Ich weiß, das ist eine große Veränderung und vielleicht nicht für euch alle akzeptabel. Ich verstehe es. Wenn ihr gehen wollt, werde ich euch nicht zurückhalten, aber wenn ihr bleibt –«

»Halt verdammt noch mal die Klappe«, erwiderte Nova. »Keiner von uns geht irgendwo hin.«

»Wir sind wirklich ein Rudel?« Astra hielt sich den Bauch und ihre Augen glänzten. Wenn sie ein offizielles Rudel waren, bedeutete das, dass sie sich keine Sorgen darum machen musste, ihr Zuhause zu verlieren. Oder dass ihr Kind vielleicht ohne den Schutz der eigenen Art aufwachsen würde.

»Ich bin dabei«, verkündete Asher. »Aber wie lautet unser Rudelname? Denn ich dachte, es gäbe bereits ein Weißwolf-Rudel.«

»So ist es.«

»Wie lautet dann unser Name?«, fragte Poppy.

Und da verzog Rok das Gesicht. »Also, vielleicht habe ich diesen Teil verbockt.«

»Was hast du getan?«, fragte Darian.

Meadow kicherte. »Er hat sich betrunken.«

»Ein gewisser rothaariger Mistkerl wollte nicht aufhören, mich als wilden Hinterwäldler zu bezeichnen, und nach ein paar Bier zu viel haben wir eine Wette abgeschlossen, die ich verloren habe.«

»Wir sind das Wilde-Hinterwäldler-Rudel?« Nova zog eine Grimasse.

»Eigentlich sind wir das *Feral Pack*, also das wilde Rudel«, korrigierte er ein wenig verlegen. Und sobald der Alpha es verkündete, ließ es sich wohl nicht mehr zurücknehmen.

Es war Poppy, die in die Hände klatschte und sagte: »Das ist perfekt, da wir auf jeden losgehen, der jemals versucht, uns zu schaden.«

Lochlan gluckste tatsächlich. »Weißt du was, es passt irgendwie zu uns. Ich meine, wir haben alle gesehen, was passiert, wenn Poppy ihre besonderen Brownies macht und jeder für sich gilt.«

»Erinnert mich an Darian, wenn jemand nicht den Ölstand des Quads kontrolliert, bevor er damit losfährt, und dann irgendwo damit stecken bleibt«, warf Hammer ein.

»Ich, wenn ich PMS habe«, fügte Nova hinzu.

Rok schüttelte den Kopf, als sein verdammtes Rudel die Stümperei nahm, die er mit ihrem Namen verursacht hatte, und sie in etwas Gutes verwandelte. »Ihr seid alle verdammte Idioten.«

»Deine Idioten«, entgegnete Astra stolz.

Und er liebte sie alle, besonders seine Gefährtin. Das war auch der Grund, warum er, als sie nach dem Abendessen darum bat, nach Weaver zu sehen, ihre Hand hielt, während sie gemeinsam den Weg entlanggingen.

Als seine Gefährtin ihre Freude über die Tatsache ausdrückte, dass der Biber seinen Damm innerhalb der Woche, während derer sie weg gewesen waren, scheinbar wiederaufgebaut hatte, drehte er den Kopf in Richtung eines Knackens im Wald.

Er runzelte die Stirn, da er nichts sah oder roch.

»Was ist los?«, fragte Meadow.

»Nichts. Lass uns nach Hause gehen. Wir haben eine Hochzeit zu planen.« Und den Rest ihres Lebens, auf den sie sich freuen konnten.

Außer Sichtweite hielt Kit – der auf eine ausgiebige Jagd geführt worden war – den Druck auf Samuels

Kehle aufrecht. Seine Lippen waren nahe am Ohr des Mannes, als er flüsterte: »Du hättest niemals hierher zurückkommen sollen.«

Samuel hätte vielleicht geantwortet, wenn Kit ihm nicht das Genick gebrochen und der Welt damit einen Gefallen getan hätte.

EPILOG

Es stellte sich heraus, dass Rok als Alpha dasselbe tat wie zuvor, nur dass seine Freunde ein neckendes »Ja, Alpha« hinzufügten, wann immer er um etwas bat.

Er hätte sie dafür ermahnt, wäre nicht die Tatsache gewesen, dass er die Freude in ihrer Stimme hören konnte, wenn sie es sagten.

Die Hochzeitsvorbereitungen waren im Gange und sie planten die Hochzeit für den kommenden Monat, wenn das Laub seine Herbstfärbung annehmen würde. Meadow verbrachte in der ersten Woche viel Zeit am Telefon mit ihren Eltern und ihrer besten Freundin, die von Meadows plötzlichem Sprung in die Ehe nicht sonderlich begeistert war.

»Val hat einen gewissen Beschützerinstinkt, was mich betrifft«, beichtete Meadow, als sie im Bett miteinander kuschelten.

»Nicht so sehr wie ich«, knurrte er.

»Oh, Rocky.«

»Was habe ich dazu gesagt, mich so zu nennen?«

»Ups.« Sie kicherte. Sie war immer glücklich, so wie eine Gefährtin es sein sollte. Sein würde. Jetzt und für immer. Denn ansonsten würde er, so wahr ihm Gott helfe, wild werden.

AM NÄCHSTEN TAG ...

Es klopfte laut an der Tür und Asher, der sich gerade an Poppys himmlischen Törtchen bediente, dachte darüber nach, ob er öffnen sollte. Als das letzte Mal ein Fremder an ihre Tür geklopft hatte, fand ihr neuer Alpha seine Gefährtin.

Was, wenn das Öffnen der Tür mit dem Fangen des Brautstraußes gleichzusetzen war?

»Wirst du aufmachen?«, murrte Lochlan von seinem Platz am Tisch aus.

»Warum machst du das nicht?«

»Weil ich Leute nicht mag.«

Asher runzelte die Stirn. »Ich normalerweise schon, aber das ist ein wütendes Klopfen.«

»Jup.«

Asher ging in den Flur und starrte die solide Holztür an – nervös, was ihm gar nicht ähnlich sah.

»Macht diese Tür auf, bevor ich die Polizei rufe!«, brüllte eine Frau. »Meadow! Bist du da drin? Ich bin gekommen, um dich zu retten.«

Ashers Augenbrauen schossen in die Höhe, als er sich der Tür näherte und sie öffnete, was eine große Brünette mit wütend funkelnden Augen offenbarte.

»Wo ist Meadow?«, fauchte die Fremde.

»Irgendwo hier in der Nähe.«

»Bist du Amarok?«

»Wer will das wissen?«

»Ihre beste Freundin Val, Arschloch. Was hast du mit ihr gemacht?«

Asher betrachtete Val von oben bis unten. Ihren bebenden Busen. Ihre geröteten Wangen. Die Faust, mit der sie drohte.

Mein, oh, mein.

Oh, oh.

ES WERDEN FUNKEN FLIEGEN, ALSO SEIEN SIE BEREIT FÜR DAS NÄCHSTE BUCH IN DER REIHE *DAS FERAL PACK!*

www.ingramcontent.com/pod-product-compliance
Lightning Source LLC
LaVergne TN
LVHW031537060526
838200LV00056B/4543